三浦紫苑

SHION
MIURA

无爱的世界

〔日〕三浦紫苑 —— 著 毛叶枫 —— 译

北京联合出版公司
Beijing United Publishing Co.,Ltd.

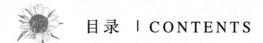

目录 | CONTENTS

第一章

　　洋食[1]店"圆服亭"位于东京文京区本乡的高地上。沿着本乡大道旁的小路稍微向里走一点，差不多正好是在国立 T 大学红色大门的对面。

　　因为这个地理位置，圆服亭的客人里有很多 T 大的学生和教职工。当然，在这周边也有很多公司，每到午餐时间，店里总是坐满了各个年龄层的饿着肚子的客人。可这是一个只有八张桌子的小店，店里一下子就坐满了，所以店外的路上不时会排起像泥鳅一样细细长长的队伍。

　　圆服亭的住店服务生藤丸阳太总是认为，如果稍微宣传一下，说不定队伍就能从泥鳅变成大鳗鱼呢。他不光是想想而已，还对圆

1　洋食：泛指源自欧洲、经过改良的日式西洋料理，下文中提到的汉堡排、那不勒斯意面等均为此类菜式。——译注，下同

服亭的店主圆谷正一提过好多次建议，却丝毫没被当成一回事。

"笨蛋！自己还是半桶水，就开始对生意指手画脚了，快去给我切洋葱！"

"可是老板，你前阵子不是拒绝了广告杂志的采访吗？我觉得好可惜啊。现在 T 大东边这一带成了时尚焦点，叫'谷根千地区'。男女老少都跑来了，整天成群结队在这里散闲步，不是吗？"

"那个叫'漫步'。"

"总之，那些人穿过 T 大校园，说不定会到咱们这边来呢。对快要倒掉的圆服亭来说，这是重建的好机会啊，老板！"

"浑蛋！我们店哪里快倒了？！忙得我腰都疼了，不需要什么重建！"

藤丸建议的是把建筑物进行物理上的"重建"，圆谷却一心当成了经济上的"重建"，否决了他的提议。两个人常常这样，明明在交流上存在问题，却因为两个人都有些自说自话，所以完全没觉得"有问题"，没来由地维持着良好的师徒关系。

这次的对话也一样风马牛不相及，藤丸还在百思不得其解。"不对呀。明明店里能增加些收入，重建一下才更好嘛。"

圆服亭十分老旧。这是一座两层高的箱型建筑物，被爬山虎所覆盖的外墙上其实已经有了少许裂痕。藤丸有次在二楼一觉醒来，亲眼看见榻榻米上的玻璃杯以意想不到的势头滚落到了房间的角落。如果这不是灵异现象，那就是建筑物的倾斜所导致的。

"反正，"圆谷说道，"这里是住宅街，要是客人比现在多了，排队也会影响周围的邻居。我们做生意，也要量力而行嘛。"

圆谷的话就说到这里，他把读完的报纸折好，走进厨房。藤丸叹了口气，再次用抹布擦起桌子来。来吃午饭的客人渐渐少了，他终于快要迎来比一般人稍晚的休息时间了。

圆服亭再次营业是在傍晚五点，因此也不能太悠闲。藤丸将店内稍作打扫，迅速吃完圆谷做好的员工餐，马上就要开始晚餐的准备工作。

他仔细地把塑胶质地的红白格子桌布擦拭干净，再认真地检查地板上有没有垃圾，椅子的座面有没有弄脏，各个桌子上插在小花瓶里的那一枝花有没有枯萎。

店主圆谷虽然性格顽固又马虎，有点烦人，可在对待料理的态度和技术上真的是一丝不苟，装束也保持得很整洁。因此必然地，他对店员藤丸的要求也很严格，如果在打扫上稍有懈怠，藤丸的耳边便会扫过狂风呼啸般的"浑蛋"。藤丸很喜欢圆谷的厨艺，喜欢在圆服亭的生活，自然也严格遵守着圆谷的叮嘱，严密地看护着店里，不放过一丁点灰尘。

老板这个人啊，除了对女人没有办法之外，称得上是个无可挑剔的人呢。

藤丸看着桌子上装饰的黄色雏菊感慨着。店里的花每三天换一次，本乡大道路旁花店的女店主会把花送来。实话实说了吧，女店主是圆谷的女朋友。圆谷爱上了这个比自己年轻十岁的女性，两人目前在花店的二楼同居。虽说是年轻十岁，可圆谷已经七十岁了，花店的女店主也已经是耳顺之年。藤丸不知道对方的本名，和圆谷一样叫她阿花。花店的阿花，真是太名副其实了，藤丸想。

阿花的丈夫已经去世，她一个人料理花店，是一个"泼辣妈妈"类型的开朗女性。她的儿子早已成人，听说住在大阪。圆谷作为圆服亭的第二代店主，从年轻时起就一心一意地钻研料理。也不知道是因为太醉心于料理，还是大大咧咧的性格害了他，总之，妻子和女儿在很久以前就离开了他。

"当时店里的气氛就跟针扎似的。"这是来自老客人的证言，"影响到了客人的消化，每张桌子上都放着胃药呢。"

"对对。因为那个气氛，咖喱吃到嘴里都感觉超辣。"另一位老客人马上说道。

这肯定是言过其实了，但总之，一番争吵之后的结果就是离婚，在那以后的四十年里，圆谷都歌颂着闲散的单身生活。按照他本人的说法，那段时间，不知让多少女人为他流过眼泪。而梳理一下老客人的证词，则是"阿正在休息日除了打小钢珠之外没事可干"。

后来和阿花走得近了，圆谷十分干脆地戒掉了小钢珠，搬到了距离圆服亭徒步五分钟的花店二楼。果然啊——藤丸猜测——他是察觉到了圆服亭总有一天会倒塌的危机吧。不管是广告杂志还是什么采访，都赶紧接下来吧，真希望能早点重建圆服亭。除此之外，圆谷也开始在店里装饰起跟自己性格不符的鲜花，休息日也和阿花一起去箱根的温泉，被阿花"拿"得死死的。

圆谷搬到花店，圆服亭的二楼因此空了下来。也多亏了这样，藤丸才能在圆服亭工作。这件事要说起来其实是这样的——

藤丸出生在东京的立川，高中毕业后进入了御茶水的厨师专门学校。他从没想过去大学里继续学业，他从小就很喜欢做菜，也很擅长，因此他单纯地想，那就拿到厨师执照，当个厨师吧。

藤丸的父母是公司职员，他们也对藤丸选择的人生道路表示赞成："是啊，有一门手艺也不错。""一流的厨师只需要一把菜刀就能在世界上任何地方立足。"比他小四岁的弟弟当时正值青春期，整天不开口说话，但即便如此，他也会低声说："哥哥做饭很好吃。"弟弟也是支持自己的吧。

藤丸用功地念起了专门学校。上到营养学的课程时，就算魂魄在睡意的诱惑下飘忽不定，他也仍然靠着一股斗志记着笔记。而在实际操作时，他可以说是如鱼得水，手势灵活地为蔬菜削皮，剖鱼的动作也很华丽。渐渐地，他开始能做复杂的菜了，因此在继续学业的同时，他也开始在学校介绍的餐厅里打工：他在日式餐厅里一边洗碗，一边学习了怎样制作高汤；在意大利餐厅里一边做侍应生，一边记住了不同种类的番茄在味道上的特征。

等一拿到工资，藤丸便去自己感兴趣的餐厅吃饭。对于在立川出生长大的藤丸来说，御茶水周边一带有些陌生，可是他对"吃"有种执着的嗅觉，因此，发现了好几家钟情到令他自己都感到吃惊的店。

在这当中，有一家店最为彻底地征服了藤丸的舌头和心，那就是位于本乡的圆服亭。

虽然是以西式料理为招牌，可圆服亭的菜单却混沌无序。除了汉堡排、牛排、咖喱饭、蛋包饭、炸鸡排、那不勒斯意面等基本款之外，不知怎么还有拉面和八宝菜，煮鱼套餐也很受欢迎，秋天时菜单里还会加上秋刀鱼套餐。这实际上是一家日式、西式和中式都齐全的"邻家食堂"，也许是为了满足食客的愿望，才发展出了这令人摸不着头脑的菜单。店里从后厨到前厅接待，都是由看起来很顽固的、瘦瘦的店主一手承担，午饭时常常会有老顾客自己动手倒水或是给新客人递毛巾。焦糖色的地板总是擦得亮晶晶的，从朝向大路的木头窗外照进柔和的光，餐厅的门上装着黄铜的铃铛，淳厚的声响告知着客人的进出。

与洋溢着活力的午餐时段截然不同，到了晚上，都是附近的老夫妇在这里头碰头地互相分享彼此盘子里的菜肴。也会有看起来略显时髦的一家老小在这里开心地说笑，还有一边默默读书一边喝着啤酒吃晚餐的人。

一切都显得气氛很好。藤丸来过圆服亭好多次，他觉得自己"想在这家店工作"。最为重要的是，这里的味道无可挑剔——没有什么标新立异之处，却能令人体会到主厨的用心，味道中有着未经矫饰的深度，即便每天吃也不会厌倦。总之，与破烂不堪的外观和店主冷淡的态度相反，这里有着超出预料和期待的美味。而且价钱也平易近人，令人能感受到主厨的气势和实力，即使称之为名店也丝毫不为过。

藤丸仿佛化为评论家，在内心频频点头。从专门学校毕业前，他带着简历去了圆服亭。那时，他才第一次得知店主的名字叫圆谷正一，而这位圆谷先生毫不客气地说道："现在不招人。"就算他一再恳求，圆谷也只是粗暴地挥着手说："走开，走开。"而后重新摊开手里的报纸，像一堵墙似的挡住了脸。

藤丸的毛遂自荐以失败告终，垂头丧气地走出店门。他一心想在圆服亭工作，不由得困惑起来："接下来该怎么办呢？总不能不工作吧？"于是从专门学校毕业后，他在老师的推荐下去了赤坂的一家意大利餐厅，在那里修习了两年左右。

可藤丸始终对圆服亭念念不忘，在一个冬日，他再次带着简历，来到了店里。

"嗯，可以。"圆谷说，"什么时候能来上班？"

自己难得地写了简历，对方却看也没看一眼。面对这突如其来的事态，藤丸只能傻傻地答道："什么？"圆谷则态度亲切地对他说，可以住在二楼。

藤丸毕业以后就在中野地区一个破破烂烂的公寓里开始了单身生活，年轻厨师的工资并不高，可是在餐厅工作的话，关店后还要打扫整理，一大早又必须进货，要从立川通勤是很困难的。他觉得能省下房租也是好的。

这样一来，藤丸心想事成了。他向意大利餐厅提出辞职，一个月后终于得偿所愿，在圆服亭当上了住店的店员。

为了能充分掌握圆服亭的味道，藤丸在圆谷的严格指导下，每天都过得十分充实。就这样又过了半年。

从老客人那里得来的信息及从圆谷的言谈举止中可以推测出，藤丸在第二次求职到访时，圆谷似乎正谋划着去花店二楼和阿花同居。可是圆服亭是没有卷闸门的商住一体建筑，不管从物理上来说已经倾斜成什么样，也难免有可能会遇上入室盗窃的情况，晚上没人的话多少有些危险。

因此，圆谷颠覆了自己一直以来"雇人太麻烦"的方针，正好捕获了前来拜访的藤丸。与其说是作为厨师，倒不如说是作为警卫而录用了他。顺便一说，圆谷完全不记得藤丸第一次恳求自己要在这里工作的事。

连做菜的技术都没有考核就说"嗯，可以"，藤丸已经觉得很奇怪了，等到听说了事情的经过后自然更愤慨——这简直是把人当成金属球棒嘛。可同时他也觉得这很符合老板的为人，圆谷就是这样随随便便的性格。即便藤丸不会做菜，他也一定会说"本来就是我一个人在做，完全没问题"。自己没被当成一回事，藤丸当然很失望，可是也感到一丝崇拜——真不愧是老板，太帅了。

藤丸想早点独当一面，因此寸步不离地观察着厨房里的圆谷。无论是法式多蜜酱汁锅的搅拌方式，还是汉堡排的火候，都藏着深厚的技术和诀窍。对于这所有一切，他都想用眼睛偷师。圆谷总是因此发脾气："你是幽灵吗？这么笨重的大个头儿，烦死人了。"

藤丸住在圆服亭的二楼，有六叠[1]和四叠半竖着排列在一起的两个房间，附带小小的厨房、浴室和洗手间。他在面对着狭窄走道的六叠房间里铺上棉被睡觉，在没有窗户的四叠半房间里放上矮茶几，在那里吃饭、看电视。不过，午餐和晚餐都是店里的员工餐，藤丸自己只需要做简单的早餐或是在休息日做饭。

员工餐有时是圆谷来做，有时也会交给藤丸，有些日子藤丸也会打扫锅里剩下的半吊子咖喱或是西式炖菜。无论是吃圆谷做的员工餐，还是自己来做，藤丸都当作是一种学习，一丝不苟地对待。

无论是炸火腿排，还是煮那不勒斯意面的火候，藤丸的实力当然还远远不够。"怎么才能像老板那样，把汉堡排炸得酥脆又多汁？""那不勒斯意面好像不用考虑嚼劲儿，可是老板煮得既不会太软也不会太硬，要怎样再现这绝妙的口感……"诸如此类，他反复地实验和试错。

也许是自己的热情获得了承认，最近除了切菜等准备工作之外，

1　面积单位，一张榻榻米是一叠，长约 176 厘米、宽约 88 厘米。

老板也开始把准备酱汁时的辅助工作和煮鱼时看管火候等工作交给藤丸了。虽然和从前一样常常能听到"不对！你这个废物！"类似的呵斥，藤丸却毫不气馁。

因为他喜欢做菜。"这个和这个组合在一起会怎么样？"光是把食材摆在面前这样空想一番，便足以令他雀跃不已。每当他看到大家吃下圆谷做的饭菜，露出笑容，他便十分开心。而且自己做了准备工作，接待了客人，为之做出了一点点贡献，这么一想，他就更高兴了。

藤丸在孜孜不倦地切着菜时，总有一种不可思议的心情。

卷心菜上铺满了像迷宫一样复杂的叶脉。白萝卜的切面是近乎透明的白色，那白色里又描绘着精致的图案。还有茄子，不仅有无限吸收高汤和油脂的海绵感，排列在一起的小小的种子上还有一圈肉眼几乎看不见的装饰边。

藤丸把切好的蔬菜放在灯光下，往往看得出了神 —— 真了不起啊。无论哪种蔬菜，都像是有人按照设计图做出来的一样，既美丽又精妙。不光是蔬菜，鱼类内脏的位置、骨头的形状、眼睛和鱼鳞的质感也是一样的。

自己吃下去的是生物啊 —— 藤丸时常这么想。蔬菜和鱼类、肉类拥有如此美丽的结构和身体，我们吃掉它们，得以生存。这样一想，他甚至感到一丝恐惧。

藤丸无法很好地用语言来描述这感觉，归根结底，这是连接生与死的东西，因此他喜欢烹饪。

藤丸追随着执着于料理的圆谷老板，完全化身料理狂人，每逢休息日，不是去外边吃饭学习，就是在房间里醉心于实际创作。这样的藤丸，在人际交往上又是怎样的呢？在这一点上他清清爽爽的，和圆谷正相反。

就连隔壁洗衣店的阿姨也为他担心起来："藤丸啊，你偶尔也去约会一下嘛。没有女朋友吗？"

对于藤丸来说，工作十分充实，也没有令自己特别心动的人，他对现状十分满足。

常来店里的大叔说："这个店真是名不副实。店主好不容易到了最后才和阿花交往。这个人啊，实际上才没有那么受欢迎呢。没有他自己吹嘘的那么了不起。"

"吵死了。"圆谷从厨房里探出头来，"赶紧吃完，赶紧走吧！"

晚上的营业时段，店里相对比较空，他却催客人快走。正在大厅里招待客人的藤丸回应大叔的要求，端上了续杯的白葡萄酒。这位大叔喜欢把炸竹荚鱼作为下酒菜，小口小口地啜饮葡萄酒。

藤丸一边看着大叔吃饭的样子，一边问道："为什么说名不副实？"

"说是圆服亭，却没有艳福家。藤丸，你也是，年纪轻轻的也不出去玩一玩。"

艳福家是什么？大叔仿佛看见了藤丸头上悬浮着大大的问号，继续说道："就是在女人那里很受欢迎的意思啦。"

"哦哦。"藤丸点头，心想确实，我从来不记得自己曾经在女孩子那里受过欢迎，店主现在似乎也不能算是受欢迎，他只在阿花面前唯命是从，但是他本人看起来挺高兴，所以也无所谓了。

圆谷又从厨房里露出脸来，忠告大叔："喂，怎么喝到第二杯了？当心我告诉你老婆。而且，我的店名是'圆服亭'——'服用日元'的意思，也就是赚大钱的意思。"

"咦？真是这样吗？"藤丸第一次听说店名的由来，不由得吃惊地问道。

"怎么说呢，听起来有点贪得无厌……"

"不要给别人家父亲的命名品位泼冷水嘛。"圆服亭第二代店主圆谷说完这句话，再次缩回了厨房。

"不好意思。"从店面的一角传来招呼店员的声音。

"马上就来。"招呼藤丸的是五位客人。他们把三张双人桌拼在一起，已经差不多要吃完了。藤丸以为他们是想要结账，可他们好像正聊得开心，所有人都加了一杯啤酒。

藤丸写好点单，从大啤酒罐里接出啤酒。杯子里打出了漂亮的泡沫，很好——藤丸把五个杯子放在托盘上，小心地端上了桌。戴着眼镜的年轻女性说着"谢谢"，把啤酒递到各人的手中。

这五个客人不时会到访圆服亭。可他们之间是什么关系，从事的是什么职业，藤丸却不太看得出来。

五个人当中有三位男性和两位女性。其中一位男性看起来四十五岁左右，总是穿着黑色的西装，却没有系领带。是刚参加完葬礼吗？又像是刚刚结束工作的杀手，他的气质已经超出了稳重沉静，稍显出几分阴郁。

剩下的四个人都是二十多岁或三十出头的样子。他们都是一身休闲打扮，T恤衫配牛仔裤，穿着沙滩鞋或是BIRKENSTOCK牌凉拖。可是，要说他们是那种一起去海边大声喧哗玩闹的类型吧，又不对。虽然正值盛夏，可是没有一个人被晒黑。并且，四个人里谁也没有染发，这在近来算是非常少见了。实在要形容的话，都是看起来踏实可靠又认真的人。

藤丸在店里见过他们好几次，起初觉得他们是 T 大的老师和学生。可现在正值暑假——也多亏如此，午餐时段的拥挤才稍有缓和，最近也很少看到学生的身影。可是他们在暑假期间也不时地会来店里，有时是五个人一起来，有时会变换组合，两个人或是三个人一起来，还有时是一个人晃悠过来。那么也许是附近公司的人吧？可是，他们身上也没有上班族的气质。五个人经常兴高采烈地讨论着藤丸听不懂的话题，看起来很开心。

藤丸没有在公司里上过班，可是他猜测，假如话题是销售业绩和客户，不可能总是这么开心吧？大体上，他们的对话里完全没有销售业绩和客户之类的内容。那么他们通常在聊些什么呢？若是要回答这个问题，藤丸也很困扰。他能听到他们所说的词句，确实是在用日语讨论着什么，可是他却完全听不懂其中的意思。

就像现在，啤酒被递到各人手中之后，他们开始再次对话。

"auxin[1] 的底层……""MYB……"之类的对话，藤丸感到疑惑不解。auxin？ Oxygen Destroye[2] 的话倒是知道。前几天，他在休息日里久违地去了一次电影院，看了新上映的哥斯拉电影，因此产生了兴趣，又在手机的媒体网站上看了第一代哥斯拉电影，透过小小的屏幕，藤丸深受感动。他借着这股劲头问过圆谷："老板，你难不成是圆谷导演的亲戚？"得到的回答是"真遗憾啊，不是什么亲

1　植物生长激素。
2　氧破坏剂，怪兽电影《哥斯拉》中出现的一种武器。

戚"，藤丸因此十分失望。

总之，藤丸对这五位客人的真实身份不得而知，他们在九点半左右回去了。熟客大叔一直待到十点，他背着圆谷把第三杯葡萄酒喝下肚，看起来心情十分愉快。

关店后，藤丸和圆谷花了一个小时左右的时间来打扫和做明天的准备。结束这些工作后，圆谷回到阿花那里，藤丸沿着厨房旁的台阶上到二楼。

现在是夏天，二楼六叠房间的窗户随意敞开着。如果打开纱窗把头伸出窗外，可以看到对面人家门前生长的木槿树，正开着大片白色的花。从本乡大道的方向传来汽车驶过的声音。

藤丸冲了澡，喝了事先泡好后放在冰箱里的麦茶。今天也努力工作了一整天。他在六叠房间里铺好棉被，把被单搭在肚子上躺下。

想到要定闹钟，藤丸拿起手机。朋友发来的信息也好，邮件也好，什么都没有。难道我正过着寂寞的生活？他不经意地想着，却立刻输给了睡意。

拉下垂下来的长长的灯绳，房间里的光亮消失了。手机像平时一样，定在七点钟响起。蝉正在拼命地叫着，像是要击退湿热的空气。也许是植被丰富的 T 大校园里羽化为成虫的蝉吧。"auxin 到底是什么呢？"这是当天夜里藤丸最后想到的。

几天后，圆谷兴高采烈的样子有些奇怪，正当藤丸觉得奇怪时，附近的自行车行送来了亮闪闪的崭新的自行车。还是店主自己骑着送来的，真是体贴啊。

藤丸惊讶地看着这辆停在圆服亭前的天蓝色的自行车，自行车的后轮上，装载着一个竖长的银色箱子，和拉面店送外卖的摩托车上装的箱子一样。可问题是这不是摩托车，而是自行车啊。"咦？我们店要开始外送吗？"藤丸问圆谷，"这附近有不少坡道，骑自行车的话会挺辛苦的吧？"

"可是你没有摩托车执照吧？"圆谷说道，自行车行的店主大叔站在一旁，也满脸笑容地直点头。

"啊？要让我去送餐吗？！"

"浑蛋，当然是你啊！我腰疼嘛。我这样再去送餐怕是要死掉了。"

至少事先也跟我商量一下嘛——藤丸心里虽然这么想，但想到就算和圆谷说了也没用，只好放弃了。"好吧。"虽然圆谷的性格很随意，但藤丸在不拘小节这一点上也丝毫不会输。

按照圆谷的说法，在圆谷的父亲还是圆服亭店主的时候，曾经全家出动来店里帮忙，因此提供送餐服务，人手是足够的。而送餐主要是由继承了店铺的儿子圆谷来负责。店里的西餐能热热乎乎地送到大家手里，这项服务很受附近居民和 T 大教职员的欢迎。顺便说下，当时圆谷用来送货的是摩托车。老板真是只顾自己轻松啊，藤丸不禁生出几分怨气。

圆谷把车钱交给自行车行的店主后，马上开始制作海报。

"现在便当店和便利店都很多，不知道市场上究竟有多少需求。可是啊，难得招到了年轻的劳动力，稍微扩大点事业规模也不是什么坏事嘛。"

他这样说着，用黑色的马克笔大大地写下了"开始外送（★仅限晚餐），请致电"。藤丸把递过来的这张纸用图钉固定在收银台背后的墙上。

效果在当天就开始显现。午餐时段，那个身穿黑色西装、看起来一脸忧郁的男人独自来到店里，没什么精神地点了一份咖喱饭，明明身材消瘦却点了超大份的饭。他把咖喱饭吃了个精光，一粒米都没有剩下，然后又像英国贵族喝红茶一样，优雅地品尝着饭后的咖啡。

藤丸被接待和厨房的工作步步紧逼，同时也观察着这个男人。午休时间已经所剩无几，店里的气氛显得有些激昂，只有那个男人身旁飘浮着一丝安静，总觉得他就像一株植物。

不过，没有哪个植物会吃大份的咖喱饭。看到有新来的客人正在店门口等待，藤丸顺手从男人桌上收走了吃完的盘子。男人这时才仿佛留意到店内的拥挤，他像是从梦中惊醒，忽然回过神来，慌忙喝光了咖啡，从位置上站了起来。

藤丸把手里的托盘放在厨房的台子上，为了给男人结账而转向收银台。站在收银台前的男人，身高比藤丸要低一点。他的头发梳理得很整齐，恰好能露出额头，戴着细细的银边眼镜。这副装束就像是把"认真"画成了画一样。可是，无论是他常穿的那件像杀手一样的黑色西装，还是他修剪得短短的指甲——不知道为什么沾着些许泥土的污渍——总还是会给人留下不协调的印象。

难道说是刚刚杀了人，然后把尸体埋在哪里了吗？藤丸愈加仔细地观察起眼前的男人来。男人表情淡漠地从夏季西装胸前的口袋里拿出一张千元钞票。

纸钞上有些皱褶。这个人看起来有些神经质，难道不用钱包吗？藤丸把零钱递给他，男人一边接过来，一边问："可以送外卖吗？"虽然在店里见过好几次，可这还是男人第一次跟藤丸搭话。

他的视线落在藤丸背后那张贴在墙上的纸上。

"可以送。但因为是骑自行车，所以去不了太远的地方。"

"没问题，很近的。"男人摸遍了全身的口袋，从长裤左后方的口袋里掏出一张名片，"可能会拜托你们送餐，到时候请送到这里来。"男人说着，把名片递给藤丸。名片的角有点磨损。藤丸心想，这个人也不用名片夹。

藤丸拿到的名片上写着这样的内容：

T 大学研究生院理学系研究科生物科学专攻

（理学院 B 号馆 361 号房）

教授　松田贤三郎

看起来只有四十多岁，已经是 T 大的教授了吗？虽然不太懂，但应该是很厉害的。

藤丸手里拿着名片想着这些，名叫松田贤三郎的男人向他点了点头，向外走去。藤丸急忙朝那穿着黑西装的背影说了一句："多谢惠顾。"

原来不是杀手呀，虽然这是毫无疑问的。藤丸目送松田走远，把等在外面的客人招呼进店里，心里既有几分失望也感到几分安心。虽然弄清了松田的真实身份，可名片上写的"生物科学"是什么学问，他仍然弄不明白。上野动物园离这儿不远，难道是研究熊猫的生态吗？……啊，也许是为了向熊猫表达敬意，松田教授才会常穿黑色的西装和白色的衬衫吧。藤丸暗自点了点头。

松田是 T 大的老师，那么经常和松田一起来圆服亭的年轻人们一定就是 T 大的学生，这一点总算是弄清楚了。藤丸把松田的名片小心翼翼地放进了收银台里。

第二天正午前的时间，一位听起来是中年女性的人给圆服亭打来了电话。

"麻烦送餐。"

这是第一单外卖。藤丸握着话筒干劲十足地答道："好的！请说您的点单内容和地址。"

"那不勒斯意面三份、蛋包饭两份。我叫中冈，是 T 大松田研究室的秘书，能请您送到 T 大理学院 B 号馆的 361 号房吗？"

松田研究室！松田留了名片，立刻就来点外卖了。原来大学里也会有秘书，还以为只有社长的办公室里才会有秘书呢。藤丸在记账单上写下他们所点的内容，说道："好的，三十分钟内可以送到，好的，好的，谢谢你们订餐。"然后挂断了电话。他把所点的内容报给厨房里的圆谷，接着一边接待来吃午餐的客人，一边把送外卖时会用到的零钱放进事先准备好的腰包里。

收银台的海报上写着外卖只限晚餐，可松田似乎没有看得那么仔细。藤丸也因为这第一个外卖订单而丧失了理智，最重要的是，圆谷本人已经把写在海报上的内容忘了个一干二净。其结果就是，在那之后，圆服亭逐渐变成了只要是营业时间内无论什么时候都会送餐的餐厅。

那不勒斯意面和蛋包饭做好了。藤丸一盘一盘严丝合缝地包好保鲜膜，在保温性能很好的大保温壶里灌上免费赠送的法式清汤。为了防止研究室里没有餐具，他拿出了叉子和勺子，还带上了五个用来装汤的杯子。

藤丸把这些全部装进了天蓝色自行车上的银色箱子里。最后，他又重新看了看放在收银台里的名片，把"理学院 B 号馆 361 号房"牢牢地记在脑子里。T 大就在圆服亭的隔壁，可藤丸却从没去过校园建筑物的内部。能够以工作名义，堂堂正正地进入未知的世界，这么一想，他有点兴奋起来。

圆谷也停下手里的活儿，走到了店外。

"T 大里面很大的，可别迷路了。"

"好的。"

"别磨磨蹭蹭的，快点回来。"

"都说了没问题，老板，汉堡排要烧煳了。"

"稍微煳一点，对身体也没什么影响嘛。"

可是对店里的风评会有影响啊，藤丸在心里反驳着，跨上了自行车。

"那……我走啦。"

"小心点啊。要是把外卖弄洒了，今天就别想吃午饭了。"

藤丸挥了挥手，用力踩下踏板。装外卖的箱子比想象中要重，车身摇摇晃晃的。可是一旦开始加速，天蓝色的自行车就重新稳稳地前进起来。藤丸挎在左手腕上的零钱包和吊在背后的银色箱子都随着节奏左右摇晃着。

蝉鸣声声。从圆服亭所在的小路一拐到本乡大道，藤丸就暴露在了夏天的烈日下。他厌恶地猛踩踏板，脑门上渗出了汗滴，掠过胳膊的风令人感到舒适。

他骑过本乡大道，不一会儿就来到了 T 大红色的大门前。藤丸从自行车上下来，抬头看着"赤门"。赤门就像它的名字一样，涂成了红色。看起来像是历史剧中会出现的大门，有着气派的屋顶。不对，与其说它是"门"，不如说是"建筑物"更加合适。毕竟，它的宽度能容纳三个圆服亭呢。以前圆谷说过，T 大的本乡校区据说是江户时代加贺藩大名¹的公馆，赤门也保留着当时的名字。

藤丸有时早上很早就醒了，他在 T 大的校园里散过好多次步。那个时间的校园里几乎没有什么人在活动，植物湿润的气息抚弄着他的鼻腔，开始泛白的天空中只有鸟儿的叫声。可是，现在这个时间却有大批的人在大门内外通行。有的人看起来像是 T 大的学生和教职员工，也有的人像是工人，还有看起来像是观光客的一群人，正在以赤门为背景拍照。

藤丸多少有点胆怯起来。我看起来像是 T 大的学生吗？不像吧，我系着围裙，车上还挂着送外卖的箱子。他一边这样想，一边想避过警卫的目光，推着自行车穿过赤门。天蓝色的自行车也像心里没底一样，干巴巴地转动着车轮。

刚一进校园，藤丸就看到了广告牌造型的地图。在藤丸眼里，地图上代表建筑物的长方形仿佛有无数个。按照这上面所画的，自己要去的理学院 B 号馆就在赤门旁边，靠近本乡大道——太好了，可以赶在菜冷掉之前送到了。藤丸推着自行车在校园里行走。隔着不算高的墙，外面是交通量很大的本乡大道，不知道是不是因为树木吸收了噪声，大学里莫名地有一种静谧的气氛。

不远处的前方就是理学院 B 号馆。那是一座十分古老的建筑物。不仅古老，而且还非常沉稳和优雅。三层高的建筑，整体上是茶色

1　大名：日本封建时代的地方领主。

的砖，像是从地里长出来的一样，很有分量。建筑物的一部分看起来有四层，正面呈现"凸"字形。整座建筑并没有给人无机质的印象。在伸出来的外立面上，横着排列有三个拱形，那里面似乎有作为入口的大门。外墙的砖和排成一列的窗户的镶边都描绘着涟漪似的弧形，像是与正面的拱形相呼应。

建筑物的造型绝妙地融合了直线和曲线，藤丸看得十分感动——这样的建筑物现在还在使用啊，真了不起。整个建筑物就像是某个纪念馆一样，哪怕将它加以保存也丝毫不会令人感到奇怪，比如拉起禁止入内的绳子，写上"禁止穿鞋进入""请勿用手触摸"等。

藤丸在建筑物正面的台阶下停好自行车，张望了片刻。在他面前，几个男女在建筑物里进进出出。好像不用脱鞋就能进，似乎也没有前台，来来往往的人都一副随意的样子。藤丸判断，看来自己进去也不会被斥责，他从自行车上取下银色的箱子，左手提着箱子，走上台阶，穿过了正面的拱门。

在他面前的是一扇左右分开的门。大大的木质门是深米色的，一直到腰的位置都镶着玻璃。藤丸先透过玻璃窥视了一下里面的样子，能看到玄关的门厅，左右都有台阶。房顶很高，地上铺着大理石。像是"很旧很旧的鹿鸣馆 [1]"，也可以说是由于建筑物年岁已久，整个空间变得更有况味了。

虽说时日已久，可这鹿鸣馆似的建筑物竟然是校舍，真厉害啊。我以前读过的高中不过就是一个"灰色的盒子"罢了。藤丸一边感动着，一边握上黄铜质地的把手。打不开。无论是推还是拉，门都

1　鹿鸣馆：建于 1883 年，位于东京的千代田区，是外交活动的宴会场所。

纹丝不动。咦？为什么？也没看到要用钥匙打开的样子，大家都是怎么进去的？藤丸有点着急，四下张望着想寻求帮助。偏不凑巧，这附近一时没有人经过。雪上加霜的是，他这时才留意到门玻璃上贴着一张写有"无关人员严禁入内"的字条。就连这张字条也是时日已久，字是用毛笔写的，纸也染上了几分茶色。

难不成要输入密码，或是进行指纹认证，需要这些步骤吗？藤丸审视门把手旁边的墙，看不出来有什么迹象显示这里导入了最先进的防盗系统。在这期间，银色箱子里的饭菜也快冷掉了吧。藤丸使出浑身力气，毫无章法地又是推又是拉又是拧。这当口儿，玻璃对面出现了人的身影，门从里面轻轻松松地打开了。藤丸把全身的力气都压在了门上，不禁一脚踏空冲进了玄关。他好不容易站稳，想要道谢，于是抬起头看着眼前的人。

为他打开门的是一个身材娇小的女性。她的年纪比藤丸稍长一些，像是二十岁中段，亮闪闪的黑发扎成一束，戴着眼镜，一身 T 恤衫、牛仔裤和沙滩凉鞋的休闲打扮。藤丸见过这位女性，她是曾经和松田教授一起来圆服亭中的一人。是她接过啤酒发给大家，或是汇总大家要点的菜，在不经意间照顾着大家。

女性也看到了藤丸的脸和他左手提着的银色箱子，问道："是圆服亭吗？我想你可能找不到房间，所以出来接你。真是正好。"

"您是秘书中冈女士……"

藤丸刚说完，顿时觉得不对。打电话来点单的女声有一点盛气凌人，可是现在自己眼前的这位女性，声音像风铃一样清凉又轻盈。

"不是，中冈自己带了便当。我是松田研究室的研究生，我叫本村。这边，请跟我来。"本村说完，沿着玄关大厅右手边的台阶向上走去，藤丸跟在她身后。台阶上铺着木地板，木质的扶手描绘出柔和的曲线。也许是因为被很多人触摸过，扶手的尖角也变得圆滑，带着佛像般润滑的光泽。

楼梯间的平台上放着玻璃做的展示柜，一直高到天花板，柜子里装饰着谜一样的物体，看起来像巨大的椰子树叶，却是纯黑色的。这是什么呀？藤丸一边纳闷，一边走过它，到了三楼，他终于想到，也许是哥斯拉的胡子。

三楼的走廊上也铺着木地板，拱形的梁支撑着涂了灰泥的屋顶，走廊的两旁满满地堆放着办公用的架子和看起来像是实验器材的金属箱子。在那之间有几扇木门，门把也是黄铜质地的。门的背后像是研究室和实验室，门上挂着用来标示房间里有没有人的软木板，还贴着"进房间时请换鞋"的注意事项。有的门上贴着印有水母的海报，还有一些贴着色彩鲜艳的照片，看起来像热带的鸟类。

藤丸对一切都感到新奇，他一边东张西望一边沿着走廊往前走，最后，他的目光落在了走在自己前面的本村的脚后跟上。和藤丸的脚后跟相比，本村的脚后跟很小，让人想不到是同一个部位，她的脚后跟泛着一丝红色，看起来很光滑。嗯，真是漂亮的脚后跟，藤丸看得入了神，为了分散注意力，他开口问道："入口处的大门，是安装了什么保安装置吗？"

"没有，"本村在回答时没有回头，"不过呢，也可以说算是一种保安装置吧。"

她在三楼走廊尽头的房间前停下脚步。"你看，这里也是。"说话间她握上了扶手，门上贴着"松田研究室"的牌子。

"窍门是要把扶手整个向上稍微提一点。太旧了，都老化了。"

本村第一次露出笑容，藤丸的注意力被她所吸引，这时，门开了。藤丸看到室内的样子，不由自主地"哇"了一声。只见房间里到处都是绿色的植物，地板上四处都放着盆栽，枝繁叶茂。

这些植物当中没有一种是藤丸见过的。比如巨大的像芋头叶一样的植物，还有可能是某种兰花的植物，以及像野菊一样不起眼的植物。满地的花盆里，没有一种是他能叫得上名字的。没有看见竹子，也就是说没有在研究熊猫吧，藤丸心想。

房门正面的深处是窗户，窗边也摆着小花盆。可是，因为窗前摆着一扇屏风，看不到窗子的左半边。书和杂志从屏风背后溢出来，雪崩似的摊了一地。

房间的整体虽然杂乱，却充满着阳光和绿色，氛围让人感觉很温暖。

从门这里看过去靠右手的墙边，是小小的流理台和两张书桌。左手的墙边有三张书桌，每张书桌上都放着电脑，三个年轻人正在工作。桌子旁还摆着天花板那么高的书架，书堆得满满的，还有一些是英文书。

房间的正中央有两张大书桌，本村指着大书桌说："请放到那儿吧。"接着又向房间里的人说道："圆服亭的外卖送来啦。"面对电脑的年轻人们从各自的位置上站起来，接过藤丸手里的饭菜和餐具，帮忙在大桌子上摆好饭菜。看起来三十岁左右的男人名叫川井，看起来二十五岁到三十岁的女生名叫岩间，和本村差不多大的男人叫加藤。

川井是助教，岩间是博士后，加藤是研究生，藤丸弄不明白这些都是什么，只能用"我是圆服亭的藤丸"来回答。说到不知道的事，他也不知道送外卖究竟应该服务到什么程度，总之先把汤倒进了自己带来的杯子里。

"对了，要给钱。"饭菜摆好之后，松田研究室的四个年轻人开始各自掏出钱包。助教川井一边在包里摸索钱包，一边向屏风里喊道："松田老师，吃午饭啦，松田老师——"

屏风后面传来咯吱咯吱的声音，像是有人在活动。推开书山，研究室的主人松田贤三郎的身影出现了。松田还是和往常一样，一副冷冷的样子，他对藤丸一边说"你好，谢谢"，一边阻止了掏钱包的几个年轻人，自己付了所有人的饭钱。接过藤丸从腰包里拿出来的零钱，松田一边随意地往长裤的口袋里塞，一边向书桌走去，后脑勺的头发翘得十分壮观。

"老师，你刚才在睡觉啊？"岩间冷静地直指要点。

"我可没有睡觉，我刚才是在思考。"

"为什么要撒这种立刻就会露馅的谎啊？"

"这个房间里窗边的阳光很好嘛。"

岩间和本村相视一笑。

"请问，"藤丸提起空了的银色箱子，开始提出自己一直在意的事情，"各位所做的是什么样的研究呢？"

顿时，在房间里正准备开始吃蛋包饭和那不勒斯意面的每一个人都彼此看了看，随即大家的视线转向松田，由他代表大家做出了回答。

"植物学。"

回到圆服亭后，圆谷看着藤丸的脸，说道："你怎么一副刚刚从龙宫城[1]回来的样子？"

藤丸"嗯"了一声，立刻在午餐时段拥挤的店内做起了接待工作。

晚餐前的休息时间，他去 T 大收回餐具。就像本村教的那样，他把入口处的大门把手稍微往上提一些再拧动。

理学院 B 号馆的内部似乎没开空调，却阴凉而又安静。松田研究室的门关着，室内好像没人。远处传来了有人穿着拖鞋走动的声音。

餐具被洗得干干净净，叠放在门旁的走廊上。藤丸把餐具收进银色的箱子里，一边不停地回头张望，一边离开了研究室。

回到圆服亭后，圆谷看着藤丸的脸，说道："你怎么一副被乙姬给甩了的样子？"藤丸答道"嗯"，然后开始用力削起了土豆皮。本村的脚后跟，比这还小还圆润——他回想起被绿色植物覆盖的研究室，以及聚集在那里的人们的脸。

不明白自己为什么会对这些人如此在意，不过倒真想弄明白啊，他们所研究的植物学究竟是怎么一回事。

圆服亭新近开始的送餐服务开展得十分顺利，各种各样的订单发来了：住在附近的老夫妇，想开午餐会议的公司，家有婴儿所以无法外出用餐、做饭也很不方便的小家庭等。藤丸骑着天蓝色的自行车跑遍了本乡一带。同时，他还需要做接待、烹饪、扫除等日常工作，因此夜里一倒在棉被上就瞬间陷入酣睡。

1　龙宫城：日本民间故事《浦岛太郎》中的仙境。传说浦岛太郎救了海龟，被带往龙宫城度过数日，受到龙宫仙女乙姬的热情款待，回来后发现陆地上已过了几百年。

某天夜里，圆谷发现自己把手机忘在了店里，深夜时分从花店回来取手机。第二天早上，他一脸凝重地评价藤丸的鼾声："我还在想，你该不会在二楼养了一头熊吧。"

这可有点不妙，藤丸考虑要不要买点贴在鼻子上防止打鼾的贴纸呢？可是他随即便打消了念头：不用不用，反正我是一个人住。现在连个睡在一起的对象都没有，哪需要考虑这些事情。这下他又开始思考，自己到底有没有吸引力？可令人悲伤的是，自己只要沾上枕头，三秒都不到就陷入睡眠，也就自然没有结论了。

松田研究室每十天左右就会点一次外卖。偶尔会各付各的，但大多数时候是松田支付所有人的餐费。

"老师很留心这方面，"本村悄悄告诉藤丸，"我们都要专心做研究，没法出去打工。"藤丸因为时常进出研究室，也渐渐和本村等人熟悉起来。研究室的这些人好像周六也会来大学，深夜还会做实验或是读写论文，简直就像住在大学里一样。

藤丸还不清楚，本村他们如此全神贯注研究的究竟是什么。可是，想到这些和自己年龄差不多的人如此热心学术，他便会想"我也要加油啊"，踩着踏板的脚、握着菜刀的手，自然也就更加用力了。

到了九月中旬，暑假结束，学生们再次回到大学校园。藤丸也因此了解了本科生和研究生有什么不一样。

从四年制本科的大学毕业后，为了更进一步研究专门领域，可以升入研究生院。T大理学院为了保证学生在本科的四年间拥有开阔的视野，在课程设置上允许学生自由地选择。也许是这个原因，松田的研究室里没有本科生，本村和加藤都是研究生院的研究生。研究生院也分为研究生课程和博士生课程，研究生基本上是两年，之后升入博士，博士基本上是三年，无论是研究生还是博士生都必须完成论文。

藤丸对这一点已经感到很惊讶了："哇，要学习那么多年吗？"可更令他感到惊讶的是，写完博士论文，获得博士学位后，作为一个研究者的研究生涯才算正式开始。因为只有在大学或企业取得职位，才能致力于自己的研究或实验，这样的人已经算得上是拥有钢铁般的求知欲了。

顺便一提，博士后岩间是已经获得了博士学位的研究者，在松田的研究室里工作。助教川井当然也获得了博士学位，他正一边进行自己的研究一边在大学里开课，在教育领域里摸索。

藤丸也是一样，他潜心修业，想花费毕生精力成为圆谷那样的厨师。说到圆谷本人，仍然像往常一样对花店的阿花言听计从，到了休息日就一起去泡温泉或是去看歌舞伎，在店里也常常兴高采烈地和熟客们说些傻话。在克己这一点上，圆谷和松田研究室的成员们之间有着云泥之别。想要在学问上穷其究竟真是一条艰难的路啊 —— 藤丸作为门外汉只能瑟瑟发抖。

下半学期开学后，随着人群密度上升，T 大的校园看起来更有活力了，与之成反比的是蝉鸣声越来越微弱。残暑中的某天，藤丸依然骑着天蓝色的自行车，去理学院 B 号馆收回餐具。

他驾轻就熟地把放在走廊上的餐具收进银色的外卖箱里。这时，松田研究室旁边的门开了，本村刚好从里面走出来。

"藤丸，谢谢你。"

"一直以来都要谢谢你们。其实，餐具不用洗也没事的。"

"洗了反而给你添麻烦吗？"

"不不，帮了大忙了。"

藤丸急忙摆手。本村今天也身穿 T 恤衫和牛仔裤，在装扮上不加矫饰，T 恤上突兀地印着像是嘴唇特写一样奇妙的黑白照片。

"这是什么图案呀？"

"这是气孔。"

"什么？"

"是叶子表皮上的孔，是用显微镜照相机拍的。我觉得很可爱，就试着印出来了。"

本村的脸颊泛起红潮，像是有些自豪。

"啊，这样啊……"

这么说来，生物教科书上好像也印着气孔的照片。可爱吗？看起来有点奇形怪状的……藤丸心想。但是他当然没有发表意见。

以前来收餐具的时候，研究室周围都没有人。现在好不容易遇上了，藤丸想再跟本村多聊两句。他垂下视线，一边看着本村沙滩凉鞋里薄薄的贝壳似的脚趾，一边搜寻着话题。可是，无论如何，对方是一个身穿气孔图案 T 恤衫的女孩，不用刻意寻找，除了"植物"以外也没有什么其他话题了吧？藤丸抬起头，提出了自己一直以来都很想弄明白的问题。

"本村，你们是在研究植物吧？我也很喜欢蔬菜。我在厨房里切菜的时候，经常会看着菜的横切面发呆，老板就会冲我发火。"

"是吗？"本村笑了，"植物真的有一种不可思议的美感。"

"说到植物学，是不是会对蔬菜的品种进行改良？"

"一般是农学专业的研究会在那些方面发挥作用，这里是理学院，主要是进行基础研究。"

"基础研究……"

"对，研究植物的细胞和遗传因子，比如说光合作用的发生原理等，我们主要研究这些。"

细胞……遗传因子……这些不是最"基础"的东西吗？藤丸在内心喊道。

"松田老师的研究室，主要是研究叶子的。"本村继续说明，"不是食叶蔬菜，而是叶子……"

研究这些有什么用呢？藤丸的疑问像是挂在了脸上。本村也露出了有点困惑的表情。

"看到树木也好，草也好，我会想，叶子为什么会是这个形状？为什么会这样生长？藤丸，你不会吗？"

不会啊，藤丸本想这么回答，却又重新想了想。树和草长出叶子是再自然不过的事，自己没有思考过，被人这么一说竟感到有些不可思议。为什么枫叶会是枫叶的形状，而欧芹会是欧芹的形状呢？

我是枫树，所以要长出手掌形的叶子，到了秋天就会变色哦。植物会产生这样的想法吗？而且，就算都是枫树，根据种类不同，叶子的形状也会有微妙的不同。还有，在同一棵枫树上，也可能会长出和其他大多数叶子的形状不一样的叶子。就算形状一样，叶子的大小也多多少少有些不同。

叶子的形状和大小，究竟是由什么来决定的？藤丸确实对此一无所知。而对于自己的无知，自己竟然也是一无所知，只是无意识地看着街边的树木和林立在 T 大校园里的树。

智能手机、电视机、飞机，对于这些东西的构造，藤丸当然也一无所知。在这一无所知的状态下使用着它们，觉得真方便啊，并且还将错就错地为自己辩解机器的构造都挺难的，外行人不知道也没办法嘛。可是，对于同为生物、存在于自己身边的植物的叶子，自己竟然也一无所知！藤丸不禁深受冲击和感动。其中有冲击：我到底是有多漫不经心啊；也有感动：就算这样，世界上竟然还是有人会对叶子的构造感兴趣……一般人只会想到"啊，是树叶"而已。

"我以后也会好好思考树叶的。"藤丸回答。以后？对方也许会对这样的回答感到失望，可是本村却笑着说："嗯，一定。"藤丸也开心起来。

"可是，怎么才能研究叶子的形状和生长情况呢？是要采集很多叶子回来对照着观察吧？"

"不用，我是通过显微镜来观察树叶，测算细胞数量的。"

"哦……细胞的数量，就一个劲儿地数吗？"

"对。"

本村笑眯眯的。藤丸有些头晕。他已经开始觉得，要针对叶子进行思考，自己可能做不到。

"如果你有时间的话，要不要来看看？"

像是没有留意到藤丸的头晕目眩，本村轻松地邀请藤丸。在藤丸的脑海里，好奇心和圆谷做的员工餐被放在了天平的两端。答案马上就有了。老板，对不起！他在心里道歉，现在正好是午休，时间上没问题。他把手里的银色箱子放在走廊的角落。

"可是，真的可以吗？我是外人，如果有什么机密信息……不对，如果有什么机密信息，我也看不懂。"

"在化学或是药学的领域，研究很快就会转化成专利，所以对待信息会比较敏感。"本村转身，拉开她刚刚出来时的门，"可是，在植物学的世界里就不那么在意这些了。因为不管怎么说，都是不太容易转化成金钱的研究。"

本村打开门。松田研究室隔壁的房间是实验室，面积有研究室的两倍那么大，在靠墙的架子上放着实验用的道具和器械。房间的中间，摆着好几台和高中的理科实验室里一样的大型实验台。每张桌子都整理得干干净净的。

"我研究的对象是一种名叫拟南芥的植物的叶子。"本村快步走向实验台的一角。

"拟南芥？"

藤丸一边观察着房间里没见过的实验器械，一边跟在她身后。

"是一种平淡无奇的草，长在路旁，也不引人注目。可是，它被称为'模式生物'，在植物学界里非常主流。因为生长得很快，马上就能采到种子，染色体组也全都被解读了。'改变这个遗传因子的话，会产生这样的突变株。'像这些信息也已经很清晰了，所以用在实验里非常方便。"

染色体、突变株——藤丸好多次感觉到自己的意识越飘越远，他姑且重振精神，探头去窥视站在实验台前的本村的手。

桌子上放着的盒子里，装着长方形的载玻片和薄薄的正方形的盖玻片。藤丸在做理科实验的时候曾经用过这些东西。

当他还是小学生时，曾经在课上用过显微镜，从学校的观察池里取来水，用滴管取一滴放到载玻片上，再盖上盖玻片。原本期待着能看到水蚤或是新月藻，可是藤丸他们这一组的运气很差，不管试多少次都只能看见像是垃圾的黑色碎片。没办法，他们只能把垃圾似的物体作为"观察结果"，简单地画在笔记本上交了上去。

可是，现在本村捏在指尖的，是藤丸第一次见识的物体。它由透明的塑料制成，全长大约三厘米，非常接近圆锥形，有一个圆形的盖子，他因此看出这是一个容器。这物体的形状像是从圆珠笔的笔头开始向上三厘米的部分切下来，再加上盖子。

"这是什么？"

"这是微量离心管。"

本村摇动那个小小的容器。容器里装有无色透明的液体，还有薄薄的谜一样的东西，像小脚趾的指甲大小，是绿色的。

"难道说，这里面装的是叶子？"

"对，这是拟南芥的叶子，泡在名叫 FAA 的固定液里。"

叶子从摘下来的瞬间就开始干燥和分解蛋白质。为了防止这一过程，令叶子保持新鲜的状态便于观察细胞，需要把它浸泡在固定液里。

藤丸接过这个名叫微量离心管的容器，在得到本村的许可后，他打开盖子。容器的内部充满固定液，发出直冲鼻腔的味道，那种味道像是黏着剂，又像是稀释剂。藤丸觉得仿佛在哪里闻到过这个味道，他在记忆里搜索了片刻，对了，他想起来了。

那是能够吹起透明的球形泡泡的玩具，比肥皂泡要结实。自己还是个小孩子的时候，曾经在杂货店里买来玩过。和颜料一样的软管里装着透明的胶状物质，把它放在又细又短的吸管的尖端，只要向吸管里吹气，胶状物质就会圆圆地膨胀起来。它一时不会缩小，圆圆的小球可以捧在手里玩。FAA 的气味，就和那个胶状物一模一样。

藤丸在乡愁的支配下把微量离心管凑近鼻子，深深地吸着气味。这期间，本村从实验台的抽屉里拿出了笔盒。藤丸想当然地认为里面放着文具，可盒子里装的却是好几把小镊子，镊子的尖端非常细。

本村从藤丸手里接过微量离心管，用小镊子夹起叶子。

"诀窍是要夹住叶柄。如果用镊子夹到叶子，就会破坏细胞。"

所谓的叶柄，指的是连接叶子和茎的柄。叶子本身只有小趾的指甲那么大，只有一点点突出来的柄，非常小而纤细，长度不过两三毫米罢了。

本村使用镊子的技术十分灵巧。她把从固定液里夹出来的拟南芥叶子放在了载玻片上。接着，她从文具盒里拿出剃刀的刀片，在叶子上部切开了三处。

"为什么要切开？"

"为了让叶子不要卷曲起来。你也来试试吗？"

"啊，那我就来试试吧。"

这正是作为厨师露一手的好机会，藤丸干劲十足，他从本村递过来的新的微量离心管里用镊子取出了叶片，在本村刚刚切过的叶子旁边放下另一片，用刀片切下了刻痕。可是，不管怎么说，"敌人"的尺寸实在过于迷你。他左手拿着镊子压住叶柄，右手的刀片想要在不弄破叶子的前提下划出刻痕，这比剔除秋刀鱼的鱼骨还要费力。

终于，藤丸结束了和叶子的搏斗，颇有成就感地抬起头。本村一直注视着藤丸的手，也满意地点了点头："嗯，做得很好。"作为厨师，藤丸总算是保住了面子。

"接下来，要在叶子上滴水合氯醛。准确来说，是水合氯醛和水以及甘油的混合物。"

"呃……"

本村像是看穿了藤丸的疑问，她继续说明："甘油是可以给液体增加黏稠度的物质。水合氯醛可以让叶子变得透明。变透明了以后，在显微镜下也更容易看见细胞。拟南芥的叶子很小、很薄，一旦滴上液体，就会渐渐开始变得透明。静置二十到三十分钟的话就更加万无一失了。"

对本村条理井然的说明，藤丸唯有钦佩——简直像生物老师一样。不对，她本来就是专业人士，是如假包换的生物老师。

本村拿起实验台旁挂着的一个灰色的工具，看起来像是未来世界里的手枪。

"这是移液枪。"

"嗯？移液枪？"

不仅不像工具，还像和怪兽战斗的武器的名字。"移液枪"，这名字听起来挺弱的，藤丸心想。

藤丸所知道的移液器是玻璃制的，尾端的部分有橡胶指套似的东西。捏一捏橡胶，就能吸起液体。可是本村现在手里拿着的移液枪更接近机械，有一种拍摄动作电影的感觉。

"移液器只能目测液体的分量，可是移液枪更精确，能够自动测量微量单位的液体。"

本村用移液枪吸取水合氯醛溶液，滴在载玻片上并排放置的两片叶子上。

"接下来，盖上盖玻片吧。不要让空气混进去了……"

听到本村的指示，藤丸急忙用镊子夹起盖玻片，他一边小心翼翼地避免弄碎薄薄的玻璃，一边把它轻轻盖在叶子上。幸运的是，没有弄出气泡。

"藤丸，你真是挺擅长这些的嘛。"

对于本村来说，这拟南芥叶子是重要的实验材料吧？尽管如此，她仍然肯让毫无经验的藤丸参与自己的准备工作，还仔细地说明操作方法和工具。假如是本村一个人来做这些，当然会做得更快，也做得更好。明明得不到任何好处，却这么亲切地指导自己，还表扬自己，本村真是个好人啊。藤丸暗暗地感激。

可藤丸大概是受到了圆谷斯巴达式教育的影响，还不太习惯这种"赞扬教育"。

"是吗？"

虽然很高兴，可说出口的回答竟有些冷淡。

"和做菜有点像。切好、摆好、混合好，测好正确的分量。"

"是吗？可是我做菜很差，一点都没进步。"

"做习惯就好了吧。"

"可是我一个人住，都已经第三年了……"

"……"

做实验的熟练程度和料理的品位完全是两码事。藤丸想要顺着她的话题说些什么，却卡住了，他不经意地将视线转回刚刚做好的载玻片，随即惊讶地高呼："哇！已经开始变透明了。"

把脸凑近仔细看的话，可以看见并排放置的两枚拟南芥的叶子已经从切开处的边缘渐渐开始变得透明。

"是的。可是这个状态还残留着很多绿色，用显微镜还很难看清细胞。"

本村摘下空的微量离心管盖子上贴的标签，把它重新贴在载玻片上。上面写的似乎是叶子的采摘日期。她贴完标签，从架子上拿来了别的载玻片。

"这是滴上水合氯醛并放了一个晚上的叶子。"

"噢。"

在刚刚放到实验台上的载玻片上，盖玻片覆盖着三枚已经完全变透明的拟南芥叶子。叶子的颜色已经褪得非常干净，如果不仔细看的话，看不出来那里放了东西。

"跟厨艺节目差不多嘛。'这是已经在冰箱里腌渍了三十分钟的食材'。"

"真的。"

藤丸和本村不约而同地笑了。

实验台的一角放着一台显微镜。大学里使用的显微镜想必是巨大的高性能的东西吧？藤丸曾经这样猜测，可是和高中实验室里的显微镜相比几乎看不出什么区别。

本村把载玻片放到显微镜下，转动旋钮调节焦距。

"地下的显微镜室里有性能更好还能拍照的显微镜，可是那里是预约制，现在这个时间都被约满了，今天就用这个显微镜来看看拟南芥的叶子吧。"本村挪开身体，把显微镜前的位置让给藤丸。藤丸怯怯地把眼睛靠近显微镜。

"哇哇哇！"

透过镜头，他看到了叶子上排列的细胞，就像透明的拼图一样。像是把柊树的叶子精巧地铺满视野，一个个细胞都呈现出锯齿状的形态。

"这是叶子表面的细胞。能看到刺吗？"

站在一旁的本村问道。

"哇，能看到！"

藤丸在本村的提醒下再观察，能发现各个细胞上确实有小小的突刺，是分出三个叉的尖刺。

"和天线一样啊，像是长在外星人头上的东西。"

"是啊。这是野生的拟南芥，旁边是突变后的拟南芥，你留意看看它的尖刺。"

本村稍微挪动了一下玻片，藤丸的视野里，飞入了比刚才数量更多的尖刺。而且，尖刺分出了四个以上的分叉。

"同样是拟南芥，根据突变型的不同，叶子的形状和尖刺的密度都完全不一样。很可爱吧？"

可爱不可爱，藤丸现在说不清楚，不过他明白了，本村是想通过实验和观察弄明白为什么会产生这些差异。

藤丸一边看着显微镜，一边试着移动玻片来对比野生株和突变株。从透明的细胞里，探出了透明的天线，三叉族的外星人和四叉族的外星人。

"再看看表面下边的那层吧。"

本村调节旋钮，藤丸的视野里，无色的细胞像万花筒一样动了起来。聚焦的深度发生变化，向叶子的内部深入。

"哇啊——"

表层之下是一个完全不同的世界——圆形的细胞密密麻麻地挤在一起，像是把透明的鲑鱼子满满地装在了一起。藤丸想，这确实有点可爱。

"就是这一层，我现在正在计算细胞的数量。"本村说。

"再往下一层是轮廓很柔软的细胞，就像空隙很大的海绵一样排列得很松。"

拟南芥的叶子不仅很小而且很薄。藤丸从刚才用刀片切开叶子的触感中推测，大概比厨房纸还要薄，可是内部却有三层构造，根据每一层的不同，细胞的形状也不一样。

拟南芥可真厉害，就像制作美味的千层蛋糕的西点师一样啊——藤丸流露出感叹，从显微镜上抬起头。

实验室的窗户被器材和架子遮住了一半，白天也开着日光灯。在那泛白的灯光下，映入藤丸眼帘的情景和五分钟前相比毫无变化：摆在实验台上的小镊子，排列在架子上、搞不清用途的药物瓶子，还有站在显微镜另一端的本村。

可是，藤丸觉得这些全都是梦中的景象。世界不是仅有这肉眼可见的部分。虽然肉眼看不见，可是在小小的叶子里，确实展开了一个细胞构成的宇宙。藤丸从前烹饪过的蔬菜、肉类和鱼当中，也存在着同样的宇宙。

"如果用显微镜观察我的身体，一定也能看见到处排列着紧密的细胞吧？"

"是的。"

藤丸感到有点恶心，但又觉得挺宝贵的。植物也好，动物也好，还有蔬菜、人类，都是因为一个一个细胞在拼命工作，才得以生存，从这个意义上来说，一切都没什么不同，一切都很可爱。

"本村每天都在看显微镜吧？"

"是的。"

"眼睛不会累吗？"

"会累，可是不会觉得腻。"本村说道，"如果叶子的细胞数量因为一些原因变少了，单个细胞的大小就会变得比通常更大。也许是为了让叶子本身的尺寸维持和其他叶子相似的大小。当然这只是我毫无根据的猜测。"

"拟南芥的叶子会做这种判断吗？'咦？我的细胞数有点少哦。那就让细胞变大一点吧！'"

"现在还不清楚究竟是什么结构在发生作用来决定细胞的数量和大小，为了弄清楚这一点，我每天都要数叶子的细胞数量。"

藤丸因为亲眼看过了拟南芥的细胞，也稍微能够理解了。这个研究虽然无法立刻为生活增添便利，可是在知道这一切之后，又的的确确想要解开这个谜团。

午休时间所剩无几，藤丸决定回圆服亭。他向本村道谢，拎起刚刚放在走廊上送餐用的银色箱子。本村站在松田研究室前，目送藤丸离开。

"如果你感兴趣的话，下次我带你去看看地下的显微镜室。那边的显微镜能把拟南芥的叶子看得更清楚。"

本村说完，轻轻向藤丸挥了挥手。藤丸匆忙地点头行礼，沿着走廊走远了。他走到楼梯前时回头，发现本村的身影已经不见了，从附近的房间里传来了机器运作的微弱响声。

透明的细胞完美地相互组合在一起。还有对拟南芥已经爱到了骨子里的这个人。藤丸没有察觉到自己脸上已经浮现出笑容，他离开了理学院 B 号馆。

圆服亭里，圆谷正气鼓鼓地等着他。

"你这家伙，上哪儿溜达去了？"

"对不起。"

"午饭已经没有了。我拼命吃掉了三碗剩的炖牛肉。"

"啊？那就不能给我留一点吗？"

"浑蛋！是我摄取了过多的热量，你发什么牢骚？也不给个信儿，我以为你肯定在哪儿吃过午饭了。"

"太胖了对腰可不好。"圆谷一边嘟嘟囔囔，一边给藤丸捏了三个饭团，还用盘子装了三片腌萝卜当作配菜。

"太好了。谢谢老板！"

藤丸好不容易才吃上迟来的午餐，他大口咬下饭团。饭团里的盐分恰到好处，而且每个饭团里都包入了配料——鲑鱼肉末、梅干、海带。藤丸心想，虽然嘴里嘟囔个不停，可老板真是细心又温柔啊。难怪能绑住花店的阿花。

藤丸只花五分钟就吃光了饭团，急忙开始着手工作。他清洗了装炖牛肉的锅和边缘已经十掉的电饭煲内胆。为了晚餐时段的营业，他开始准备米饭，切蔬菜。

牛肉要小火慢炖，至少放置一个晚上，等味道充分融合，再端给客人。今天晚上的那份已经做好了，接下来要准备明天的。藤丸把切碎的洋葱和少量大蒜用黄油炒香，把圆谷事先准备好的牛肉一起放进锅里，在圆谷的监督指导下用红酒炖煮。

电饭煲开始冒出蒸汽。这时藤丸开始打扫店面，圆谷坐在客席的椅子上稍事休息。他一边读着报纸一边把腿跷起来又放下，方便正在用拖把擦地的藤丸。

"对了，老板。"

"嗯？"

"我刚才在 T 大看了显微镜哦。一种叫作拟南芥的植物，我看了叶子的细胞，真漂亮。"

"哦。"圆谷的目光停留在报纸上，略微偏头表示疑惑，"是不是放在七草粥里的一种草？"

"不知道是不是。你说的草是哪一种啊？"

"你不知道吗？就是荠菜。"

"哦。我只看了拟南芥的叶子，我也不知道，没看过芥菜的。"藤丸用拖把擦着地板，"总之，细胞很漂亮。"

"嗯。"圆谷叠好报纸，手肘搭在桌子上，"谁给你看的？"

"松田研究室的一个研究生。"

"女的？"

藤丸用拖把咯吱咯吱地使劲擦地。

"嗯，对。"

"是个美女？"

藤丸的脑海中浮现出本村身上那件印有气孔图案的 T 恤，还有本村看向显微镜时长长的睫毛。

"倒不是说她不是美女，只是看细胞而已，跟长相没关系吧？"

藤丸此刻正超高速地前后挥动拖把，简直像是要把地擦穿一样。

"我说，藤丸。你过来，坐下。"

圆谷叹了口气，指了指面对自己的一张椅子。藤丸把拖把立在桌旁，老老实实地坐到了圆谷对面的椅子上。

"你听好了，松田研究室是圆服亭的客人。你可不能公私不分。"

"公司部分……"

"你脑袋里到底有没有变出正确的汉字啊？我们既然收了他们的外卖订单，就不能打扰研究室的人。"

"好的。"

"我啊，我可是在赤门这一带做了很长时间的生意。在 T 大念书的人我也见过不少。有一些只有小聪明的轻浮之人，对那些人放着不管就行了。反正他们只会在轻浮中结束一生。"

"老……老板。"

藤丸被这刻薄的话打了个趔趄，不假思索地赶紧看了看门口。如果被谁给听去了，可是事关店里的声誉呢。

圆谷完全没有在意藤丸的这番行动，继续口无遮拦地发表高见："可是啊，大多数人是在认认真真地从事研究。而且研究这条路可是很辛苦的，就连我在一边看着也这么觉得。对于女人来说更是辛苦得不得了。"

"为什么？"

"因为送别会啊，"圆谷抱起胳膊，"圆服亭里，至今不知道开过多少次女研究者的送别会。结婚、生小孩、丈夫工作调动……因为这些而不得不中断研究，这样的人我可是见得多了。"

圆谷抱着胳膊探出身体。面对圆谷那仿佛不良少年盯人的气势，藤丸的身体也越来越向后仰去。

"所以啊，你可别浮浮躁躁地去打扰别人的研究。听明白了？"

"是……"

圆谷砰砰作响地拍了拍藤丸耷拉下来的肩膀，站起身来。

"无论哪个领域都有轻浮之人，但是你可不能变成那样。料理这条路和研究植物一样难，可没工夫让你东张西望的。"

"是。"

圆谷走进厨房去看炖牛肉了，藤丸跟在他身后。

那天晚上，在圆服亭二楼的房间里，藤丸盘腿坐在棉被上拼命地驱赶睡意，无意识地看着自己双手的指甲。

为什么只有手指的尖端会长出这坚硬的物体呢？藤丸并没有产生过"指甲啊，生长吧"这样的念头。拟南芥是怎样调整叶子上的细胞数量和大小的呢？藤丸的细胞也有同样如谜一般的构造，因此才会在特定的位置上自动长出指甲吧。

虽然不曾留心过，可是不可思议的事情太多了。藤丸想起比自己小四岁的弟弟还是婴儿时的事情。在那胖乎乎的手指的尖端，也好好地长着指甲。因为觉得那实在是太可爱了，可爱得不得了，藤丸有时会一次次地握住弟弟睡着后的手。

自己都忘得一干二净了呀，藤丸微笑起来。

本村他们的研究，是在研究生物为什么会出生，怎样生长，为什么会死去。这也是包括我在内的很多人都产生过的疑问。可是，包括我在内的很多人，都会认为"想那些也没什么用啊"，就把这疑问扔在一边了。本村他们却没有扔开这个疑问，而是孜孜不倦地思考。

藤丸关了灯，躺在棉被上，把毯子拉到肩膀。窗外传来替代了蝉鸣的蟋蟀叫声。

说到没用，做菜就没什么用啊，藤丸迷迷糊糊地想。填饱肚子只是一时的事情。无论吃多少美味、营养均衡的料理，最后还是会死啊。不对，要是这么说的话，任何行为都变成了无意义的行为。我也好，老板也好，还有本乡大道上来来往往的所有人，反正都会死掉。就算做了好事，抑或是做了坏事，早晚都会成为过去。

从出生到死的有限时间里，想赚钱，或是想帮助别人，都还是在自己可以想象的范围里。可是，也有人立志选择"探求真理"，这已经超越了利害得失、有无意义的境界，他们只是被"求知欲"这一热情所召唤。藤丸觉得这很了不起。

圆谷说"不能打扰他们"。确实像他说的那样。从明天起，麻利地去送餐，麻利地收回餐具。藤丸对自己发了誓，之后在手机上定好闹钟。

在沉入睡眠之前，他想的是：操作起显微镜来像模像样的本村，竟然不擅长做菜……

夜空被云朵覆盖，没有月亮，也没有星星。没有人看到藤丸微笑着入睡的样子。

藤丸到底还是个年轻人，早晨醒来，无论是圆谷的忠告还是自己前夜的誓言都已经扔到了脑后，每天都在期待着松田研究室的送餐订单。

自己看过了显微镜，视网膜上烙印了美丽的细胞，想见本村的心情也无法抑制。

期待中的电话终于来了，一脸老实表情的藤丸从圆谷手里接过料理，盖上保鲜膜。看着他把点好的菜放进银色的箱子里，圆谷确认似的问道："都明白了吧？"藤丸神情乖顺地点了点头。

随后，他踏上天蓝色的自行车一路疾驰。

藤丸气喘吁吁地推开松田研究室的门，房间里是本村和助教川井。相隔十天的再会，本村穿着七分袖的针织衫，胸前印着装在篮子里的松茸的照片。

川井代为支付了所有人的饭钱，藤丸把收到的现金放进腰包里，把零钱递给他。在这期间，他一直盯着本村的针织衫。穿着松茸图案的衣服，真的好吗？不对，要是被问到"究竟哪里不好，请说明一下"，自己倒也说不上来，可到底还是不大好吧。

本村熟练地打开银色的箱子，把饭菜摆在研究室的大桌子上，留意到藤丸的视线，她说："自顾自地拿了，真不好意思。"

"没有，不不，"藤丸有点困惑，他问道，"这件衣服也是你自己印的吗？"

川井正从大大的热水壶里把汤倒进自己的杯子里，闻言"噗"地笑了出来。他似乎也十分介意本村的针织衫。被藤丸和本村盯着，川井说了声"抱歉"，在桌前坐下。"我先吃了，你们继续。"

藤丸不顾在一旁立刻吃起蛋包饭的川井，继续和本村说话。

"是在这附近的店里买的，"本村说，"现在是蘑菇很美味的季节，就觉得正好。"

藤丸心想，会是家什么样的店呢？这位女性在气孔图案之后穿上了松茸图案，品位真是奇怪。我真的想见这个人吗？他开始怀疑起自己。

"没有像是香菇，或者是舞茸之类更普通一点的图案吗？"

"咳咳！"川井像是被呛到了，再次受到二人的注视，"我没事，没事。"他说完，继续喝汤。

"只有松茸呢。"本村再次把脸转向藤丸，"而且好像也没有藤丸能穿的尺寸。那家商店只卖女装。"

"没事没事，我就是随便问问。"

看到本村那满怀歉意的表情，藤丸对自己心灵的污浊感到羞愧。

"是因为研究植物，所以才会对蘑菇的图案感兴趣吧？"

"啊，蘑菇不是植物。如果从遗传因子的层面来说，蘑菇更接近动物呢。"

"真的吗？！可是超市里蘑菇是放在蔬菜卖场呢！"藤丸大吃一惊，"要是忽然改成放到卖肉的地方，总觉得哪里不对劲。"

本村笑了。虽然她穿着奇怪的衣服，但这种事无所谓——藤丸转变了想法。虽然自己特别希望能再跟本村说说话，可是待得太久难免有些不好意思。

"那……我晚点再来收回餐具。"

藤丸拎着银色的箱子，准备走出研究室。

"对了，藤丸先生。"本村唤道，"来收餐具的时候，要不要顺便看看栽培室？正好有刚刚发芽的拟南芥。"

"我去看！"藤丸答道，声音都劈叉了。

关上研究室的门时，藤丸的目光对上了正在忍住笑意的川井，对方脸上的表情仿佛在说"加油啊"。

藤丸回到圆服亭，店里正因午餐时段的客人而显得拥挤热闹，他一边留心保持乖顺的表情，一边郑重地向圆谷表达了自己今天不吃午餐的意愿。

"什么？你不吃了？"圆谷颠着平底锅里的那不勒斯意面，一边说道，"那你要去哪儿？吃什么呀？"

"我想随便去便利店买个三明治。"

"想吃三明治，在店里吃不就行了？"

哪怕是菜单上没写的食物，圆谷也都能用手头现有的食材做得像模像样。无论是饭团还是三明治，便利店里卖的那些东西在圆服亭里都能吃得到。可是圆谷作为料理人的才能，这次却无处发挥了。

藤丸从圆谷手里接过那不勒斯意面的盘子，端到正在等待的客人的桌上，顺便在熙熙攘攘的店里转了一圈，确认客人玻璃杯里的水有没有喝光。

藤丸回到厨房，说出了自己一边在店里给客人倒水一边想出来的回答："今天天气很好，我想在外面一边散步一边吃。"

"哈哈。"圆谷正在用勺子给刚刚做好的热气腾腾的汉堡排淋上法式多蜜酱汁，"是因为这个吧？"酱汁在汉堡排上画出了一个小而端正的心形。

"等等，您在干什么呀？"

藤丸红着脸从圆谷手里抢过勺子，添加着酱汁。心形被加了料，失去了形状，重新变回多蜜酱汁。

藤丸把汉堡排端到客人桌子上，重新回到圆谷身边时，已经彻底死心了。

"……是的，我要去 T 大。"

"一开始老实说不就好了嘛。"圆谷叹了口气，把蛋包饭从平底锅移到盘子里，"我说的话，你都记住了吗？"

"记住了。"

"那就好，可是……"

圆谷总觉得有点担心。

藤丸记得圆谷说过的话，对于那些在研究道路上迈进的人，自己不能浮浮躁躁地打扰他们。

可是，藤丸心想，这次是本村主动邀请的，就算我去研究室，也不会给他们带来什么影响，不是吗？要说自己的心情里一丝轻浮也没有，那是骗人的，可是想看拟南芥也不是撒谎。

结论就是，我问心无愧（即使有愧也只有一毫米左右）！

藤丸利落地干活，直到午饭营业时间结束，伴随着圆谷"在外面好好吃个饭"的送别声，在同一天第二次前往 T 大。天蓝色的自行车也第二次疾驰起来。

本村不仅洗好了餐具，还在理学院 B 号馆前等着藤丸。

"栽培室在地下的显微镜室里面。"本村说，"可刚好有发芽的拟南芥的栽培室在二楼。"

本村一次迈两级台阶，与其说是想快点给藤丸看拟南芥，更像是因为想早点去照顾拟南芥而迫不及待了。这人到底是有多喜欢拟南芥啊？藤丸苦笑，他拿好装有餐具的银色箱子，追了上去。

已经临近十月，本村仍然穿着凉鞋。她不冷吗？小小的脚后跟和夏天时一样，泛着红色。

藤丸被带去的栽培室，是在松田研究室正下方的房间。本村一边把门向上提，一边转动黄铜的把手。藤丸把银色的箱子放在走廊的角落里，窥探着室内。这里和研究室一样是细长的布局。可是这里的窗户用黑幕帘完全遮住了。沿着左右墙壁摆放着大约八个比藤丸还高的玻璃柜子，紧凑得没有缝隙。柜子看起来像是有架子的电话亭，也可以说是酒铺里用来放可乐等软饮料的玻璃制冰箱，就是那种有门的柜子。房间的中央，一张长桌子充当操作台。被黑幕所覆盖的室内，只有成排的柜子里的荧光灯放射出光线，即便这样，亮度也已经足够了。

"这是培养箱。"本村指着从门口排列到室内的柜子说道，"用日语来解释的话就是人工气象装置。它能保持设定好的温度和湿度，照明也会根据计时器发生变化。我们用培养箱小心地管理和栽培那些用来观察和实验的植物。"

植物在玻璃柜子里过着人工的昼夜。藤丸想看得更仔细些，跟着本村进了房间。

这时只听见"扑哧"一声，藤丸疑惑地把视线转向地板，发现了一摊积水。

"啊！"本村叫出声来，"漏水了！"

是靠左手墙边的一个培养箱，安装在培养箱下方的排水软管正无力地垂落在地板上。

"是松田老师的培养箱……"

本村低声说着，把排水软管插进旁边的水桶。接着，她用长桌上的抹布擦拭地上的积水。藤丸也拿起抹布给本村帮忙。

"抱歉，老师有时候粗枝大叶的。"

"我还挺意外的呢。明明外表像个神经质的杀手一样。"

咦？本村眨了眨眼，笑了起来："真的欸。可那只是外表。实际上，他找文件或者资料时经常在桌子上乱翻。这个漏水我想也是因为他在摆弄植物的时候忽然想到了什么，没有把软管放回水桶就跑到别处去了。"

松田外表冷冷的，却原来是个不拘小节的人啊——藤丸生出几分亲切感。两人擦完地板，把抹布挂在小型的干衣架上。藤丸看了看松田的培养箱。只见培养箱的内部分为三层，每一层都摆着密密麻麻、枝繁叶茂的植物。

有的植物叶子看起来像是在团扇上划上了划痕；有的植物有着浅绿色圆形的叶子；还有小小的像是椰子的团块，有绿色的芽从中穿出来，犹如凿开了一个孔。和研究室里的植物一样，都是些藤丸没见过的植物。所有的植物都栽培在小小的花盆或是装了水的托盘里，展示出令人惊讶的生命力。

"好密集啊。"

"老师是'绿手指'。"

"老师的手指是绿色的？"

藤丸在记忆中搜寻。松田的手指上虽然沾着泥土的污渍，可似乎并不是绿色的。不管怎么说，假如手指变成了绿色，应该马上去皮肤科看看。

"不是，这是比喻，"本村一脸认真地说明，"擅长培育植物的人，我们会说他'拥有绿手指'。就算有些植物不适应日本的气候，只要老师来照料，就会越养越有精神。"

"是吗？有什么诀窍吗？"

"我只能说，他能够体会植物的需求，他在这方面的感受力非常强。"

"本村呢？"

"我完全不行。拟南芥很好养，真是帮了大忙。我就连自己家里的仙人掌都会养死。"

本村似乎有些沮丧，藤丸赶紧说："植物养得太好也会不方便。比如说杂草也会长得太多吧？"

"说起来，老师提过，夏天的休息日都花在给院子除草上了。"

"就是嘛。"

藤丸像是被本村脸上浮现的笑容所吸引，也露出了笑脸。

"说到仙人掌，研究生加藤的研究对象是仙人掌的刺。"

"仙人掌的……刺……"

这又是一个很艰深的研究对象啊，藤丸心想。

"是的。仙人掌看起来没有叶子，它的刺就是由叶子变化形成的。说起来，玫瑰的刺是从茎里长出来的，可关于它是由什么变化而来的，现在有好多种说法，还没有定论。"

"是吗？"

自己熟悉的植物仿佛又变成了谜一样的物体，藤丸不经意地看了看自己的手。要是我的指甲在不知不觉中变尖了可怎么办呢？

"加藤和松田老师一样，都是拥有'绿手指'的人。他在温室里养了很多仙人掌和多肉植物。"

"还有温室？"

"对，在 B 号馆的附近。如果拜托加藤同学的话，他会带我们去看的。"

正和圆谷交往的阿花，最近也开始贩卖装在小花盆里的多肉植物了。不仅颜色、形状和质感多种多样，而且不需要太费心照料，也不容易枯死，适合用来改变房间的气氛，很受顾客欢迎。

藤丸看过拟南芥的细胞，因此多少会产生"植物明明是生物，是否真的适合用作家居摆设"的想法，可这也许是因为藤丸对家居完全没有兴趣。毕竟自己房间里的家具都是从圆谷那里继承下来的。窗帘被晒得褪色了，矮饭桌也摇摇晃晃的，藤丸只好把传单折叠起来垫在桌脚下。冰箱上贴着好几个毫无美感的冰箱贴，而且塑料外壳已经剥落，所谓的冰箱贴已经变成了单纯的磁铁。

正因为如此，他才会觉得把植物作为家居用品，是对植物的轻视，可如果是好好布置家居的人，当然也会慎重地对待摆在家里的植物，认真地养育它们。这是室内装饰观念上的不同。作为藤丸来说，希望能为冷冷清清的房间做点什么，因此他在心里的小本子上记下了：下次要请加藤带我去看看温室。

"这是我的培养箱。"

本村把藤丸带到摆放在右手墙边的培养箱前。

本村的培养箱分为五层。每一层的架子上都放着托盘，看起来像是做菜时会用到的铝制方形托盘。托盘上，整整齐齐地排列着一些小小的立方体，看起来像是四方形的海绵。

"这叫石棉，我用它来代替泥土。在石棉上播撒拟南芥的种子，然后放在这里栽培。"

本村打开培养箱的门拿出两个托盘。藤丸交替比对着摆在长桌子上的两个托盘。

其中一个托盘上成排地排列着已经长出花的拟南芥。拟南芥的高度大概三十厘米，茎十分纤细，稀疏地长着叶子。茎的尖端已经分了枝，凝结着五毫米左右小小的花。花瓣白白的、圆圆的，像米粒一样。

它的样子确实很不起眼，只能用"杂草"来形容，却也算是清秀可爱。藤丸第一次见识到拟南芥的全貌，十分感动："是嘛，因为花是白色的，难怪叫'白犬芥'[1]。"

另一个盘子上排列着长出叶子的拟南芥。绿色的椭圆形叶子勇猛地探出脸，看起来像一盘在窗边栽培的葱或者萝卜苗。藤丸不由得涌起爱意——真是可爱的植物。可是他因羞怯而没能说出口。

---

1 拟南芥的日语名称发音为"白犬芥"。

"野生株的叶子边缘更流畅，突变株有点锯齿，叶子的形状也变得更加细长，或是相反变得更圆，对吧？"

每一块石棉上都插着小小的标牌，大概是为了识别各自的植株。藤丸听到本村所说的叶子形状的差异，把脸凑近了托盘。

"真的。就算是刚长出来的叶子，也很不一样呢。"

"遗传因子上稍微有一点不同，形状就会变得不一样，可这并不是说哪个更好，或是哪个更差。所有的拟南芥都被放在培养箱中好好生长。"

"就像我们一样……"

藤丸小声地自言自语。每个人的长相、体形、皮肤的颜色都不一样。可是，这些都只是细微的差别。每个人都在各自出生的环境里生活，每天都希望能够过得更舒适、更快乐。"从研究态度上来说，把植物拟人化可不太好。"本村微笑着说，"采集叶子，进行人工交配，再把它用到实验上，可是即便这样，我也希望能把它们养好。"

从本村口中说出的"交配"这个词，使藤丸的心跳忽然变得剧烈起来。他意识到在这狭小的实验室里只有两个人，脑海中浮现出"理性"二字，他用空闲的铅笔拼命地临摹。可遗憾的是，"理性"一词中也有一个"性"字。他终于忍不住问道："交配吗？"很庆幸，自己的声音没有因为激动而变样，他在裤子背后擦了擦汗。

"交配啊。在花蕾的阶段，用小镊子分开花瓣，取雄蕊上的花粉囊，就是制造花粉的部分。只留下雌蕊，这样能防止植物自然授粉。等花开了以后，把想要授粉的雄蕊的花粉囊取出来，放在雌蕊上就可以了。"

拟南芥的花本来就已经很小了。说到花蕊，也就是芝麻大小吧？

"你的手真巧啊。"

藤丸再次感到钦佩——连我都想被交配了。

本村像是没有注意到一旁的藤丸所怀抱的不安分的想法，只是用指尖满怀爱意地抚摩拟南芥的叶子。培养箱里投射出模仿太阳光的光线。本村的脸颊有着光滑的曲线，专心盯着拟南芥的目光仿佛已经忘记了藤丸的存在。

"好喜欢啊。"藤丸说道。本村像吃了一惊似的抬起头。

糟了，说出来了。藤丸心想，与此同时，栽培室的门开了。

藤丸和本村反射般地看向门口，只见松田维持着手放在门把上的姿势，站在门口。

松田轮流看向房间里的两个人，用空着的那只手扶了扶眼镜，说了声"抱歉"。门关上了，松田的身影也消失了。

什么嘛，为什么在这紧要关头松田老师却进来了，而且还态度奇怪且极为周到地离开了，这下可怎么化解这尴尬的气氛才好，倒不如一副什么都不知道的样子，直接进来就好了啊！藤丸受到混乱和羞耻的打击，脑海中的思绪像龙卷风般呼啸而过，假如将其化为语言，大概就是这么一回事。

"我说……"本村小声说道。藤丸生硬地转向本村。本村低着头，脸颊染上了和脚跟一样的红色，表情看起来有些僵硬。

无论是刚才自己突如其来的告白，还是看到受了惊吓的本村，都让他感到不自然。"这么突然，真是对不起。可是那个……我不是故意的……不对，我喜欢本村，不是什么'不是故意的'，只是我不应该现在说出来，所以不用回答我，也不要想得太深，我无论什么时候都可以的，不管是什么回答，对……"藤丸的话惊涛骇浪般迸发出来。他说到最后语无伦次，连自己都不知道自己在说些什么了，藤丸用"再见"强行终止了对话，生硬地转身背对本村。他维持着生硬的姿势走出了栽培室。

藤丸的心里稍微有点期待，可直到最后本村也没有叫住他。他在门即将关闭之前的一瞬回头，只见本村笼罩在培养箱的灯光里，低着头如石像般伫立。

藤丸来到走廊上，大口地喘气。随后他听到了动静，抬头一看，发现松田正抱着胳膊站在走廊的另一头。

"哇啊——"藤丸跳了起来，"您怎么还在啊？！"

"嘘。"松田站直身子，一边催促藤丸，一边迈开步。藤丸没有其他选择，只能拎起装有餐具的银色箱子，毫无办法地跟在他身后。

"我想，一旦听到本村惊叫，我就得进去看看。"

"您把我想成什么野兽了？我才不会做那种事。"

"抱歉。"

"这么说来，难道说老师您在和本村交往？"

"你把我想成哪种人了？我才不会对自己的学生出手。"

"对不起。"

藤丸怀着一种被杀手带往码头的心情走在松田身边。

"您到栽培室去，是有什么事吗？"

"不知道培养箱的软管怎么样了，想去看一下。"

"软管的话，刚才我们已经擦过地板了。"

"我就说嘛。谢谢你。"

松田向台阶走去。完成了确认软管和监视藤丸这两件事，看来他是打算回三楼的研究室了。这个人的节奏感真奇特啊，藤丸想。午休的时间已经所剩无几，藤丸不得不向台阶走去。他老老实实地跟在松田身后。

在二楼的台阶前告别时，松田说："祝你勇敢去争取。不管结果怎样，只要对植物有兴趣，欢迎再来。学问的大门对所有人敞开。"

藤丸一边下台阶一边想，我对学术可没什么自信……可是如果还能进出理学院的 B 号馆，就太值得高兴了 —— 无论本村会给出怎样的回答。

结果，藤丸没吃上午饭，等他想起这回事，晚餐的营业时间已经快结束了。

把空盘子摞好拿回厨房时，藤丸感到头晕。平时哪怕是拿着装满二十个啤酒杯的托盘，他也一点都不觉得重。正当他感到奇怪时，圆谷尖锐地指出："你是不是没吃饭？脸色发青。"不是绿手指，而是绿色的脸 —— 这可真是不妙啊，看到藤丸的样子，圆谷迅速用剩下的卷心菜和猪绞肉做了一盘炒饭。

也许是空空的肚子和告白这些重大事件对藤丸的身心两方面都产生了影响，所以才引发了贫血症状。藤丸生来身体强壮，平时连感冒都很少见，因此一顿没吃也并没察觉到身体有什么问题，尽管觉得有点不对劲，他却依旧从容不迫。

夜深了。店里的客人只剩下熟客炸竹荚鱼大叔和临睡前想喝一杯的洗衣店大婶而已。藤丸在圆谷的催促下，坐在角落的客座上吃起了炒饭。吃下第一口，他终于有了饿的真实感，接下来就贪婪地大口吃了起来。现在他察觉到身体渐渐有了暖意，脸上也恢复了血色。

"还要摄取点维生素。"听从圆谷的话，他在饭后喝了杯橙汁。

不知怎的，炸竹荚鱼大叔和洗衣店大婶都从各自的位置上移到了藤丸所在的桌旁。大叔坐在藤丸的对面，大婶则手握红酒杯坐在藤丸旁边，牢牢占据了桌子。圆谷关掉店外的灯，也坐到了大叔的旁边。

"等一下，为什么要聚到一起啊？"

藤丸觉得很不自在，他摇动着装有橙汁的杯子。

"是因为那个吗？"圆谷说，"藤丸，你是不是变成甩丸了？"

"甩丸是什么？"

"就是被甩了呗。"

洗衣店大婶使劲凑了过来。她的声音一本正经的，眼里却闪着好奇的光。

"不要气馁啊，甩……我是说，藤丸。"

炸竹荚鱼大叔也送出了多余的鼓励。

藤丸脸红了。在他的脸色照耀下，简直让人觉得橙汁都要变成番茄汁了。

为什么店里的这些熟客会知道我恋爱的事啊？不，信息的源头只有一个。

"老板！"藤丸一边大喊，一边用力把杯子放回桌上，像是砸下去一样，"干吗要说出去啊？！"

"抱歉，不是故意的。"

"什么不是故意的？"

藤丸把自己不是故意告白的事放在一边，责怪起圆谷来。

圆谷问道："咦？真的被甩了？"

这个人真是粗线条啊。藤丸全身的汗毛都要竖起来了，在大叔和大婶"好了好了"的劝解下，总算安静下来。

"没有，还没有。"

"还没有？那是什么意思？"大婶把身子凑得更近了，"还没告白吗？"

为什么自己不得不汇报这些事啊？藤丸心想，可是大婶眼睛里的光更亮了，还越凑越近，额头都快和藤丸的额头贴在一起了。

"告白了。"藤丸举白旗投降，"可是还没收到答复。"

"是故意让你着急吗？"大叔把杯子里的白葡萄酒一饮而尽，"真是个坏女人。"

"不是！"藤丸不假思索地提高了声调，"是我说的，不用立刻答复我。"

"我看你啊……反正说是说了，说完就跑。"不愧是老板，很熟悉藤丸的行为举止，"你这家伙，没什么魄力。"

"阿正，你还好意思说别人。"洗衣店大婶替藤丸反击，"你花了多少年才向阿花告白的？"

"抱歉抱歉。"

竹荚鱼大叔也说话了："能让藤丸动心的人，不会是坏人。"

"说说看，是什么样的人？"

"什么样的人……"面对大婶的问题，藤丸支支吾吾，"喜欢植物，总是穿奇怪的 T 恤……"

可是，无论多想用语言来说明，也无法好好表达本村其人。她在拟南芥的叶子前和自己一起笑过。她为自己调整显微镜焦距的手指，还有在描述细胞的精细时，眼镜后面那双美丽的眼睛。这一切仿佛形成一个旋涡，在藤丸自己也没能察觉到的时候把他的心卷了进去。

藤丸想，这就和贫血的感觉一样啊。

抛下一言不发的藤丸，圆谷等人开始任意猜测起"对方的形象"来。

"说不定出人意料，有点不良少女的感觉？"

"藤丸喜欢的应该是清纯的大小姐吧？"

"阿正才喜欢不良少女吧？阿花以前也是不良少女啊。不过当时还没有这种说法。"

"浑蛋！阿花只是有一点点不良而已啦。"

圆服亭的常客当中以商店街的熟人居多，很多人从小就彼此认识。议题很快就从"对方是什么人"变成了类似于"同窗会上的交谈"。就连圆谷也不知何时喝起了啤酒。

如今看起来是个泼辣妈妈的花店主人阿花，过去竟然是不良少女啊。藤丸一边感到惊讶，一边请洗衣店大婶站起来，他要去厨房洗东西了。圆谷等人的宴会一直持续到了阿花因为担心而打来电话。

"阿正，我要睡了，你带钥匙了吧？"

藤丸既要照顾喝醉的人，又要收拾店铺，等到日期变更之后又过了一会儿才终于到了床上，心里的烦闷消失了不少。他想，这也许正是圆谷他们的策略吧，但他们也可能只是想喝酒而已。中老年男女的真意，对藤丸来说是谜团。

话虽如此，可就算闭上眼睛，睡意也迟迟不肯到访，反倒是石像似的本村浮现在脑海里。藤丸翻来覆去地低吟，度过了这个痛苦的夜晚。

藤丸在栽培室表白心迹后三天，本村给圆服亭打来了电话。

"到底什么时候能收到答复？要不要去看看情况……不行不行，我说了'我会等你'，还是坚持等着吧。"三天里，他怀着这样的期待与不安继续工作着，十分疲倦。三天都没睡好的话自然无法工作，正好圆服亭这天是休息日，藤丸决定睡个懒觉。

听到楼下店里的电话铃声，藤丸一下子醒了。他放下怀里的枕头，冲下楼梯。"是本村。"不知道为什么，他就是有这样的预感，因此全力冲刺。

"感谢来电，这里是圆服亭！"

藤丸激动地拿起放在收银机旁的电话。

"请问藤丸在吗？"不出所料，他听到了本村的声音。

"啊，是我，我在，是我。"

就连平时的自称也说不清楚，藤丸做出了奇怪的回答。

"我是本村，前些天……"

"我在听。"

藤丸等着对方接下来的话，可是本村却沉默了一会儿。通过听筒，安静的呼吸声传了过来。藤丸看了看店里的挂钟，早上九点刚刚过了一小会儿。

又过了片刻，本村说："前几天的事，我想做个答复。"她的声音听起来像快要消失了一样。"本来我应该去你那儿一趟，可是我已经预约了今天午休时间使用地下的显微镜室。你的时间方便吗？"

虽然藤丸不明白针对告白的回复和显微镜室之间有怎样的联系，但他还是回答道："没问题。今天店里休息。"

藤丸挂上电话，回到自己的房间，比往常更认真地刷牙洗脸。他吃了厚片土司和单面煎蛋，喝了咖啡，换上一件颜色最光鲜的 T

恤，穿上牛仔裤。可是做完这一切还不到十点，他在窗边坐下，向外眺望。

已经渐渐接近秋天，对面的木槿花没剩几朵了。也许是心理作用，在藤丸眼里，薄薄的花瓣似乎蔫儿了。一些花早已落在地上，他盯着沟渠盖子上变成了茶色的花瓣，发了一会儿呆。所有那些无法化成言语的心思，像是破碎的云朵一样掠过脑海，而后消失。

在那之后，为了消磨时间，他打扫了店铺，擦了店门上的玻璃，顺手把落在路上的木槿花也收拾了。等视线落在干干净净的沟渠盖子上回过神来时，他撵走了脑海里破碎的云朵。

终于快到约定的时间了，藤丸向 T 大走去。最初，他想像往常一样骑着天蓝色的自行车去，可是忽然改变主意，决定徒步去。

藤丸两手空空地走过本乡大街，穿过赤门。他想起第一次来送餐的时候，自己穿着围裙，推着挂有外卖箱的自行车，有些胆怯。但是现在他突然觉得，来探访本村的自己没有了送餐这个借口，真的是手足无措。

看到本村站在理学院 B 号馆的玄关大厅里，藤丸只想大喊"啊啊"，尽管他并不知道自己为什么想"啊啊"地大喊。本村今天穿着没有图案的 T 恤，T 恤和藤丸的自行车是一样的颜色，也和覆盖在 B 号馆上方的天空是一样的颜色。

"你好。"

两个人同时生硬地打了招呼。

"难得的休息日，真不好意思。"

"没事，反正我很闲。"

藤丸的措辞听起来有些直白。本村像是不知该选择什么表情，只是低着头。藤丸慌忙把话题转向了会让本村感到轻松的内容："是要给我看显微镜吧？"本村点点头，朝右边走去。

在玄关大厅的一角，有一道窄窄的楼梯通往地下。本村沿着楼梯向下走去。

藤丸之前只顾着去研究室，从来没有留意过大厅里还有这样一个楼梯。他一直使用的那个通往楼上的楼梯铺着木板，十分气派。而这个楼梯，无论是台阶，还是旁边的墙壁都已经破损，露出了下面的水泥。而且，墙上的几个荧光灯似乎也"命不久矣"，光线显得有些微弱。往下走了一段后，感觉温度好像也降低了。

走过昏暗的楼梯，眼前是一条笔直而细长的通道。墙边是办公用的架子和像配电柜似的方形箱子，天花板上安装着好几条管线。

通道内也很昏暗。地下空间里低沉而微弱地回荡着轰隆轰隆的响声，好像地基在鸣动。藤丸偶尔停下脚步，环顾四周。墙壁和天花板是厚厚的水泥，十分结实，几乎能够作为战时的避难所。而且这里很有年头了。理学院的 B 号馆和当代建筑物的质感完全不一样，外观看起来兼具了优雅与厚重，内部也做得相当结实。

"这个建筑物是什么时候盖好的？"

"已经八十年了。是关东大地震后设计的，所以在防震和防火设计上花了很大力气。几年前为了做无障碍化改造，学校想在 B 号馆里安装电梯来着，可是墙壁实在是太坚固了，据说为了在墙上钻洞，工人们费了很多功夫。"

想来也是这样，藤丸想。即便是外行人，也能看出 B 号馆的建筑经得起长年累月的损耗。这座精心建造的建筑物，没有在岁月中慢慢老化，而是在风雨的打磨下更具风度了。

理学院 B 号馆有八十年的历史，同时也是在这里学习、研究过的人们的历史。这些历史一定也会和极具韵味的 B 号馆一起，在未来流传下去。藤丸的思绪随着这层层重叠的时间与学问的厚度而飘远了。

　　除了层层重叠的时间和人的思想之外，B 号馆——特别是 B 号馆的地下空间，也确实有一种特殊的气氛，在昏暗光线的衬托之下，似乎可以呼之欲出。

　　"话说，这里有没有什么代代相传的怪谈啊？"

　　藤丸战战兢兢地问道，慌忙追上本村。

　　"确实，这里的气氛，就算有妖怪跑出来也不奇怪。"本村的声音里透着笑意，"可是，没听说有人在 B 号馆里见过妖怪呢。"

　　藤丸觉得很有道理。也对，这里的每个人都只顾埋头研究，就算有幽灵出现也留意不到吧。他的脑海里浮现出白色的鬼影徒劳消散的一幕——怪可怜的。

　　两人向前走了十米左右，本村打开左手边的铁门。灰色的门十分沉重，像防火门一样。

　　"请在这里换上拖鞋，不能把外面的土和灰尘带进来。"

　　离门很近的地方放着一个鞋柜，里面排列着拖鞋和其他人的鞋，像医院的候诊室一样。藤丸按照指示脱掉球鞋，换上了拖鞋。本村也脱掉沙滩凉鞋，从鞋柜里拿出草莓图案的拖鞋。这应该是本村专用的拖鞋吧，拖鞋上不是什么稀奇的图案，藤丸莫名地感到安心。

　　铁门后面的地下空间更像迷宫了。

　　通道变得更窄，攀爬在天花板上的管线更粗。天花板有好几处凸出来的地方，藤丸为了不让自己的头顶碰到管线，不得不弯下腰走路。他们转过好几个转角，偶尔走上或者走下两三级台阶。钢筋水泥的地面上，两个人的拖鞋发出啪嗒啪嗒的声响。

通道的墙上有时会出现铁门，有的牌子上写着"锅炉房"，有的贴着写有"危险！无关人员禁止入内"的贴纸。各种各样的门，本村全都过而不入，不久，狭窄的通道走到了尽头。

在那里，有一扇和地上的楼层里一样的木门，门上安着黄铜制的把手。藤丸在水泥和铁组成的无机质的地下空间里一路走来，看到这扇门时的心情就像是在深深的森林里看到了糖果屋。

本村一边把门向上提，一边转动把手。

"这里是显微镜室。"

这是一个毫无装饰的小房间，两张灰色的办公桌并排靠墙摆放着。桌子上有两台大大的显微镜，比实验室里的显微镜要大上两倍左右，每台显微镜的旁边都放着台式电脑。

"显微镜和电脑是连在一起的，能把拍到的照片保存下来。"

本村没有开灯就进入了显微镜室。之所以不用开灯，是因为显微镜室还连接着一个房间，从那里漏出了一点荧光灯的亮光。显微镜室与另一个房间之间的门被取掉了，看起来像是在墙上开了个长方形的洞。

"那边是什么？"

藤丸看着隔壁房间的入口问道。

"是栽培室。二楼的栽培室放不下所有的培养箱，所以这里也用来种拟南芥。"

这么说来，藤丸想起来了，本村曾经说过地下也有栽培室。在完全没有日光照射的地下，植物毫不在乎地生长，他想象着这一幕，心情不知为何有些奇妙。如果我是拟南芥，就不想长在地下的栽培室里，想生长在路旁，藤丸心想。哪怕暴露在汽车尾气里，时冷时热，还会被虫子啃食，即使会很惨，可是我仍想用叶子感受吹来的风，想晒太阳，想被雨水拍打。藤丸之所以会这样想，是因为理所当然地生活在能够自由行走的环境里，培养箱里的拟南芥从种子开始就只知道这一种环境，说不定会认为这里就是天国。

就像藤丸无法前往宇宙或是深海，更不用说在那里生活了。这么一想，藤丸所感受到的所谓自由，不过是"囚笼中的自由"。与之相比，只要给予适当的光和水，就能在地下的培养箱里生存的拟南芥，倒算是一种十分自由的存在了。

虽然藤丸想看看地下栽培室里的样子，但本村却朝着放有显微镜的办公桌走去，已经走向隔壁房间入口处的藤丸也老老实实地走回本村身边。

本村坐在带有小轮子的椅子上，藤丸也在另一张椅子上坐下。只见办公桌的抽屉全都被抽走了。把能放置物品的抽屉拿走，桌子下边的空间就能舒展双腿了，更方便坐着干活，也能顺畅地在显微镜和电脑之间穿梭。

原来如此，确实是好好地动脑筋设计过。那么被拿掉的抽屉又在哪儿呢？藤丸环顾房间，只见显微镜室幽暗的一角，空空的抽屉随意地堆叠在一起。

看来研究植物的人对室内装饰也毫无兴趣啊，藤丸感到些许亲近。本村打开台灯的开关，把放在桌子上的载玻片拿到了照亮的地方。

"这是很小的拟南芥的叶子。"

藤丸稍微倾斜上半身，脸靠近载玻片。仔细看的话，能发现盖玻片的下面是直径两毫米左右的透明的圆形物体。

"真的好小哦。"

"这是刚刚成形的叶子，去掉了色素。"

本村把载玻片放到了显微镜下。"请看吧。"藤丸遵循她的示意，骨碌骨碌地移动着椅子，向显微镜里看去。

整个视线中，像透明的鲑鱼子似的颗粒状物体扩散开来。以前在三楼的实验室里也看过和它一样的东西。这是叶子内部的细胞层，本村每天都把这些细胞作为对象，数着它们的数量。

"能看见吗？"

这次放在载玻片上的叶子，比上次所看过的叶子要小得多。即便如此，圆形的细胞依然井井有条、密密麻麻地排列着。真是精神可嘉啊，藤丸一边想，一边沉默地点了点头作为对本村的回答。

"现在，我把照射载玻片的光从白色调成蓝色。"

本村咔嗒咔嗒地转换显微镜的按钮。突然，藤丸视线里映出的世界完全变了。一条银河在他的眼前舒展开来。明明处在黑暗之中，却散落着无数银色的颗粒。藤丸说不出话来，他凝视着显微镜，像是一头扎进了显微镜里的漫天星空。不过他的眼睛靠得太近了，接目镜的边缘嵌入皮肤，他感到了疼痛。

藤丸终于从镜头前抬起头，他一只手揉着眼睛，另一只手指着显微镜问道："怎么会……怎么会看到星星？这个显微镜也能用作天体望远镜吗？"

本村静静地摇了摇头："你看到的东西和刚才一样，是同一片拟南芥的叶子。正在复制 DNA 的细胞会像星星一样发光。"

"那些闪闪发光的颗粒，都是细胞？"藤丸感到混乱，"为什么细胞会发光？"

"这是因为荧光染料嵌入了碱基，又被细胞给吸收了。这还是很幼小的叶子，正在活跃地复制 DNA，所以整片叶子各处的细胞核都在闪光。"

"复制 DNA，会变成什么样？"

"如果不把叶子摘掉的话，细胞核会分裂，使得细胞的数量增加。"

"哦……"

这构造太难了，藤丸实在搞不懂，总之，为了更容易观察到细胞的状态，在叶子上设置了某种机关，使得 DNA 在复制时能够闪光，他姑且将其作为事实囫囵吞枣般接受。无数闪耀的星星，全都是细胞的墓碑啊，直到本村把叶子摘下来的瞬间，它们还在为了继续成长而活动。

藤丸再次看向显微镜。死去的细胞群，正发出证明生命活动的光。美丽而又寂寞的银河，存在于这片小小的叶子里。

"藤丸。"

听到呼唤，藤丸重新转向本村。本村的目光也笔直地看向藤丸。"我不能回应你的心意。"

藤丸已经知道了。他隐约有这样的预感。从目光触及这条银河的那一刻开始，不对，也许是从今天早上电话响起的那一刻开始。

本村所在的世界，是藤丸绝对无法触及的世界。

即便如此，藤丸也不愿罢休。我很逊啊，他一边想，一边却又忍不住想继续问下去——因为我喜欢上了这个人，因为我希望她也能喜欢上我。

"就算我等你，也不行吗？"

本村的嘴唇轻轻地颤动了一下，看起来像是忍着哭意。

"……是的。"本村说话的时候没有移开视线，"但并不是说，因为是你，我才不同意的。"

沉默笼罩了显微镜室。相邻的房间里传来了咕嘟咕嘟声，应该是培养箱内部积蓄的水涌出来的声音。在这令人尴尬的瞬间，拟南芥的细胞仍然在拼命地复制着DNA。

那么——藤丸开始思考——不是说因为是我，所以才不同意，这是什么意思呢？他拼命地转动大脑。

"是有正在交往的人吗？"

"没有。"对方立刻回答。

"那么，"藤丸更加迷惑了，"那你就更不用在意我的想法了呀。'因为对你没有兴趣，所以不想跟你交往'，不如跟我这样把话说明白……"

这一刻，藤丸的胸口实在很痛，虽然十分想听到婉转的表达，可是，假如对方能更明确地宣告最终的决定，似乎更能够挽救此刻的他。

"虽然不是很想说明，但我还是把真正的理由说出来吧。"本村挺直了背，藤丸也调整姿势站直。

"好的。"

"我不会和任何人交往。"

藤丸目瞪口呆，下一秒，他不假思索地大声问道："为什么？啊，对不起，我声音太大了。可是为什么不谈恋爱呢？"

是有什么信仰上的束缚，还是身体上的原因？是因为这些吗？如果是这方面的原因，也可能会毫无预期地陷入恋爱呀。无论怎么下定决心"不交往"，恋爱这种事，难道是仅仅靠意志力就能控制的吗？

脑海中接二连三地涌出疑问，藤丸忍不住继续追问："我不是希望你能选我，当然，你选了我的话我会很开心，这个问题先放到一边。为什么你断言不会谈恋爱呢？说不定未来会有一个非常帅、性格非常好、钱也多得花不完的家伙向你告白呢。"

"刚才，你看过那些发光的星星了吧？"本村的视线转向显微镜。

"嗯。"

"在我们的身体里，也有相同的细胞活动。为什么我没有选择人类和其他动物，而是选择了植物作为研究对象？"

本村再次直视藤丸。藤丸像是被那漆黑的双眸吸了进去，几乎要停止呼吸，他认真倾听本村的话。

"植物既没有大脑也没有神经。也就是说，它们没有思考和感情。它们没有我们人类所说的'爱'这个概念。但就算这样，它们也能旺盛地繁殖，保持很多种形态，去适应环境，在地球上的各个地方生存。你不觉得这很不可思议吗？"

本村的叙述过于轻描淡写了，藤丸却觉得，相比植物，人类这一方才更不可思议，不是吗？这种想法占据了他的头脑 —— 人类只有在爱这种说不清的感情的支配下才能繁殖，人类才是一种奇妙而不可思议的生物，不对吗？

"所以我选择了植物。为了研究这些生活在没有爱的世界里的植物，我决定把自己的一切都贡献出去。所以我不能和任何人恋爱，也不会和任何人恋爱。"

啊——藤丸长长地松了一口气。原来本村被卷进了植物的银河。不信你看看她的眼睛，她的眼睛就是被蓝色的光所照耀的叶片细胞。那里像宇宙一样漆黑，可是假如你仔细观察，在那深处，栖息着闪亮的光芒，能量在那里分裂繁殖。她被既不是恋慕也不是爱情的东西所唤醒，决定至死都永远追随。

"我懂了。"藤丸站起来，"我不会再说令本村感到困扰的话了。"

老板的忠告是对的。不能因自己的告白让本村感到困扰，不能打扰了她的研究。

藤丸匆忙地迈步，打开了显微镜室的门。

"我说，藤丸……"

本村看起来像是在犹豫该不该道歉。藤丸打起精神，露出一个笑脸，回头看向室内。

"可是，我还能再来吗？作为一个对植物研究感兴趣的圆服亭店员，趁着来送外卖，能再让我看看栽培室和温室吗？"

"可以，当然可以。"

"谢谢你。"

"我送你去入口大厅。"

"不用了，不用了。"看到本村要从椅子上站起来，藤丸连忙制止，"我一个人可以的，再见。"

藤丸走出显微镜室，背着手关上了木门，心想，要是本村追上来就麻烦了。他开始在狭窄的过道里快步行走起来。可是才刚走到第三步，额头就撞上了天花板上安装的配管。

"呜。"

藤丸抚着额头，一边忍着痛，一边在迷宫般的走廊里穿行。好几次他都迷了路，心情也绝望了起来——难道我的命运是在理学院B馆地下变成无人知晓的木乃伊吗？迷路的另一个原因是双眼泛起的泪花模糊了视线。他坚持认为，自己流泪是因为额头被撞得太痛了，是因为找不到出口而感到不安。

终于，藤丸来到了厚重的铁门前，脱掉拖鞋换上球鞋，努力不去看本村的沙滩凉鞋。他沿着笔直的走廊，迈上通往入口大厅的昏暗的台阶。

藤丸感觉自己在地下着实花了不少时间，可是当他从理学院B号馆来到室外，发现午后的天空还是天蓝色，和本村身上的T恤是同一个颜色。

就算是错觉也不想让眼泪流出来，藤丸忍住眨眼的冲动，漫步在T大的校园里。他的步伐像踩在云上一样虚浮。

因为预感会变成这样，所以才没有骑自行车。在熙熙攘攘的校园里，视线模糊的家伙骑着自行车，那景象可不太妙。

穿过赤门的时候，藤丸心想"啊——啊——我失恋了"。他想大喊出声，又想一言不发地沉入沥青的道路，在这种感情的驱使下，人行横道的信号灯刚一变绿，他就猛地冲刺起来。

藤丸一口气跑到了圆服亭，用钥匙打开门，从厨房的冰箱里擅自取出牛奶，没有倒进杯子，直接咕嘟咕嘟地喝了起来。为什么偏偏这种日子会是休息日呢？"嘿，被甩喽。"——他更希望能被圆谷和熟客们取笑，给自己来上最后一击。

藤丸把原本还剩一半的牛奶一口气喝了个精光，内心终于平静下来。他走上二楼，来到自己的房间，脸朝下倒在了早上没有收拾的被子上。

没办法。自己被有好感的对象拒绝，是很稀松平常的事。过去也发生过好几次，今后还会继续发生好几次吧？我肯定还是会锲而不舍，会喜欢上本村以外的其他人。如果对方也喜欢我，我们就会结婚，然后生小孩，真好啊，说不定能有这样的发展。因为喜欢的对象不一样了，所以心情也会变化，同样的热量可以再生许多次。恋爱就是这么一回事啊。

可是藤丸此刻很难过。就算能为松田研究室送外卖，也不得不暂时装出什么想法都没有的样子，不得不把喜欢的心情掩饰起来，这实在太令人难过了。不知是胸口还是腹部，总觉得那一带疼得像是骨头和肉都被割成了碎片一样。

藤丸抱着枕头，蜷缩起身体，闭上了眼睛。

不，我无所谓。不知什么时候就又会陷入恋爱，这一点我自己很清楚。只要在疼痛减弱之前，稍微忍耐一下就好。

可是，本村怎么办呢？到死都一个人看着显微镜，数着拟南芥的细胞吗？如果这是真的，总感觉她挺寂寞的。

藤丸至今已经有过好几次被甩的经验，被拒绝的理由基本上都是"我已经有男朋友了"，或者"只是想和藤丸做朋友而已"。"因为我要研究没有爱的世界，要贡献出一切"，这样的理由还是第一次听说。不知该说是新颖还是奇怪，倒是很有本村的风格，藤丸心想。如果向朋友们表明失恋的烦恼时说"因为这种理由被对方拒绝了"，实在很难得到理解和共鸣，就连藤丸自己也觉得无比困惑。

藤丸想，说不定正是因为这样，自己才会喜欢上本村。本村也好，能够让本村愿意"贡献出一切"的植物研究也好，对于藤丸来说都是不解之谜。植物为什么能够那样吸引本村呢？他更想弄清楚一切了。

藤丸不打算执拗地让本村困扰，他想要把这没能实现的恋慕之心早早埋葬，因此对于送到松田研究室的外卖订单，他本来也可以随便找个理由拒绝。可是，"想弄明白"的心情挥之不去。

他给自己打气，这是工作嘛，今后也照常去理学院 B 号馆。就像本村用显微镜观察拟南芥的细胞一样，我也悄悄地继续观察本村。

藤丸决定了。为什么本村他们会对植物的研究如此沉迷？如果没有完全理解这一点，就这样埋葬了恋慕之心，那么自己的恋慕之心恐怕会变成僵尸。

他合上眼帘，银色的星星浮现了出来，在黑暗中放射出幽幽的光芒。怎么这么好看啊。又好看又寂寞，怎么这么相像呢？

藤丸闭上眼睛，凝视着银河。

第二章

本村纱英犹豫了五秒左右。

对于离开显微镜室的藤丸阳太，自己是应该追上去，还是任由他去呢？

明明表白了真挚的心意，却遭到拒绝，现在应该放任他自己待着——这点常识本村还是有的。

可显微镜室的所在地是 T 大理学院 B 号馆的地下，狭窄的过道幽暗而复杂，两旁不规则地分布着铁门，每一扇都看起来十分相似，这里是一座迷宫。本村起初也常常迷路，有时甚至带着哭腔向偶尔路过的其他研究室的研究生求助，被对方领到显微镜室。

今天，第一次踏入这个迷宫的藤丸能不能自己找到出口呢？本村感到十分不安。

还是应该追上去，把他送到入口大厅才对。

本村从办公椅上站了起来。就在这时，房间里传来一个声音：

"我——看——到——啦——"她回过头，只见松田研究室的博士后岩间遥香正站在套间的入口处。

"话说，应该是'我——听——到——啦——'。"岩间笑着走进显微镜室，来到本村身边，"想在这里回复告白的话，最好先确认一下里边的房间有没有人哦。"岩间对本村来说，就像研究室里值得信赖的大姐姐。她一头短发，身材纤细高挑，虽然性格上直来直去，却总是细心地牵挂着本村。她和本村一样会在实验中使用拟南芥，因此两人不时会交流些信息，或是彼此商量，互相提些建议。

顺带一提，因为岩间的研究领域是气孔，本村曾经把特制的气孔 T 恤送给了岩间。岩间很高兴，却好像没有勇气穿它出门，据说常常当作睡衣穿。本村倒觉得那件衣服肯定很适合她，要是能穿到大学里来就好了。

"啊？怎么？！"岩间的突然出现，令本村大为震动，"难道你一直都在栽培室里？"

"在啊。"岩间愕然地感叹道，"就算我想悄悄离开，除了穿过显微镜室以外也没有其他办法吧。当我开始觉得不妙的时候，你们的对话内容已经越来越私密了。没办法，我只好一边祈祷你们可千万别来栽培室，一边和拟南芥一起屏住呼吸。"

"对不起！"

"那个人是圆服亭的店员吧？我觉得你们挺投缘的，真的要拒绝吗？"

"……嗯。"

看到本村点头，岩间再次小声地叹息。

"真是个笨蛋。本村虽然脑子好，却是个傻孩子，不过这一点很可爱啦。"岩间笑着，就像本村和藤丸之间的对话没有发生过一样，说道，"回上边去吗？"

在 T 大理学院里，生物科学专业算是女生占比较高的专业了。尽管如此，理科领域的本科生和研究生中还是男生的数量更多。在科研上，性别完全不是问题，也不会成为壁垒，可是同一个研究室里能有一位意气相投的女性，在这种时刻本村尤其能感受到安心。

她和岩间一起离开了显微镜室。

藤丸会不会饥寒交迫地倒在地下通道里？本村的视线小心地逡巡。幸运的是，她没有发现藤丸的身影。鞋柜里的鞋也不见了，想来是安全到达了地面。

她们来到研究室所在的三楼，只见松田贤三郎正在走廊上。这个人究竟有多少件黑色西装？本村至今仍觉得不可思议。岩间说着"啊，老师"，朝松田小跑过去。

"地下会议室的排水还是不怎么顺畅，就是最靠边的那个。"

"是吗？因为用了很久了。跟中冈说一下，请专业的修理工过来看看吧。"本村擦肩走过那两人，走进研究室。

分配给本村的桌子离门很近。她在椅子上坐下，轻触笔记本电脑的键盘，解除了电脑的休眠。桌面壁纸是拟南芥细胞的显微镜照片，圆形的颗粒整齐地排列着。拟南芥的细胞都很讨人喜欢。等待电脑启动时，本村总是出神地盯着桌面壁纸。

"为什么能看见星星呢？"她的脑海中浮现出了藤丸提问时的脸。能当作天体望远镜的显微镜——要是真有那么方便的东西就好了。本村微笑起来。

可实际上，两者的优点不可能结合。如果想要望远功能，只能放弃观察细胞；如果想观察细胞，就只能放弃看星星。

本村的微笑转瞬即逝。她打开电脑里的论文数据，开始快速浏览屏幕上出现的英文，挑重点读着关于植物学的最新信息。

和藤丸有关的事，已经被她抛在脑后了。

本村在本科四年期间就读的不是 T 大，而是一所在神奈川县设有校区的私立大学。宽敞的校园里容纳了所有的理科本科专业和一部分文科专业，本村的研究对象是大肠杆菌。从本科时起，她就喜欢用显微镜观察小而圆润的物体。

和拟南芥一样，大肠杆菌也是一种"模式生物"，是分子生物学世界里的主流。它从出生到死亡的周期很短，有利于持续观察新老交替的状况。

和拟南芥不同的是，大肠杆菌是单细胞生物，因此在琼脂培养基上能够简单地克隆繁殖。大肠杆菌制造的殖民地常常汹涌地充满整个培养皿，本村也曾常常为这不可思议的生命力感到为难。

大肠杆菌即使是单细胞生物，也是由细胞组成的。因此在诸如DNA 的复制等问题上与人类等多细胞生物是共通的。也就是说，通过研究大肠杆菌，能够弄清楚这些共通的生命活动。本村在观察大肠杆菌的日子里体会到了快乐和价值，就这样顺其自然地进入研究生院，想进一步深入研究。

另一方面，也有一件事令她感到困扰 —— 是不是应该继续把大肠杆菌作为研究对象呢？

本村从年幼时就很喜欢植物。虽然狗、猫和兔子也很可爱，可它们会四处活动。对于孩提时代常常茫然发呆的本村来说，它们的动作太快了。即便抱在怀里，很快它们就会扭动着身体想要跑到别处；就算想追上去，它们的动作也十分敏捷，运动神经迟钝的本村根本抓不住。

从这一点来说，植物令人安心。草、花和树都不会逃走，可以让人尽情地观赏和闻气味。在常常发呆的本村身边，植物静静地发芽。

本村从小学时起就会在自己房间的窗边养育植物。遗憾的是她没有什么栽培植物的天分，要么浇了太多的水，要么搞错了换盆的时机而使得植物枯萎，可是本村仍努力地怀着爱意照料着植物。

她看着开出花朵、枝繁叶茂的植物，总是由衷地感叹："这样的节奏对我来说真是刚刚好。"照顾完成排的植物再去睡觉已代替了写日记，成为她每天的固定功课。

就这样，本村对植物满怀爱意，对大肠杆菌却没什么心思。当然，看着琼脂培养基上迅速繁殖的大肠杆菌，她也会感慨"哎呀，大家都活着，加油啊"。可有时也会对过度繁殖的大肠杆菌束手无策，不得不进行废弃处理。

哎呀，你在干什么呢？快停下来啊！——无数被杀掉的大肠杆菌仿佛在悲鸣。可是本村的内心某处却在想"只是大肠杆菌而已嘛"。她会对这样的自己感到恐惧。

如果研究对象不是一些能够感觉到爱意的东西，自己会不会变成没有情感且丧失了价值观的疯狂科学家？可是自己也无法解剖小白鼠等实验动物。不光是因为小白鼠过于灵活，还因为它们长着皮毛而且有温度，实在是太可爱了。

还是植物最好。不光可爱，而且没有皮毛。不对，严格来说，有一些植物的叶片上长有细细的茸毛，可是和兔子或者毛绒玩具那种毛茸茸的触感完全不同。如果研究对象是植物，应该没什么问题。

现在想来，是自己想得太多了。世界上早就不存在什么疯狂的科学家了。研究者们都带着理智和敬意来对待实验和观察用的生物。无论对象是大肠杆菌还是小白鼠、植物，研究者们都一视同仁。为了解开生命中不可思议的谜题而夺走生命，大家对这一行为并非没有知觉。正因为充分理解这一行为中所包含的重量，才能严肃地对待研究。

本村进入大学四年级以后，这样的想法越来越无法压抑 —— 想要通过长久以来都非常喜爱的植物而不是大肠杆菌来继续对生命进行研究。当然，这全都是通过大肠杆菌知晓了研究的乐趣和奥妙。谢谢你，大肠杆菌！

当时本村和父母一起住在千叶县的柏市。虽然去学校单程要花两个小时，颇为辛苦，但在她的努力下也顺利坚持到了最后一个学年。当本村说想念研究生时，父母不知如何是好了。他们多少也听到过一点风声，说是读完研究生出来不好找工作。尤其是母亲，她说："不用读那么多书也……念了研究生，以后就是要去搞研究吧？这么一来，结婚什么的你打算怎么办啊？"

Jiehun。本村对婚姻毫无兴趣，以至于一瞬间无法将听到的内容顺利转换成汉字。可是，她明白母亲究竟在担心什么。

就算读了研究生，也不能保证成为一个研究工作者。毕业以后能顺势留在大学成为教授的仅仅是一小部分人而已。与其选择得不到任何保证的、不稳定的道路，不如本科毕业就去工作，在合适的年纪结婚组建家庭，也就是选择所谓"正常"的路，不是更好吗？妈妈出于对孩子的关心，想要说的是这些吧。

虽然在结婚这件事上无所谓，但本村也曾经迷茫焦虑过。自己就读的私立大学在各个专业之间没有什么隔阂，不管文科理科，学生之间的交流很频繁。本村的朋友几乎都是文科生，大家都选择了毕业找工作。而在同一个研究室的理科生朋友们当中，比起去读研究生，更多的人选择了去找工作。

今后不可能总是依赖父母生活，应该去找工作才对。可无论是考研究生还是去找工作，自己什么准备都没做，感觉已经错过了最佳时机。

校园里迎来了新生，重新焕发出活力，本村无精打采地走着。在人工划分好区域的地皮上，高大的榉树特别引人注目，枝头已经有了点点绿意，再过不久，柔软的浅绿色新芽就会一齐现出身姿。

榉树细细的枝条复杂地遍布天空，像是给天空加上了龟裂的纹路。看到这一幕的瞬间，本村心底的激动喷薄而出。为什么榉树的枝条是这样延伸的？为什么植物的叶子和造型会各有不同？真想知道啊，真想知道，真想知道。植物也好，人也好，到底是什么来决定自己的形态，来进行生命活动的呢？

对结婚和生育毫无兴趣的我，难道作为生命体来说是不完整的吗？

本村决定了——我要去读研究生，我要去研究植物。因为太想弄清楚这一切。对我来说，现在最重要的不是找工作、结婚和安定的将来，而是为了实验，开动双手和头脑，通过显微镜去观察生物；为了能更加接近这不可思议的法则——支配这个世界的生物、现在还没有完全弄清楚的法则。

可是自己就读的私立大学里并没有专业研究植物学的老师。

在外人看来，本村有点呆呆的，可她一旦下定了决心，就会出人意料地及早行动。本村拼命拜托父母，终于在读研究生这件事上取得了他们的同意。与此同时，她也拼命地寻找可以研究植物学的研究生院，从而选中了 T 大的松田研究室。在那里可以从细胞和遗传基因的角度来研究叶片的成形机制。本村在读过以教授松田贤三郎为首的研究室成员们发表的论文之后，产生了"就是这里"的直觉。

她一路飞奔，没有停下脚步。在准备 T 大研究生院的入学考试的同时，她也给研究室主页上松田教授的邮箱发了邮件。邮件的内容是希望可以访问研究室。想要考研究生院的人大多会提前拜访想去的研究室，和教授面谈。虽然能直接考进去是不错，但能不能融入研究室的气氛，能不能进行自己想要做的研究等也是很重要的。

从松田教授那里很快就传来了"任何时间都可以"的回信。约定好拜访的日期和时间，本村在黄金周假期结束后早早来到了 T 大理学院 B 号馆前。

初次看到的理学院 B 号馆，在本村眼里就像是参天的古树。树根牢牢地攀爬在地面上，威风凛凛，同时也令人感到温暖。

本村带着紧张的心情走上台阶，找到了松田研究室。她敲了敲木门，里面响起了"请进"的男声。可是她拧门把手，却怎么也打不开门。她只好一会儿推一会儿拉地跟门较劲，门里的人走到了门边，从里面为自己开了门。

"诀窍是要把门稍微提起来一点。"站在门里的男性说道，和刚才说"请进"的是同一个声音。这个人就是松田老师吗？虽然看过网上的照片，可是真人比照片显得更加年轻。松田身穿黑色的西装和白色的衬衣。看起来有点像死神啊，本村想，但银边眼镜后面的目光十分温和，令她缓解了几分紧张。

本村报过自己的姓名之后，松田答道："我是松田。"他请本村进了研究室。研究室里到处都是植物，是一个飘着少许灰尘、有些杂乱的空间，本村觉得这是个舒适的地方。

研究室里的其他人好像都出去了，松田亲手端来两杯咖啡。本村和松田在房间中央的大书桌上隔着桌角坐下，一边喝咖啡一边交谈。首先由松田介绍了实验室正在进行的实验内容和今后准备着手的课题等，接下来由本村介绍了自己在大学本科时做过的研究，以及在研究生院里想要做的研究内容。松田中途问了两三个问题，大体上还是安静地聆听她的说明。

两个人都不是话多的人，在交换完必要的信息之后，室内就被沉默所笼罩。虽然没有觉得尴尬，但本村也不想过多地占用松田的时间，她喝完杯子里的咖啡后站了起来。

"谢谢您的咖啡，也非常感谢您肯抽出时间来见我。"

"你感兴趣的东西，很可能和我的研究室在方向上是一致的。"

松田也站了起来，拦下帮忙收拾咖啡杯的本村，他把空咖啡杯子放进了研究室的水槽里。"入学考试请加油吧。"

这时，一位年龄在二十五岁到三十岁的男性走了进来，这是后来当上了助教的川井。川井当时是松田研究室里的博士后。

"啊，川井，"松田出声叫住他，"这是想考研究生的本村。能带她去看看实验室吗？"

不光是实验室，川井还很爽快地带着本村参观了栽培室。这里的建筑和设备都有些陈旧，可是实验药品和器材都很丰富，基本上可以满足任何实验的需要，可以说是最适合研究植物的环境了。最重要的是研究室里的气氛很好，松田和川井都流露出沉稳的性格，本村愈加在心里发誓：我要来 T 大的研究生院。

话虽如此，难得能实际过来看看，自然处处都要留意。

本村下定决心，向川井发问："松田老师是个什么样的老师？"

此刻，她正在和川井一起用抹布擦着培养箱里流出来的水。

"他是一个对研究很有热情，会细心指导本科生和研究生的老师。"川井答道，随即笑了起来，"可是整理东西的能力很低，这里会漏水也是因为松田老师没有及时倒掉小桶里的水。"

松田的整理能力之差远远超出了本村的想象。他经常待在研究室的屏风后面，整天把自己埋在书本里。若是想要找什么东西了，就在书本里乱翻一气。本村得以了解这一事实是在第二年的春天，她通过孜孜不倦的学习考上了 T 大。

同时，她也开始了人生的第一次独立生活。升入研究生院后，每一天的时间都被实验、论文和发表研究填得满满的。照这样来看，在时间上无法继续从父母家通学了。

在就读研究生期间，本村虽然获得了奖学金，却不得不在未来返还，其实算是一种贷款。虽然有"特别研究员"这种制度，能够发放工资，也能在研究经费上得到资助，可是如果不继续攻读博士课程的话就没有申请的资格，无论提出的研究计划多么缜密，也因为竞争激烈而很难获得资格。本村也没有时间去打工，结果在学费、房租和生活费上多半还是依靠父母。

本村想，除了奖学金之外，父母替自己支付的那一部分将来也要还给他们。可是，研究生毕业不一定就对找工作有利，她有些迷失方向。这世界离了钱真是寸步难行啊。本村的父母离退休还有好几年，好歹能为她提供支援，但有很多家庭做不到这些。有些人就算有心继续做学问，也不得不因为各种原因而放弃大学或者研究生院的学业。

本村在松田实验室里一心沉迷实验。为了能节省三餐的费用，尽管手艺很生疏，她也开始积极尝试做饭。本村的妈妈起初还因为担心而不时打电话过来，到了本村就读博士时她已经完全放弃，不会再说诸如"结婚""将来"那样的词了。

对不起啊，妈妈。我想和植物结婚……如果我可以授粉的话，也许能让你看到孙子的脸。不对，我和植物的沟通还没能达到像与结婚对象一样流畅。直到现在，花盆里的植物还是会枯萎，拟南芥的细胞也不会像自己期待的那样闪光。唉，可能我没有作为研究者的才能。本科时代的朋友们现在已经工作了三年。偶尔见面，聊的都是工作的话题，大家已习惯了工作，或者是因为工作上没有什么重要的任务而相互抱怨无聊。大家看起来都闪闪发亮。我整天给拟南芥授粉、数细胞，真的没问题吗？她也焦虑起来。

可是，本村已经没有回头路了。实际上她也并不感到后悔。只要看看显微镜就好，在那里，展现着本村所探求的一切。

本村的一天从照料窗边成排的花盆开始。种得最久的一株植物是从高中开始已经养了差不多十年的瓜栗。起初花盆只有手掌大小，纤细的树干越长越高，现在已经快比本村还要高了。装着瓜栗的大花盆放在地板上，绿色的叶子长得很繁茂，有的叶子比本村的脸还要大，挡在电视机前面，使得电视画面都看不清了。

还有其他一些植物，比如从父母家搬来的仙人掌、从加藤那里拿来的多肉植物、混栽的香草等，都整齐地排列在窗户架上。

本村经常把植物养死，所以总是留心选择一些初学者也能养好的品种。现在她最花心思照料的是一盆圣诞花。圣诞花原本放在瓜栗旁边，可是为了让它的叶子着色，从九月下旬开始的一个月左右，必须对它进行"短日照处理"。从傍晚到第二天早上，必须完全屏蔽光线。本村用的是贴好缝隙的纸箱，因为傍晚就能到家的日子不多，所以经常忘记给圣诞花盖上纸箱。这天早上，她仍然满怀期待地挪开了纸箱，可也许是因为日照处理进行得不够严格，眼看快要十一月了，圣诞花的叶子还是绿色的。真奇怪，去年买来的时候叶子明明是可爱的粉红色。

尽管失望，本村还是给有些干燥的花盆浇了水，摘掉受伤的叶子，享受独自和植物交流的时光。当然，她也会和它们对话。"天气变冷了呀。""肥料够吗？"她不想把这样的自己暴露给任何人。

本村住的公寓在田原町车站附近，是砂浆建造的二层楼房，房子很旧，所以房租很便宜。距离 T 大坐电车不到二十分钟。因为距离很近，考虑到中途转车的麻烦，骑自行车也挺好。

本村的父母一直主张要找一个更安全的住处，本村却觉得二楼肯定没问题，而且亲切的房东老夫妇就住在后面的一栋房子里，就更不用害怕了。最重要的是这里日照很好，这是本村决定租住在这里的理由。窗边的植物看起来十分舒服。而本村大多数时间就是回来睡个觉而已，就算房间破旧不堪也毫不在意。

公寓还有另外五个房间，住户之间几乎没有什么交流。住在这里的有男学生，有看起来很忙碌的年轻上班族，还有在上野的小酒馆里上班的中年女性，大家在公寓里碰到也只是打个招呼而已。

公寓名叫"第二铃木庄"，在附近还有"第一"，可是很久以前"第一"就被卖掉了，在原来的地皮上盖起了窄窄的楼房。

享受完和植物一起度过的片刻清晨时光，本村吃过早饭，开始准备便当。早饭的配菜大多是纳豆或鸡蛋卷等简单的东西，便当也是前一天晚上剩下的炒菜，或是随便装一点冷冻食品。和栽培植物一样，本村也不擅长做家务活。她所擅长的，只是一心一意地用显微镜观察小小的、圆圆的物体，并且计算数量。

周六她多半也会去 T 大，所以扫除和洗衣服等工作都集中到了周日。如果周日下雨，那就会变得很惨，虽然房间里的晾衣架也勉强能用，可是衣服上会有种令人不快的没干透的气味，有时不得不再洗一次。本村从来不知道世界上有好闻的柔软剂，就算去药妆店，也只是心无旁骛地买完洗衣液就走。况且她买的甚至不是洗衣液，而是粉末状的洗衣粉，因为她喜欢一粒一粒的东西。瓜栗的枝条碰着湿袜子，看起来有点垂头丧气。

因为总是来不及洗衣服，本村有很多便宜的长袖 T 恤和短袖 T 恤。衣服上全都印着奇怪的图案，这一点纯属品位问题。

吃过早饭，本村把便当放进布包，脱下睡衣。她穿上左胸有蜜柑图案贴花的长袖 T 恤和平时一直在穿的牛仔裤，洗过脸后套上夹克衫，感到还有点冷，于是没有穿沙滩凉鞋而是换上了球鞋。

在上野广小路站换车的时候，她才想起来忘记化妆了，可是自己没有随身携带化妆品的习惯，好在在研究室里也只会遇到熟人和拟南芥而已。"无所谓啦。"这么想的瞬间，她已经把化妆这件事抛到了脑后，开始在大脑里排列起一天的时间表来。

早上十点前到达 T 大后，本村立刻开始工作。她已经是博士生了，研究内容和日程都必须由自己决定，靠自己往前推进。要做的事情太多了，她一边做些事务类的工作，如回复邮件和整理资料，一边给栽培室里的拟南芥浇水，采集种子，整理显微镜拍下的照片，读论文。几乎每天回家时都已经过了夜里十点。

此外，研究室每周还会开一次研讨会。教授松田贤三郎、助教川井、博士后岩间、研二的加藤，再加上本村，松田研究室的所有成员围坐在大书桌旁交替讨论。

研讨会采用轮流主持的形式，轮到的成员要介绍自己感兴趣的论文，讲述自己现在的研究进行到了什么阶段。每人每个月都会轮到一次，或是论文的介绍，或是发表的研究内容，因此不能放松精神。假如自己的研究在好几个月的时间里都没有取得进展，松田教授眉间的皱纹就会渐渐加深，露出"明明身为死神去迎接死者，却目睹对方正活得红光满面"的表情。

并且，研讨会上必须使用英语，就连在回答研究室成员的提问时也不例外，所以大脑会非常疲倦。松田研究室现在的成员都是以母语日语作为日常语言，为什么一定要用英语来对话呢？加藤经常为此唉声叹气。可是在自然科学的领域，英语是共通的语言，所以没有别的办法。论文也要用英语来写，假如不会说英语，就无法和海外的研究者交流以及交换信息。因此松田要求他们必须适应英语环境。

生物学者 —— 研究植物的人也是生物学者 —— 会关注生物的多

样性。虽然用一个词来概括的话都是"植物"，可为什么会产生多种多样的形状和特性？为什么世界上既有大肠杆菌也有猫？为什么人与马铃薯从形状到性质都如此不同？

　　各种偶然的因素累积起来，形成了现在地球上的生态系统。就算地球的历史重来一次，所有的偶然也不可能再次重来。当然，因为进化的路径不同，在重新来过的地球上，保有生命体的成员们也会成为与现有的生命体完全不同的东西。

　　这基于绝妙的平衡所形成的生物多样性，从概率上可以说是完全不可能再现的。因为对其抱有兴趣，想解开这个谜题，松田研究室的每个人都在对植物进行观察和实验。

　　可是其中一部分人正在和英语苦战。虽说要尊重多样性，却被语言所阻碍，简直像是被象征多样性的东西捉弄一样，充满讥讽意味。松田作为一流的研究人员经常在海外做报告，岩间曾经在美国的大学有过留学经验，抛开这两个人不说，本村和加藤常常为英语所苦，在研讨会上也经常请求松田："呃……这个内容我可以用日语说明吗？"每到这时，松田就会露出"明明身为死神去迎接死者，却目睹对方出人意料地正在健健康康地跳舞"的表情，说一声"请"。

　　加藤最喜欢的电影是昆汀·塔伦蒂诺导演的《杀死比尔》。本村没有看过，不过据加藤说，刘玉玲在里面饰演一个黑道人物，她在片中磕磕巴巴地说完一段日语后要进入重要的话题，这时她忽然说："为了能让诸位理解我慎重的态度，接下来我用英语说明。"于是突然转换成了英语。本村心想，这个方法在黑道的世界里也通用吗？

不过，加藤却两眼放光："那可真是划时代的一幕啊。我以后也要这样，我决定了。我就说：'接下来是本次演讲的重点内容，为了让大家能够正确理解，我将用日语说明。'我要请茱莉·德莱弗斯[1]替我翻译成英语！"

岩间闻言不禁觉得好笑："你倒是把这份宣言拿到松田老师面前说说嘛。"

本村不太明白加藤在说些什么，不过她知道对方是为英语感到棘手，对此她也深有同感。

网络上有一种服务，可以用英语朗读论文概要。本村常常一边写电子邮件，一边像听收音机一样开着它，同时获取研究方面的信息，十分方便。同时也有让耳朵习惯英语的目的，她虽然常听，可还是不能像母语一样自由使用。不过她借此知道了世界上各种各样的论文，比如有研究发现雌性蟑螂通过一次交尾后能够在体内积存精子，以后即使不交尾，也能使用那些精子接连不断地产卵。本村像是想看看什么可怕的东西一样，有点想去读一读那篇论文，不过因为跟植物研究没什么关联，所以就只停留在想法上而已。

因为工作的关系，本村每天都很忙碌。研究室的其他人有时会带着转换心情的想法去圆服亭吃晚饭，本村却有所回避。也许是因为察觉到了什么，岩间也不再对她说"一起去"了。

所幸，藤丸仍然像没有任何隔阂一样，会把午餐的外卖送来。依旧是十天一次的频率，松田研究室会请他送午餐外卖。几乎每次

1　Julie Dreyfus：1966 年出生于法国的女星，因 20 世纪 80 年代末在日本的 NHK 频道出演过法语教学节目而在日本拥有较高的知名度。

都是由松田付钱，本村因为能省下一顿饭钱而心怀感激，更重要的是，能从难吃的自制便当里得到解放，十分令人高兴。

本村也不是铁石心肠，她明白藤丸是多么认真而毫不隐瞒地表白了自己的心迹。也正是因为这样，她花了三天时间才做出回答。过去，她也曾经被藤丸以外的男性告白过，不过她基本上都以"秒杀"的速度拒绝了他们。

只是这一次，面对藤丸的告白，本村有些不知所措。大概是因为藤丸对植物学表现出了兴趣，以及他流露出的纯粹的惊讶和喜悦。对方能尊重本村认为重要的东西，也能尊重本村，这一点让本村感到高兴。藤丸在圆服亭里麻利地工作，热心地埋头做菜，这些也很讨人喜欢。尽管彼此倾注热情的领域不尽相同，可是能够感觉到两人可以用相同的语言互相沟通心意。如果是这个人，本村想，也许能一起度过开心的时光。

但是，她的思考就停留在了这里。

所谓开心的时光，是指什么呢？是一起吃饭、一起去游乐园之类的吧？但我总是一个人迅速吃完饭，想用省出来的时间去择取拟南芥的种子，哪怕只能多择取一粒也好。如果有空，相比起在游乐场里被游乐机器抛上抛下，我更愿意用显微镜安静地观察拟南芥的细胞。这些事更加让我开心。

就像一台显微镜不能供两个人同时使用一样。如果能够在交际中找到令人欢欣雀跃的点倒还好，可是本村有点想不出来。她实在不认为那些事情会比研究更让自己着迷。

藤丸不一样。他可以一边好好工作，一边对他人产生恋慕之意。

他以后会组成家庭吧？对于这个过程，他不会怀有疑问或是感到别扭。

从藤丸身上，本村感受到一种刺眼的"健全"。面临必须做出选择的局面时，我会毫不犹豫地选择研究，因为意识到了自己的这个想法，我才会对藤丸做出"不能和你交往"的回答。

不可否认，在这个回答的背后有这样的想法——"无论是藤丸还是我，都明白我们的交往肯定不会顺利，因此不需要浪费时间"。本村也发现，这个想法当中包含了某种傲慢。藤丸一定会说"不试着交往一下，怎么会知道究竟顺利不顺利呢？"不知道究竟会不会顺利——像这样的东西，只要有实验就够了，本村不想被除此之外的事动摇身心。本村只想做研究，只想把自己的一切都集中在这件事上。

本村像是被迷住了，带着一股疯狂的热情。无论自己多长寿，也无法解开所有关于植物的谜，尽管知道这一点，她却仍然坚持凝视着模糊而闪亮的细胞。这个想法无论怎么说明应该也无法获得藤丸的理解，本村的面前只有谢绝交往这一条路。

藤丸在来送外卖时像什么事也没发生过一样和本村寒暄。加藤带他去看了温室，他与包括本村在内的研究室成员们笑着说道："太厉害了。像原始森林一样。"他是一个明亮而和善的人。

可是他没能像拟南芥的细胞那样，捉住本村的心。

松田研究室正在进行十一月的第一次研讨会。研究室的全体成员围坐在大桌子旁，读着主讲人发下来的摘要。摘要里刊载着图表和照片，当然全部是用英语写成的。

这一次的研讨会，轮到加藤发表自己的研究和本村介绍论文。天气很好的午后，冬天柔软的阳光照进研究室。午餐是圆服亭的外卖，各人都吃了美味的蛋包饭和汉堡排套餐。他们一边与睡魔斗争，一边转动大脑用英语进行演讲或者应答质疑，比平时还要下功夫。

本村和加藤为了准备研讨会几乎通宵加班，为了不辜负那份努力，更是绞尽脑汁地发言。

本村介绍的论文内容是"如果将拟南芥的根在光中培育，会比在地下等黑暗的地方培育出来的根部要短"。植物的根部在成长过程中有逃避光线的特质，因为如果以光作为目标成长，会从地表长出，也就不能完成根的作用了。这一点不用特意实验也能靠直觉得知。"嗯，这是肯定的吧。根会避开光线成长。"

可是，根部是出于怎样的构造才会选择避开光线停驻在地下，这一点还没有研究清楚。明明叶和茎都会追随着光，向着光照的方向生长，只有根会转向背光的一面，这是为什么呢？本村介绍的论文就试图解开这个疑问。

根据论文，在向光培育的根里积蓄了大量黄酮醇，这种物质会阻碍植物激素（促使植物成长的激素）的运输，因此根部分裂出的细胞尺寸变小，这就造成了根部无法变长的结果。

研究室的成员们展开了热烈的讨论。"仅靠论文上提供的图片，不能严密地证明作者想要阐述的内容。""想查证叶片细胞上植物激素和黄酮醇的关系，什么样的实验才最合适？"他们互相提出各自的疑问和见解。

自己介绍的论文引起了大家的兴趣，本村松了一口气。有时明明是一篇自我感觉既有趣又重要的论文，可试着介绍给大家之后，却只会得到"嗯？……"这样的反应，没有什么会比这更让人感到失落和寂寞了。"咦？我选论文的标准很奇怪吗？也许是因为我缺乏做科研的才能，所以才会对这篇并不怎么样的论文一见钟情吧。"出于这样的想法，她会愈加丧失原本就不多的自信，陷入负面思考的旋涡。

这次的论文介绍成功结束，本村怀着轻松的心情坐下。接着，加藤站了起来，开始公布自己"发现了让仙人掌刺变透明的方法"。植物的叶片很薄，所以在研究中确立了这样的技术 —— 用药水浸泡使之完全透明，便于显微镜观测。可是，仙人掌的刺不仅因为形状是有立体感的圆锥体，厚度也不像叶片那样是均一的，要想使得厚度较大的中心部分也完全透明并不容易。并且，把拟南芥作为研究对象的人有很多，而研究仙人掌的人在全世界并不算多，更别提为了让刺变透明而绞尽脑汁的人，无论是在论文库里还是在网络上找不到。

但是加藤却没放弃。

"孤独有时也让我成为动力。"加藤说出来的英语在语法上有些奇怪，"可是，我有了最终的发现。这是我花费极大的功夫才得来的发现。请大家看看手里的资料。"研究室的成员们开始阅读加藤所写的摘要。摘要上刊载着美丽的显微镜照片，照片里是被完完全全透明化的仙人掌刺，摘要里还记录了完全透明化所需的药物和配方。

"哦？……"

大家的反应不太热烈。毕竟除了加藤以外，谁都不需要将仙人掌刺进行透明化处理。本村看到显微镜照片里透明的刺感到很佩服。"像新鲜的鱿鱼一样。"可是，面对加藤所经历的艰难奋斗和反复试错，这样的感想实在是有些过分，她没有开口。

这大概是世界上第一次有人将仙人掌的刺进行了如此彻底的透明化处理，不过，这份伟业具有多少通用性，目前还真的说不上来，研究室里渐渐出现了令人尴尬的气氛。

松田也许是不想让学生们的干劲受挫，为了鼓舞人心，他说道："没想到能用实验室里现有的一般药剂做到这种透明度。要不要去申请个专利？"

在化学、农学、药学等和商品化紧密联结的领域里十分流行申请专利。可是在基础研究领域，专利却不太受到重视。本来研究成果能直接转化成商品的事例就十分少见，因此不如将成果广为公开，为其他人的研究提供方便。

"不用了，不用了。"

松田半开玩笑地提到了"专利"，加藤却认真地谦虚起来。

"为了仙人掌研究领域的未来，只要大家能对我这种透明化的方法多加活动，我就很高兴了。"

"是'活用'哦。"岩间指出他英语上的错误。

"对对，只要能积极活用，我就很高兴了。"

"先别管专利了，尽快写成论文，给杂志投稿吧。"

听到川井的提议，加藤很不好意思地回答："我真的很不擅长英语，但我会尽力的。"

正好时间也到了，这天的研讨会就此结束了。川井走到研究室里的流理台前为大家做了咖啡。研究室的成员们一边品尝咖啡，一边休息聊天。

就在这时，松田研究室的门被大力推开，门口站着的是松田的同事诸冈悟平。这位教授再过几年就要退休了，他一直致力于马铃薯的研究，培育了很多马铃薯，也吃了不少马铃薯，可人很瘦，干涩蓬松的头发有一大片都变成了白色。

松田研究室里的人惊讶地看着诸冈，大概是因为一向沉稳的诸冈难得露出这么急躁的样子。此刻他浑身散发着一股力量，本村看在眼里，一瞬间，仿佛能看见他白发中升腾的蒸汽。圆服亭的藤丸躺在他的脚边。藤丸正好来收回用完的餐具，刚蹲在研究室的门外，结果就被用力过猛的诸冈一脚踢开。

"What's up？（怎么了？）"

加藤等众人还没有从研讨会的氛围里恢复过来，都说起了英语。

"不要说英语！"诸冈怒吼。紧接着，他发现倒在地上的藤丸，嘴里说着"抱歉，抱歉"，扶起了他。

"老师，您先进来说吧……"

松田给身为前辈的诸冈拿来了一把空着的椅子，诸冈扶着一只手撑腰的藤丸，走进了松田研究室。他让藤丸在椅子上坐下，自己站着，睥睨着房间里的众人。

"你没事吧？"

本村小声地询问藤丸。

"没事，幸亏那个人力气不算太大，我还好。"藤丸停下了抚摩腰部的手，战战兢兢地看向诸冈，"这位是老师吗？好像气得不轻。"

"对。这是隔壁研究室的诸冈教授，主要研究马铃薯。"

"既然是理学院的老师，那研究的肯定不是'怎样才能收获更多的马铃薯'这种问题吧？"

通过自己这些日子以来的见闻，藤丸已经掌握了农学院和理学院的区别。像是在肯定他的想法，本村点了点头。

"诸冈老师的专业是茎类研究。马铃薯是植物的茎部，红薯是植物的根部，它们都属于块茎和块根类。老师通过研究各种块茎，想要弄明白植物的茎为什么会发生变形。"

"原来如此……"

诸冈没有理睬小声说话的本村和藤丸，还是一副气鼓鼓的样子。

"松田老师，你的研究室太随便了。"

"不好意思。"

"老师，你怎么这么快就道歉了？"看到松田老实地低头道歉，岩间忍不住低声申诉。

"我们研究室的人都挺认真的呀。这得好好问问诸冈老师，是什么事情做得'太随便了'？我们有什么地方做错了吗？"在岩间的催促下，松田向诸冈问道。诸冈的脸因为怒气而泛红，就连很有品位的白发也像被火焰映照着一样，染上了红色。

"是温室！"诸冈吼道。川井察觉了事态的重要性，脸上露出"哎呀"的表情，其他人还是莫名其妙，不禁面面相觑。"温室怎么了？"特别是本村，她的研究对象是栽培室里的拟南芥，平时几乎从不踏足温室。她和同样使用拟南芥进行研究的岩间彼此用视线窃窃私语。"怎么回事？""不知道。"

诸冈继续说道："那间温室，你们松田研究室和我们研究室好说好商量，一直都是平均分成两半来用的！"

说到这里，除了加藤以外，所有人都明白了诸冈生气的理由。就连无关人员藤丸也对本村说出了自己的感想："我还以为那是仙人掌专用的温室呢。"

"对不起。"以岩间为首，松田研究室的成员们纷纷向诸冈道歉。受到这一幕的影响，藤丸不知为何也跟着道歉。

只有放任仙人掌增殖的犯人加藤还保持着一脸悠然的态度。

"哎呀，那间温室好像对仙人掌和多肉植物的生长发育特别有好处，全都越长越大，我都来不及分株。诸冈老师，您想养的话可以跟我说一声。把它们放在小花盆里，在房间里也很好养活。"

视仙人掌为生命的加藤纯粹出于一番好意说了这几句话。就连本村都觉得他说话前要先看看形势，不出所料，诸冈气得白发几乎倒立起来，活像是仙人掌的刺了。

"我已经忍无可忍了，"诸冈从牙缝里挤出这句话，"就算温室里的仙人掌越长越大，看起来像是墨西哥的一样，就算多肉植物的盆栽越来越多，看起来跟娜乌西卡¹实验室的架子一样，我之前也什么都没说。"

"这位老师，你知道娜乌西卡？真是人不可貌相啊。"藤丸佩服地小声说道。本村担心诸冈会像巨神兵²一样暴跳如雷，"嘘"了一声阻止了藤丸。

"可是最近，不知道为什么蕨类植物开始茂盛起来，树叶像瀑布一样从温室的天花板上垂下来。我觉得研究生致力于钻研学问、研究植物是件好事，所以我一直都默默地观察守护而已。"

诸冈正恳切地诉说着温室的现状和自己的心情，加藤一脸自豪地说道："啊，蕨类植物是我出于兴趣爱好栽培的。蕨类植物和仙人

1　宫崎骏导演的动画《风之谷》中的女主人公。
2　宫崎骏导演的动画《风之谷》中的角色。

掌有着截然不同的况味和深奥之处，我都快着迷了。"

"能在一个温室里把不同原产地和生长条件的植物养得那么好，真是叹为观止啊，加藤。"诸冈咬牙切齿地说完，紧接着怒吼道，"可是我已经忍不下去了！我的耐心已经用完了！"

诸冈像是终于吐出光束的巨神兵，松田研究室的人和藤丸都吓了一跳。只有加藤还是一如既往地歪着头，似乎在疑惑：咦？温室里植物生长得那么顺利，老师为什么会生气？

松田苦笑着说："真是为难啊。一向温文尔雅的老师竟然这么生气，温室里到底发生了什么？"

诸冈听到松田的询问，悲伤地垂下肩膀："我的太郎，太郎……"他说着，开始颤抖起来。

"太郎是老师的宠物吗？"

藤丸悄悄地问道。

"我想是马铃薯吧。"本村也压低声音回答，"是一种马铃薯，热带地区的人经常吃。"

诸冈似乎没有听进本村和藤丸的对话，悲伤地继续说道："它已经枯萎了……仙人掌和多肉植物越来越多，太郎被赶到角落里，连头顶都被茂密的蕨类覆盖，显然是因为日照不足才会枯萎的！"

"是吗？土豆应该很结实啊。""老师是不是忘记浇水了？"疑惑声如涟漪般四起，可大家看到诸冈如此失落，一瞬间又平息了下来。

"对不起。"

松田研究室的所有人，包括加藤，都向诸冈道歉，藤丸也跟着道歉。

松田命令道："加藤，去整理温室，好好腾出诸冈研究室的空间。"

"好的。"加藤点点头，"藤丸，给你一些仙人掌，要不要？"

"真的吗？"藤丸高兴地抬起头，"我正想在房间里放点植物呢。谢谢。"

温室的阵地争夺战里照进一丝光明，诸冈似乎对此感到满意。可是——本村想——因为加藤的"绿手指"相当强大，所以不管怎么整理，仙人掌、多肉植物和蕨类的王国很快就会复活吧。当然，本村并没有把这想法说出来。

"话虽如此，我的太郎却回不来了。"诸冈无可奈何地摇了摇头，"希望松田研究室的各位一定要承担责任。"

这位老师到底在说什么啊，我们怎么可能让已经死了的土豆复活呢？大家尴尬地面面相觑。助教川井作为代表，小心翼翼地向诸冈举手致意。

"川井，请说。"

"我们究竟应该怎么做才能承担责任？"

"帮我去挖红薯。"诸冈露出得意的笑容。

"啊？"

虽说松田研究室的成员们研究的是植物学，可他们平时面对的大多是拟南芥等植物，与农活和农业无缘。

"我从幼儿园毕业以后就没有挖过红薯了。"

"如果需要人手的话，老师，您的研究室里不是也有研究生吗？人数比我们还要多呢。"

抗议声四起。大家的真实想法是，光是平时的研究就已经忙得不可开交了，挖红薯实在是太麻烦了。本村却不像研究室的其他成员，她心里挺想参加的。总是把自己关在室内似乎不太好，挖红薯好像也挺有意思的。

偶尔去接触一下土壤，接触一下拟南芥以外的植物，说不定会有什么新的发现。

"真可怜啊，你们是豆芽菜吗？"诸冈对抱怨连天的众人大喝一声，"不，这种说法对豆芽也太不礼貌了。总之，明天早上七点，在Y田礼堂前集合！就这么说定了。"

"什么？"

"为什么这么早啊？"

"太勉强了吧……"

众人怨声载道。

诸冈哀叹道："啊，我的太郎……"

尽管知道他是故意的，众人还是不得不接受。

"行，我们去。"

"太好了，太好了。加上松田老师，六个人，对吧？明天我等着你们。"说完，诸冈得意地走出了研究室。

"对不起，我就是莫名其妙地太会养植物了。"

加藤低下头，他当然是在道歉而非刻意炫耀。也许是对仙人掌过于痴迷而产生的反作用，加藤在和人类打交道的时候，说话的方式实在有些过分。

加藤刚进入研究生院的时候非常害羞，总是在研究室的角落里低着头，只有在谈到仙人掌的时候才会积极地开口说话。他花了将近两年的时间一点一点地解决这个问题，也付出了巨大的努力，终于能够有说有笑地和其他人聊聊仙人掌以外的话题了。与此同时，松田研究室此前很少使用的温室也变成了绿色的天堂。

本村非常了解研究室唯一的后辈加藤的勤奋和对植物的热爱，因此她摇了摇头，说道："不用道歉。其实我从一开始就挺想去的，我喜欢挖红薯。"

"是啊。"川井也点了点头，"我也不知道能不能挖好，试试吧。"

"要不要带上手套和移植铲？"

岩间虽然刚刚抱怨过，却也在盘算着挖红薯所需要的工具。

"我对早起没什么信心……"松田推起眼镜，揉了揉眼角，"不管怎么说，加藤，请着手整理温室吧，我也会帮忙的。大家有空的时候，也一起帮帮他。"

"那个……对不起。"藤丸很不好意思地插入他们的谈话，"我差不多该收好餐具回圆服亭了。可是，有件事我有点担心。"

"什么事？"松田转向藤丸。

"土豆老师刚才说的是'六个人'，好像把我也算在里面了，怎么办？"

松田研究室的全体人员不禁无语地抬头看天。

第二天早上七点，松田和研究室的学生们在 Y 田礼堂前集合，圆服亭的藤丸也来了。

谁也没有勇气向诸冈说明藤丸只是碰巧当时在场的外人。如果知道人手会变少，诸冈一定又会生气哀叹吧。

温室的情况不容乐观。松田去温室给加藤帮忙，两个小时后回到研究室，他有气无力地说："不行，不是几天就能解决的问题。"所以，想到再刺激诸冈恐怕不妙，本村立刻给圆服亭打了电话。

隔着话筒，传来了正在吃晚饭的客人们的嘈杂声。本村在电话这头请求道："很难向诸冈老师说明情况，所以如果有可能的话，你能一起来挖红薯吗？"藤丸的声音里丝毫没有慌乱的感觉，只是爽朗地应道："请等一下。"电话里传来了一分钟左右通话保留的声音，是用蜂鸣器演奏的北岛三郎的《祭典》，难得雄壮的副歌部分变成了"嘀嗒嘀嗒、嘀嗒嘀嗒"的声音。太可惜了，本村正这样想着，藤丸回到了电话那头："喂，本村。老板说可以，所以我没问题。明天早上我也能一起去挖红薯。"

就这样，藤丸把性格里老好人的一面毫无保留地发挥出来，一大早就来到了 Y 田礼堂前。所有人都穿着灰色的连体工装，这是诸冈研究室的研究生前一天傍晚送到松田研究室的。诸冈研究室成员经常去田里干活，因此常备着好几套连体工装。

本村的公寓距离大学很近，因此虽然要比平时早起，却并没有什么困难。只是每天与植物交谈的时间减少了一点，稍微有些遗憾。今天的圣诞花仍然是很精神的绿色。

不过岩间到学校单程就要一个半小时，眼皮都睁不开了。

"我搭第一班电车来的。这把年纪居然没化妆就出门了，真不敢相信。"

加藤请嘟嘟囔囔的岩间喝了一罐热咖啡。川井好像提前在网上查了怎样挖红薯，从口袋里掏出一张打印的纸读了起来。

"上面说要先割藤蔓再挖，但在诸冈老师的研究室里，藤蔓不也是重要的研究材料吗？应该怎么做呢？"

松田从一开始就一言不发。可能是因为低血压，他脸色苍白，脑袋也一直摇摇晃晃的。

"老师好像站着睡着了，没事吧？"本村问身旁的岩间。

"不知道，可能过不了多久就会醒了。"岩间打着哈欠回答。

"话说，老师住在哪里？"

面对加藤的提问，就连和松田认识时间最长的川井也摇了摇头。

"松田老师的私生活是谜。"

"藤丸，你去问问看嘛。"

藤丸在岩间的唆使下，一脸恐惧地看着身穿灰色连体工装、正摇晃不定的松田。

"我才不问呢。电影里就会出现这种人啊，自称是'清洁工'，把尸体的痕迹彻底打扫干净……"

"哇，真的很像。"

"好像啊。"

正当大家彼此说笑的时候，诸冈从 B 号馆的方向走了过来。他也穿着灰色的连体工装，怀里抱着超市购物篮似的东西。

"哈啰，大家好啊。让你们久等了。"

"早上好。"

众人朝背对着 Y 田礼堂入口的诸冈致意。松田似乎还没醒过来，只是嘴角含混不清地冒出几个字来。

本村和藤丸接过诸冈手里叠放在一起的篮子。这应该是用来放挖出来的红薯的吧？篮子一共有七个。

"对了……"岩间客气地问道，"诸冈老师手下的研究生呢？"

"他们今天去板桥的田里收割了。"

"那么，我们现在也要去板桥？"

听到川井的提问，诸冈摇摇头："不用。你们要挖的地方就在那里。"

看着诸冈所指的方向，本村等人惊讶地叫出声来。

"咦？"

一九二五年竣工的 Y 田礼堂，是 T 大的标志性建筑物。礼堂的墙面由红砖砌成，从正面望去，像一座方形的塔威风凛凛地耸立着。背面有半圆形穹顶，从侧面看整栋建筑，就像一位贵妇人的站姿：塔身就像是挺得笔直的一位高贵女性的上半身，圆顶部分则像是从腰部开始膨起来的裙子。

Y 田礼堂前是一块长有草坪的广场。草坪周围环绕着精心修剪过的杜鹃花丛。诸冈所指的位置，正是植被的一角。

"确实……"川井嗓音沙哑地说，"我一直在想，这里确实有一片长得很像红薯叶的植物。不过，这可是 Y 田礼堂的正前方。"

"您向大学申请过许可吗？"岩间也用疑惑的眼神望着诸冈。

"这里可是本乡校区里日照最充足的地方。"

诸冈轻飘飘地做出答非所问的回答。

众人戴上手套，各自拿好移植铲和购物篮朝灌木丛走去。这片灌木丛距离 Y 田礼堂的入口处最远，位于广场的角落。种植红薯的区域形成一道圆滑的曲线，长度大约五米，像是给草地镶了一道边。薄薄的心形叶子在地上沙沙作响，加藤看着这一幕，说道："我一点也没注意过。"加藤的兴趣主要集中在仙人掌和多肉植物上，所以即使红薯叶进入了视野，大脑也不会意识到它们的存在。

可是，我呢？本村想。本村也完全没有注意到 Y 田礼堂前的这片红薯田。在理学院 B 号馆里做研究感到疲劳的时候，为了转换心情，本村会在校园里散步，也曾经好几次横穿过 Y 田礼堂。天气好的时候，她甚至会在草坪上吃便当。

尽管如此，除了杜鹃之外，她从没想到还会有其他植物生长在灌木丛里，所以对红薯叶子视而不见。自己被先入为主的观念牢牢绑住，没有注意到这么重要的事，也没有感觉到哪里有什么不对劲。在这种情况下，无论用显微镜多么仔细地观察拟南芥细胞，都无法触及事物的本质啊。

本村把拟南芥作为研究对象，是因为拟南芥是模式生物。

如果可能的话，她希望通过观察和研究拟南芥，来延伸到所有的植物上，解开叶子的构造和生长中的谜团。在这一点上，她和专门研究仙人掌刺的加藤有所不同。

加藤没有留意到红薯，那是没办法的事，但我不能这样。我必须对植物更敏感一些。

本村在反省之后，蹲下来看种在地里的红薯叶子。在靠近地面的地方，大大小小的叶子都拼命地把脸转向太阳。虽然显得拥挤不堪，却也没有妨碍彼此，因为叶柄的长度各不相同：有的叶子有长长的叶柄，从周围的叶子里跳了出来；有的叶柄虽然很短，却能从其他叶子之间露出脸来。

太了不起了——本村不知不觉就把它们拟人化，投入了感情。她很感动，植物可真聪明啊。植物没有大脑，没有头，也没有屁股，却依然能很好地协调，为生存而下功夫。本村总是觉得它们比人类要聪明得多。

但同时，本村也感觉到了植物和人类之间的隔阂。本村是人类，因此总是无法摆脱习惯，会从人类的理论和感情出发来解释植物。然而，植物既没有大脑也没有感情，与本村的那些想法完全隔绝，只是淡然地长出叶子，调节叶柄的长度，深深地扎根到地下，只为了吸收更多的光、水和养分，也为了延续下一代的生命。它们没有语言、表情和动作，运行着人类无法估量的复杂机制。

这样一想，植物仿佛变成了一种可怕而又不可知的生物，无论本村多么希望理解却都永远无法理解。红薯的叶子当然察觉不到本村心里"有点害怕"的心情，也根本预料不到接下来有人要挖红薯，在这一瞬间，它依然精神抖擞地进行着光合作用。

藤丸和本村保持一定的距离，也蹲下来看着红薯叶。"啊。"藤丸轻轻地叫了一声，本村把脸转向他。

"叶子的条纹是红薯皮的颜色。好厉害啊。"藤丸喃喃自语，把脸靠近红薯叶，认真地比对着不同的叶子。

本村再次望着手边的叶子。这么说来，的确是这样。心形的叶子上伸展的叶脉呈现出淡淡的胭脂色，像是在做出预告：土壤里长着这种颜色的红薯。

本村看着血管般的叶脉，刚才那种可怕的感觉消失了。可以肯定的是，植物确实拥有完全不同的结构，它们生活在一个人类"常识"行不通的世界里。当然，它们也有许多共同点，因为它们是在同一个星球上进化而来的。

对于这些我无法理解的事，或者与我不同的事，我很快就把它们归类为"可怕的"和"莫名恐惧的"，并试图远离它们，这是我做得不对的地方。不，也许这是全人类共同的坏习惯。本村又一次反省。人类因为有了情感和思维能力，才会产生这样的坏习惯，同时为了克服"可怕"和"莫名恐惧"的心情，做到真正理解对方，感情和思维是必不可少的。"我"和"你"为什么不一样？必须有理性和智慧才能分析和接受。为了承认彼此的不同，体谅对方也必不可少。

如果能成为像植物一样既没有大脑也没有爱情的生物，恐怕是最简单、最轻松的事了。本村叹了口气。不过，具有讽刺意味的是，本应没有思想和感情的植物，却似乎比人类更能容忍他者，从而超然地生存。

话说回来——本村心想——藤丸还真是厉害。在我茫然思考的时候，藤丸在一旁径自观察红薯的叶子，发现了叶子上会直观体现出红薯皮的颜色。看似漫不经心，却拥有敏锐的观察力。藤丸一定不会觉得某人、某事"可怕"吧。即使某个瞬间产生这样的感觉，他也会想着"不，不，等一下"，认真地观察对方，做出各种各样的思考，并最终接受对方。因为他是一个和蔼可亲的人。

本村满怀感慨地看着藤丸，藤丸注意到她的目光，抬起头，害羞地笑了。他好像觉得自己说的感想过于孩子气了。本村很想向他说明"不是这样的"，但不久前才拒绝了他的告白，她犹豫着是不是不应该对藤丸表现得过于亲切，所以最后什么也没说，只是低下了头。

面对红薯，松田似乎终于摆脱了睡魔，诸冈正和他说话。

"这些红薯长得真是不错啊。是红遥[1]吗？"

"是的。只有这一角种的是红东。"诸冈说着，指向灌木丛的一角，"可能因为现在的学生都没挨过饿，红薯的叶子长得这么茂盛，都没有人来偷红薯。这在以前粮食短缺的时候是不能想象的。"

"诸冈老师和我一样，我们这一代人不是也没经历过粮食短缺的

---

1 红遥和下文中的红东都是日本主要的红薯品种。

时代吗？"

"嗯，是啊。可我只要看见了红薯叶，就总想挖一下看看。松田老师也是一样吧？"

"怎么可能，我可不会随便乱挖。这可是诸冈老师精心栽培的红薯啊。"

这两个人关系不错。本村听到对话，才知道松田其实已经注意到了 Y 田礼堂前的红薯田。她干劲十足地想：看来我还是得加强观察力。

"好了，大家过来吧，我来教你们挖红薯的诀窍。"诸冈大声喊道。本村和藤丸站了起来。大家聚集在诸冈面前，围成半圆。

"首先，我会用这个来去除妨碍我的藤蔓。"

诸冈说着，用手绕到自己的背后，拿出一把镰刀挥舞起来。他似乎是把镰刀柄插在连体工装的皮带扣上了，随身带着。

"危险，危险！"

"别把刀刃露出来啊。"

"为什么植物学的老师一个个都跟'清洁工'一样？"

人声嘈杂起来，可是诸冈显然并不在意。看到即将迎来收获的红薯，他的心情似乎很激动。

"我会留下一些茎，"他说，"你们可以把它作为标记，用移植铲去挖。这时的关键是不要直接去挖茎干的下面，因为会破坏红薯。大家看好了，要从距离茎差不多一个手掌的位置放下移植铲。"

"好的。"

"一边挖，一边用另一只手拉着茎，红薯就会滚出来了。"

就这么简单？本村等人虽然相互交换怀疑和不安的眼神，却还是老老实实地回答"好的"。

"篮子装满以后就搬到 B 号馆，我在馆前铺了草席，把红薯放在那里，让风吹一吹。这样可以吹走红薯表皮的湿气，延长保存时间。"

"这里种了两种红薯吧？"本村问道，"可以把不同的品种混在一起吗？有什么方法可以区分……"

"勉强要区分的话，红遥皮的颜色更鲜艳些，但是上面都沾着土，在你们看来应该都是一样的。我们会在实验室里区分种类的，所以你们不用担心。"

诸冈说着说着走进了灌木丛。他弯下腰，拨开茂盛的红薯叶，用镰刀猛地拂去缠绕在一起的藤蔓。

"大家快点，开始挖吧！"

在诸冈的催促下，本村等人也进入了灌木丛。松田帮着诸冈，把割下来的藤蔓集中起来，用绳子绑在一起方便搬运。尽管他一副迷迷糊糊的样子，但似乎早已准备好了挖红薯所需的东西。

"要不要对藤蔓做标记？标记下面长着什么红薯？"川井担心地问道。

"没事，没事。"诸冈说着，猛地拔起藤蔓，"总之，大家只管收红薯就行了。"红薯叶和藤蔓被割掉以后，地面上只剩下了十五厘米左右的茎，就像我们小时候用一次性的筷子为金鱼所做的墓碑一样。在翻起的垄沟里，每隔一段距离就露出一根茎。

"开始吧。"岩间拍了拍戴着手套的双手。手套上附着的灰尘在晨光中飞舞。

天气不错。浅蓝色的天空下，本村等人沿着垄沟蹲下，开始挖红薯。只要开始工作，寒冷的感觉就消失了。阳光照在背上柔和而温暖。隔着手套所触摸到的泥土，也有些许温暖的感觉。

离开学还有一段时间，校园里很安静。在位于校园中央的 Y 田礼堂前能隐约听到行驶在本乡大道上的车声。偶尔会有学生为了前往要去的校舍而穿过草坪，有的人投来惊讶的目光——"这是在干什么呢？"也有的人没有注意到本村等人的存在。

我就是这样忽略了红薯的存在啊，本村一边想，一边小心翼翼地把移植铲插进垄里。土壤比想象中要柔软，但怎么也体会不到移植铲的另一端到底有没有红薯。本村用左手抓住剩下的茎秆，笨拙地向上拉，不知道是力量不够，还是红薯太固执，一直都不肯露面。

没办法，她只好用移植铲把茎秆周围的土垄挖松，然后用手拨开。这么一来，终于能看见红薯了。红薯的根在地下茁壮地分叉，一根茎的下面长着六七个大大小小的红薯。不知道它的品种是红遥还是红东，即使沾着土，也能看出胭脂色的表皮带着润泽的光。有一些红薯比本村的脸还要长，粗得用手指都圈不住。

"哇！"

本村开心起来，在土中寻找还有没有红薯，然后立刻着手下一根茎秆。她用移植铲挖松沟壑，用手拨开泥土，随着动作的熟练，一个接一个的红薯被挖出了。

藤丸正在挖本村旁边的红薯。两人事先没有商量过，却自然地隔着一根茎的距离各自劳作着。藤丸一把抓住茎秆，"呼——"地一口气拔出来，根部被拉断了，有一些红薯还留在地下，结果他只好用手再次扒开土垄去寻找。这样的藤丸就像是在海边拼命挖沙子玩耍的大型犬一样，感觉有些可爱。

加藤在对面的垄沟里大喊："呀，蚯蚓！"

"为什么要扔给我？"和加藤站在同一条线上挖红薯的岩间一边训斥学弟，一边抓住飞来的蚯蚓，将它放回土里。而川井一边把大家挖出来的红薯收集到篮子里，一边灵巧地使用移植铲挖着红薯。

诸冈清理了所有的藤蔓，松田把它们捆好，两人开始从本村等人对面挖起来。他们手里拿着挖出来的红薯，依然亲密地交谈着。

川井斜眼看着这一幕，不禁自言自语："这片红薯田绝对和研究没有关系。"

"这是什么意思？"本村停下手里的工作，看着对面垄沟里的川井。

"在没有记录的情况下收割藤蔓和茎就很奇怪啊。用来做实验的植物大概都种在板桥的田里。说到底，红薯是由根部变形而来的吧？从老师的研究课题来看，培育茎部变形而形成的马铃薯才是主要内容。种在这里的只是诸冈研究室用来吃的红薯而已。"

"这么说的话，"岩间也加入了对话，"昨天诸冈老师的大吼大叫肯定是在演戏。他是因为人手不够，想把我们也赶出来帮他收挖。"

"这么说，我白白被骂了一顿？"加藤的声音里透着可怜，"啊，不过，如果诸冈老师没有真的生气，那我是不是就不用整理温室了？"

"不，温室最好还是好好收拾一下。"

"是啊。本来就应该各用一半的，是加藤侵犯了别人的领土嘛。"

听到川井和岩间的责备，加藤垂下肩膀继续挖起了红薯。

在 T 大研究生院的理学系研究科生物科学专业里一共有三十个研究室。其中，像松田、诸冈这样从事植物领域研究的有五个。

话虽如此，可其实很难划定界限——到哪里为止是植物，到哪里为止是包括人类在内的动物。以基因为线索，我们会发现，比如因为无法行动而被认为是植物的蘑菇其实在进化过程中更接近于动物。因此，现在的植物学研究经常被划分在"生物学"或"生物科学"的大框架里。

生物科学专业的三十个研究室，除了与五个植物学相关的，还包括菌类、酵母、鱼类和鹿类等多个领域。

无论如何，与粒子物理学不同，生物学不需要庞大的实验设备和大量的人力。不过，在生物学领域也有越来越多大规模的研究比较基因的团队，有的论文开头会列出几百个合著者的名字。不过，松田研究室的规模很小。

松田研究室和诸冈研究室的研究对象是被明确分类为"植物"的"叶类""薯类"等，房间本身也是邻居，因此成员们平时的接触特别密切。

所以，要我们帮忙挖红薯完全没问题呀，本村想。诸冈老师不要演什么奇怪的戏，老老实实地拜托我们就行了。不过也许他是真的希望我们能收拾一下温室吧。怎么才能尽量圆滑地既得到自己那一半温室，也争取到挖红薯的人手呢？这是诸冈老师经过深思熟虑之后演的一场小闹剧，这样的诸冈老师挺可爱的，让人讨厌不起来。

松田研究室和诸冈研究室一直是互相帮助的关系，所以我们来挖一挖红薯倒也没什么。可是，诸冈研究室用来吃的红薯，把藤丸也卷了进来，他是怎么想的呢？他会不会生气呢？本村看了看旁边的藤丸。

藤丸应该听到了川井他们的对话，但他似乎并不在意，只是认真地拔红薯，不时"哼"地发出声。啊，藤丸真是个好人——本村明白了，也就不再担心。

"我说啊，"岩间把挖好的红薯并排放在地上，叹了口气，"这么早就来挖红薯，也是怕被校方发现吧？"

藤丸"嗯嗯"地拔出新的红薯，用戴着手套的手背擦拭额头的汗水。

"啊？是吗？"他第一次插话，"土豆老师种红薯、挖红薯都是理所当然的，应该不要紧吧？"

"如果是用来研究的就还好，如果是用来吃的，不知道……"加藤的声音里失去了自信，"而且还是在 Y 田礼堂前面。"岩间耸了耸肩，这是他在美国留学时学来的姿势。好酷，本村心想，她一只手拿着移植铲偷偷地模仿，动作却笨拙得像是个想要放松自己僵硬肩膀的人，不禁暗自失望。

幸好没有人注意到本村的举动。

"在 Y 田礼堂的入口，白天会有保安站岗。"川井向藤丸解释道，"不让人随便进去。我想诸冈老师是不想被保安员发现，所以才让我们一大早就来。"

"哦，这么严格。"藤丸一脸佩服地抬头看着 Y 田礼堂，"的确很漂亮，建筑物看起来很古老。"

"因为它被登记为文物。T 大纷争时，全共斗[1] 的学生们坚守这里，和机动队发生冲突。从这个意义上来说，这确实是一座有历史价值的建筑。"

"什么？这里发生过战争吗？在这栋楼里？"

1　全称为"全学共斗会议"，是日本各大学在 1968、1969 年学生团体实行斗争之际组成的跨学院跨党派的大学内部联合体。这里指 1968 年夏至 1969 年发生在东京大学的学生运动。

"不是战争，是学生运动……"川井似乎想多解释几句，但最后还是打住了。或许是感觉到自己和藤丸之间存在代沟，或许是觉得讲不清楚，所以放弃了。本村听着两人的对话几乎笑出声来，可是本村自己对于那个学生运动盛行的时代也没有什么了解。

现在的 Y 田礼堂坐拥草坪广场，是一个非常安静的空间。但是，集合在礼堂前的年轻人内心所怀的希望、烦恼、激情和嘲讽似乎和从前一样，没什么改变。

藤丸虽然不是很清楚来龙去脉，却也好像认识到了 Y 田礼堂对于 T 大学来说是一个象征性的存在。

"在这种建筑物前随便种红薯，的确有可能被骂。"他径自点点头，"土豆老师当时应该也像笼城战¹一样固守城池，和机动队作战过。因为有这样的回忆，才会在这里种下红薯，以备不时之需吧。"

藤丸好像是把两个事件搞混了，以这个奇妙的印象为基础开始描述起自己的假设来。本村想，藤丸的身上发生了时空扭曲。

"你以为我多大岁数？"一个声音说道。众人一看，只见诸冈正动作迅猛地挖着红薯，原先是从对面开始挖的，现在已经距离本村等人相当近了，速度可真快。至于松田，正笨手笨脚地用着移植铲，完成的工作量还不到诸冈的一半。

"T 大纷争的时候，我还是个初中生呢。"诸冈注视着自己的手说道，"怎么可能守在 Y 田礼堂里呢？"

"是吗？完全看不出来呢，对不起。"藤丸坦率地道歉。

"藤丸，我也以为诸冈老师朝机动队扔过石头呢。"加藤低声说。

1　日本战国时代一种以防卫为主的战术。

"对你们这些年轻人来说，战败和学生运动都算'很久以前的事'嘛。"诸冈的表情和声音里，既有一丝哀叹，也交织着微笑，给人一种 DNA 双螺旋般玄妙的感觉，"对我来说，虽然没有亲身经历过，但一九五四年是'非常近的过去'。而一九六九年，是我亲身经历过的一段'记忆'。时间真是飞逝而去啊……"

诸冈老师平时只要看着马铃薯、触摸马铃薯、思考与马铃薯有关的问题，就会心情很好，可今天在挖红薯的时候却流露出了这样一丝怯弱。情况异常！本村等人暗暗地交换眼神。为了让诸冈振作起来，大家在脑海中搜索合适的话题，可是每个人满脑子也都是仙人掌和拟南芥，想不出什么能够引起诸冈兴趣的话题，真让人头疼啊。

"对……对了，藤丸。"岩间的声音夹杂着苦恼，"你有什么推荐的红薯料理吗？"

"嗯……我想想。"藤丸拿着刚刚挖出来的红薯，语气爽朗地回答，"我喜欢烤红薯。"这算是料理吗？本村心想，却没察觉到自己丝毫没有考虑到自身的料理水平。

"红薯放到味噌汤里也很好吃，也可以把它切成骰子的大小和形状，混在什锦天妇罗的材料里。我还推荐拔丝地瓜。先放到微波炉叮一下再炸，里面湿湿的，外面会很脆。不过，我现在最想吃的是甘薯点心。"

"我也喜欢。"加藤加入话题，"小时候，妈妈偶尔会给我做甘薯点心当作零食。我也能做吗？"

"能啊，很简单。红薯可以先煮熟，也可以蒸或者用微波炉弄熟，然后捣碎，加黄油和鲜奶油混合到一起，也可以加人造黄油和牛奶，再加上适量的砂糖。因为红薯本身就很甜，所以我有时也会不加砂糖，最后捏出形状，用烤箱或烤面包机去烤。表面如果涂上蛋黄会变得很光滑。"

"哦，你喜欢做饭？"诸冈问道。

"不，不是喜欢，是工作。"

"老师，藤丸不是研究生。"川井急忙补充道，"他是圆服亭的店员，既做饭，也接待客人。"

"是吗？"诸冈看起来大吃一惊，"是这么回事吗？我还以为你是个面生的研究生呢。让你也来帮忙挖红薯，真是对不起。"

"没关系，没关系。我觉得很好玩。"

藤丸用戴着手套的手在面前摆了摆。诸冈轮流看着本村等人。

"你们也是坏人。为什么不告诉我藤丸不是研究生？"

你也没有给我们机会呀，大家心想。当然，说出口的只能是"对不起"。

"藤丸，作为道歉，我送你些红薯吧。不过，我也常去圆服亭，却一点也没发现你是那儿的店员。"

"不用，不用了。"藤丸又摆了摆手，"没有人会为了记住店员的长相来餐厅，来餐厅只要专心吃饭就行了。而且，有很多客人似乎都是 T 大学的，吃饭很快，几个人一起来的时候也一直都在说跟研究有关的话题。我们老板也说过，不要打扰他们，要注意收盘子的时机。"

"真是服务业的典范啊。"诸冈感慨万分地说，"我们也不能一心只想着研究，也应该多关心一下周围的人。"他摇了摇头，似乎再次进入了软弱模式。

虽然很想鼓励诸冈，可松田研究室的人在醉心于研究这一点上和诸冈也属同类，只能默默点头赞成："真的是。"大家又开始一心一意地挖起了红薯。

诸冈像是逃避天敌的鼹鼠一样猛然拨开泥土，又似乎在思考些什么。突然，他停下手里的活儿，说道："今后的时代会更需要我们拥有开阔的视野。不仅要专注自己的研究，还必须能够用简单易懂的语言告诉那些不是研究者的人，我们为什么要做这些研究，通过这些研究能知道什么，还有哪些是没有弄清楚的。如果做不到这一点就拿不到研究经费。除了这种现实之外，最重要的是，'除了那些能够很快得出结果的、对人有用的研究以外，其他研究都是徒劳无益的'，这种恶劣的成果主义、功利主义，将会倾覆这个世界。也就是说，要像圆服亭那样，身为一个专业的人，既要好好发挥料理实力，也不能欠缺对客人的关怀，让客人能够心情愉快地品尝料理。"

像是细细品味诸冈的话，川井说道："没错。"

诸冈拂去挖出的红薯上所带的泥土，满怀爱意地看着壮实的红薯。"我们所做的基础研究就像是滋味丰富的食材。如果没有美味、营养丰富而又安全的食材，也就不能做饭和吃饭了。我们的研究，是那些有用的研究的基础。正因为这样，即使需要一些时间，也要诚实地进行值得信赖的研究。"

"可是……"加藤歪着头说道，"人在吃饭的时候，不会一一去考虑'必须摄取营养'或'产地出自哪里'吧？只会想'肚子饿了先吃点东西'，'偶尔想吃一顿既美味又有卖相的饭，就去那家店吧'，可能动机只是这些而已呀。"

"加藤的意思是说，我们的研究和食材一样，中吃不中看。这的确是事实。"诸冈承认道。不知道诸冈是不是故意说了一个冷笑话，大家决定不去深究。

"'因为我饿了''因为食物美味又漂亮'……这些想法都是关系到人类本质的重要欲望。基础研究也是出于同样的欲望。'想知道'的感觉就像饥饿一样。不得不去追求美好的东西，这就是研究。"本村对此深信不疑。她也因为拟南芥细胞的美而着迷，被求知欲所驱使，一直继续着研究工作。

本村觉得这种心情很难得到他人的理解，但听到诸冈说这是人类最本质的欲望时，她好像又有了希望——希望通过研究，能够与他人的心灵产生联系。

"我想我明白了。"藤丸喃喃自语，"我不怎么爱学习，总是在想怎么才能逃学，所以刚开始的时候觉得很惊讶，怎么有人会上这么多年大学，专门去做研究呢？很开心吗？当我看到本村他们时，也不由得这么想了。'真不可思议，好想知道啊。'我确实有这样的心情。拟南芥也好，红薯也好，仔细看的话会发现它们很可爱，很好看。所以我想为松田研究室的大家所做的研究加油。当然，还有土豆老师的研究。"

"太励志了。为了满足藤丸的期待，我也必须努力啊。"诸冈笑了，"可是我就快退休了。明明还有很多想弄清楚的事，但一个人拥有的时间实在太短暂了。像你们这样的年轻人，能热情地参与研究，支持和鼓励我，这就是希望。"

诸冈说出"希望"这个词，让本村吃了一惊。一方面，本村自己心里也正在思考着希望，好像被看穿了一样；另一方面，自己的行动也许会成为某个人的希望，自己从来都没有想到过这一点。

"可是……"本村下定决心，开口说道，"我总是觉得很焦虑。担心自己是不是在做一个完全错误的实验，是不是缺乏作为研究者的感性，今后是不是还能置身于一个可以继续研究的环境……"

"我也一样。"岩间又耸了耸肩，"大家不都是这样吗？"

"会有这样的烦恼，是你们还年轻的证据。"诸冈露出微笑，像是在鼓励本村和其他人，"说到我的烦恼，要么是考虑退休后的生活储蓄够不够，要么就是在老家独居的母亲已经九十岁了，该问问她关于今后的想法了，诸如此类。和你们的烦恼相比，内容完全不一样。所以啊，你们身上还有开拓未来的可能性。"

本村本想要鼓励陷入多愁善感的诸冈，结果反而受到了对方的鼓励。本村心想：是吗？看来烦恼着也挺好。诸冈充满真情实感的话语，让人感觉仿佛面对着篝火，给本村带来了光明和温暖。

其他人似乎也有同样的感受。"虽然逼着我们去挖红薯，但老师果然是一个好人啊。""我从来都没想过要照顾父母什么的。"大家想着想着，纷纷向诸冈投去了尊敬的目光。

松田好不容易在挖红薯这件事上取得了一点进展，缩短了和众人的距离。在离本村等人大约三个红薯茎的距离下，松田仍然笨拙地摆弄着移植铲。

"松田老师有什么烦恼吗？"加藤问。

"烦恼？是啊。"松田想了想，"我现在的烦恼，就是挖红薯好难啊，怎么也挖不好。"

这个答案既不深入人生，也不展望未来，众人都有点失望。

每当篮子被装满，就会被搬到 B 号馆的正面，两个小时之后，所有的工作都结束了。

幸运的是，Y田礼堂的保安并没有盘问他们。准确地说，当工作进行到一半时，保安就站到了礼堂的入口处，但只是诧异地望着本村他们，疑惑这些人在干什么呢，却并没有靠近。除了话剧社的发声练习、音乐社的乐器练习、街头艺术社的杂技练习之外，还有很多学生和教员会做出令人意想不到的奇怪行为，所以警卫们也不会对挖红薯大惊小怪。

把收获的红薯运到B号馆前是一件相当辛苦的工作。藤丸一个人就能轻松地拎起装满红薯的篮子，可其他人却都没怎么干过体力活，他们只能两人一组，慢吞吞地搬着篮子。

每个人往返了两次，终于把红薯都搬完了，藤丸精神抖擞地往返了三次。B号馆前密密麻麻地排列着红薯，景象非常壮观，连个立脚的地方都没有了，妨碍到了进出B号馆的人，因此大家决定分批把风干过的红薯搬到诸冈研究室去。众人再次把红薯装进篮子，这次改用电梯来搬运。

大家回到B号馆前，重新排列剩下的红薯。诸冈从研究室拿来一个大塑料袋，往里面装刚刚收获的红薯。

"这是送给藤丸的。"

"谢谢。"

藤丸接过袋子，高兴地往里看。

"先不要清洗，就这样保存一两个星期，味道会更好。"

"好的。我还要回店里上班，今天就先告辞了。工作服我洗好再还给你们。"

"抱歉啊。衣服想什么时候还都可以。"

在众人的目送下，藤丸单手提着袋子朝赤门走去。

诸冈也分给松田研究室两篮红薯。本村把平分到的红薯带回家，当天晚上，她在厨房地板的一角铺上报纸，把红薯放在上面。

要等到红薯变可口再吃，真是让人望眼欲穿。昏暗的厨房里，七根红薯闪着天鹅绒般娇艳的光泽。本村想，要不要按藤丸说的，做些甘薯点心呢？

当然，本村过去从来没有做过饼干，每天忙于研究和实验，也不可能真的去做甘薯点心。

到了十一月的下旬，红薯收获之后过了大概两个星期。本村每天早上都吃蒸红薯。红薯有着绝妙的黏度，非常甜美可口。

可是这天，蒸熟的红薯和以前的不太一样，更加松软。这么说来，她想起 Y 田礼堂前种着红遥和红东两个不同的品种。

本村打开自己房间里的笔记本电脑，开始搜索红薯。她阅读记载各品种特征的网站，知道了黏度较高的是红遥，较为松软的是红东。

她从厨房拿来几根尚未蒸熟的红薯，与今天的红东红薯进行比较。今天的红薯经过蒸煮，已经无法从外观上区分品种差异。而还没蒸过的红薯中有红东吗，还是只有红遥，或者只有红东？事情变成了只有实际吃过才能知道的"红薯俄罗斯轮盘"游戏。两种红薯都甜度充足，被打中也不怕，是幸福的俄罗斯轮盘。

哪怕不特意做成甘薯点心，只要蒸一下，这些红薯就很美味。本村刻意忽略了自己的懒惰。她给植物浇了水，走出了家门。圣诞花依然没有变红的迹象。

因为每天早晨都吃红薯，本村的肠胃变得很通畅，可研究的状况就不那么通畅了。

本村目前正在专门为拟南芥采种。

拟南芥已经完成了整个基因组的测序，并作为模式生物被各个研究机构管理和利用，因此，即使是野生株，也有着"cor（哥伦比亚）""kyo（京都）"这种系统化的名称。

为什么要为拟南芥确立系统呢？那是因为如果每个研究人员都在自己的研究中任意使用拟南芥，就像是在没有翻译的情况下任意使用各自的母语一样。拥有明确出身的野生植株"哥伦比亚"就像是一种通用语言，它作为拟南芥的基准系统在全世界的植物研究中被使用。

例如，有人发表了这样一篇论文，"以哥伦比亚为原型，培育出一株具有'树叶边缘卷曲'特征的突变株。经过调查发现，是某一处的基因被破坏了"，如果有人想到"这篇论文真的正确吗？让我来试试看"，就可以首先通过电脑访问拟南芥的"基因资源中心"。

在成为研究者之前，本村从来没有想过这个世界上竟然存在着果蝇科和拟南芥等的"基因资源中心"。当她第一次听说的时候，不由得深感佩服，就像科幻电影里演的一样。

在学者们的捐赠下，拟南芥的"基因资源中心"可以说收藏了无数的突变株。因为是作为数据库来管理的，所以可以输入那篇论文中所指出的"被破坏"的基因编号。这样一来，就能得到这样的信息——"本中心所保存的突变株中，指定基因遭到破坏的有这个、这个和这个"。只要发出订单指令，就可以索取相应的突变株。

等突变株被送到实验室，就能亲自验证论文的正确性了。除了从"哥伦比亚"系统突变而产生的突变株外，存储中心里还可以找到同因基因破坏而从"京都"系统突变而来的突变株。研究者可以随意索取来自不同系统的突变株进行比较和研究。这都要归功于全世界的实验室都在共同使用"哥伦比亚"和"京都"这些标准的野生株系。

当然，还有很多其他的突变株，研究者还不知道是哪些基因出了问题，从而导致它们的形状与普通的拟南芥不同。相反，也可以通过改变特定的基因，人工制造具有"卷曲叶片"或"扭曲叶柄"特征的突变株。

目前，本村正在采集种子，是拟南芥的突变株互相交配的成果。本村本人虽然过着与谈情说爱绝缘的日子，但拟南芥却安安稳稳地产下了种子，"生养众多，在地上昌盛繁茂"[1]。

人工交配的拟南芥如果泄露到外界，那可是件大事。在突变株里，有一些被人为进行了基因改造，如果任由它们在路边自由繁殖，有可能会令自然界失去平衡。因此，交叉繁殖只能在栽培室里进行，而且要十分小心，不能让种子沾在衣服和头发上被带到外界。

人工授粉是一系列精细的工作。

只要准确地管理栽培室的温度和光线，拟南芥会在一个月左右开花。但是开花就意味着自然授粉，所以只有临近开花才有机会准备人工授粉。

为了防止自然授粉，要用镊子轻轻触碰还未成熟的花蕾，去掉所有的雄蕊，再在处理过的茎上绑线作为标记。花蕾本身只有两毫米大小，花茎也极其纤细，这件工作就像在头发上写经文一样，让人头晕目眩，腰酸背痛。而且花蕾接二连三地冒出来，这项工作也是在与时间赛跑。

---

1 出自《圣经》"创世纪"。

来不及喘一口气，拟南芥又到了花期。这样一来，又要从作为交配对象的植株上用小镊子取下满是花粉的花药，把它放在绑着线的花的雌蕊上，完成人工授粉。

本村这次想通过人工授粉来制造四重突变体。但是这项工作需要大量的劳力和时间，本村已经神志不清了，她一边累得在心里直翻白眼，一边进行采种的工作。

所谓的四重突变体，指的是让突变株交叉繁殖，从而获得四重突变。例如，把"叶子边缘呈锯齿状"的突变株和"叶子边缘有点卷曲"的突变株相乘，便会得到"叶子像欧芹一样脆"的拟南芥。当研究者想了解突变与突变重叠时会产生什么效果，便会通过人工授粉来制造双重突变体或四重突变体。

想要制造四重突变体，需要经过下面这些步骤。

假设有拟南芥突变株"a""b""c""d"，将"a"和"b"杂交，产生的种子（子代第一代）将是野生型。"比一般拟南芥的叶子多了些锯齿"这样的基因突变多半是隐性，所以不会在子代第一代当中出现这样的特征。因此，子代第一代的叶子看起来就跟普通的叶子一样。

接下来，子代第一代拟南芥将等待授粉。根据孟德尔的"分离定律"[1]，在接下来的一代（子代第二代）当中有十六分之一会变成"ab"的双重突变体。

---

1 分离定律：遗传学的三大定律之一，由奥地利生物学家孟德尔（G.J.Mendel，1822—1884）经豌豆杂交实验发现。其内容为：具有相对性状的亲本 P1（含基因对 AA）和 P2（含基因对 aa）产生的子代第一代仅表现 P1 的性状；子代第二代既有 P1 的也有 P2 的性状，并且出现 P1 与 P2 性状的比例为 3∶1。

接着，我们将双重突变体"ab"与突变株"c"进行杂交。而它们的下一代又会变成野生型，我们接着等待这一代的授粉。这样一来，得到的种子（子代第二代）的六十四分之一，就是"abc"的三重突变体。

可能大家已经明白了，当三重突变体"abc"与突变株"d"杂交时，它们子代第二代的二百五十六分之一会成为四重突变体"abcd"。本村想翻白眼也是没办法的事。不管拟南芥的生长周期有多快，如果老老实实地按规矩办事，本村在得到充分的四重突变体之前恐怕就已经寿终正寝了。

因此为了节省时间，本村同时进行突变株"a"和"b"、突变株"c"和"d"的杂交。再将它们繁殖而来的后代进行杂交，现在，终于努力做到了开始采集子代第二代种子的阶段。本村在内心不停祈祷，希望能造出自己想要的四重突变体。

本村为什么要费这么大的功夫，哪怕累得直翻白眼，也要寻找四重突变体呢？当然是为了研究叶子。

到目前为止，本村一直在数拟南芥叶子的细胞数量，测量叶子的大小。每天，她都会和拟南芥接触，看着它们生长，通过显微镜来观察它们，因此，只要发现形状不对劲的叶子和细胞，她的眼睛就会条件反射般聚焦。当观察对象出现在视网膜上的瞬间，眼睛便会自动调整焦距，比大脑认识到违和感的速度还要快。

可是就算测量过几百次，拟南芥叶子的大小和细胞数量都在设想的范围之内。即使那些比正常叶子稍大一些的突变株，情况也是一样的。无论施多少肥料、浇多少水，无论多么完美地管理温度和光线，都不能让拟南芥的叶子变得像荷叶那么大。

拟南芥只能用既定数量的细胞，生成既定大小的叶子。

但是，与拟南芥同属十字花科的卷心菜，叶子就比拟南芥要大得多。说到大叶子，往往会令人联想到热带植物，但其实在日本也有叶子很大的植物。例如，有一种叫"秋田蕗"的蜂斗菜，长长的茎尖上有雨伞一样大大的圆形叶子。孩子举着它，就像传说中的克鲁波克鲁小人族[1]一样，非常可爱，让人有一种仿佛置身小人国的感觉。

还有本村在公寓里养的瓜栗，它原产于中南美洲，同一根树枝上不仅长着比本村脸还要大的叶子，也长着本村手掌大小的叶子。而在拟南芥的叶子上就不会产生这么大的尺寸差异。

更进一步说，拟南芥、卷心菜、秋田蕗和瓜栗，根据不同的种类和环境，它们的叶子在产生了既定数量的细胞后就会停止生长。这就是为什么没有人见过"一千叠大小的卷心菜叶"。

然而，有一种名叫独叶苣苔属的热带植物可以持续产生叶细胞，直到寿终正寝时才会停止生长，叶子会一天一天地变大。

为什么不同的植物会有不同的叶子大小和细胞数量？为什么一些热带植物能够无限度地增殖叶片上的细胞？到目前为止，这些都还是谜。

但是，通过观察拟南芥，本村产生了一个推测。拟南芥作为模式生物，全世界都对它进行了研究，因此关于叶子的形成和成长机制已经弄清楚了不少。"叶片控制系统"就是其中之一。为了避免形成极大或是极小的叶子，拟南芥具备调整的功能，会将细胞的数量

1　传说中的小人族，在北海道一带流传较广。

和大小调整到一定的值。

在独叶苣苔属这样的热带植物身上，这个控制系统是不是坏掉了呢？不对，"坏掉了"这个词给人的印象不太好，也不准确。应该说，是不是已经大幅改变了？所以，独叶苣苔属才可以持续增加叶子的细胞数量，使得叶子变得非常庞大。本村是这样推测的。

我该如何确定这个推测是否正确？本村经过思考，想出了一个证明的办法。那就是制造一个拟南芥的四重突变体，查个清楚。

拟南芥虽然有叶片控制系统，但也不是说简单到按一下按钮，叶子的细胞数量和大小就会调整成既定数值，而是各种各样的控制系统复杂地交织在一起，互相影响，为了使细胞的数量和大小保持既定值而进行各种精妙的运作。

因此，本村选择了破坏掉控制系统"A"的突变株"a"，再通过基因重组使得另一个控制系统"B"失灵，得到突变株"b"，接着破坏控制系统"C"得到突变株"c"，最后，她选择破坏了另一个控制系统"D"之后得到的突变株"d"。

"除了'd'以外，还有其他一些不错的控制系统，但我个人最在意的是'd'……好吧，我就大胆地跟随直觉吧。"在经历了一番犹豫之后，本村做出了选择。她的心情就像是选拔偶像组合时的制作人，在一排排未经打磨的钻石前苦恼。

候补的控制系统还有很多，所以基因组合也有"a""b""f""w"等很多种可能，可本村的时间有限。她没有办法测试所有的可能性，因此先把范围缩小到"a""b""c""d"，组合出符合自己目的的基因型，观察每一种叶子会产生的变化。

本村将选出来的突变株"a""b""c""d"进行杂交，从而得到四重突变体，现在她正在采集子代第二代的种子。

如果本村的推理是正确的，那么通过杂交，这些让控制系统发生突变的拟南芥，即使不会出现独叶苣苔属那种现象，至少也会出现叶子越长越大的拟南芥。如果突变株"a""b""c"和"d"的杂交产生了这样的拟南芥，就能够证明有些植物之所以能产生特大叶片，是因为这种植物的叶片控制系统发生了很大的变化。

如果拟南芥的叶子长得跟香蕉叶一样大，冲破了培养箱，那可怎么办？"嘿嘿……"本村做着美梦。

当然，现实不会这么顺利。

拟南芥的果实是细长的豆荚形，里面有种子。种子的形状类似橄榄球，但大小只有细沙粒那么大。从不断结出果实的拟南芥中，用镊子不停地采摘小种子，将它们收进离心管里，避免丢失或混在一起，因此眼睛会非常疲劳，肩膀也十分酸痛。

本村一想到必须采集的种子数量，以及届时必须做的工作，除了眼睛的疲劳和肩膀的酸痛以外，一阵阵头晕也向她袭来。

为了寻找四重突变体，本村一直在杂交拟南芥的突变株。但即使将突变株进行两次交叉繁殖，获得四重突变体的概率也只有二百五十六分之一。

拟南芥的一个果实里有三十粒左右的种子。也就是说，从十颗果实中提取出三百粒种子，其中只有一粒才有可能是四重突变体。

而且，为了用于实验和观察，本村正在努力制造更多的四重突变体。这样一来，四重突变体就不可能只有一株。如果这仅有的一株枯萎了，这项烦琐的杂交工作就得从头再来一遍，所以为保险起见，至少也要得到四株。如果能精心培育这四株突变体，在它们之间进行授粉，就可以培育出越来越多的四重突变体了。

这所有一切的开始，是四粒种子。为了得到它们，本村杂交了四十朵花。在四十朵花的小小的雌蕊上，放上小小的来自雄蕊的花药。这已经是一项艰巨的任务了，但是当它们一个接一个地结出果实以后，本村才意识到，杂交所花费的劳力只不过是个开始。

毕竟接下来要从四十颗果实中，采集出一千二百粒沙粒大小的种子。一千二百粒！从概率上来看，为了保证足够可以用来实验的四粒种子，必须先采集一千二百粒！

真的有点想要流泪，本村在栽培室里独自抽搭起来。采种工作就像是寻找埋在沙子里的钻石一样。

不，如果真是钻石的话倒还不错。本村心想，那样即使在沙子里也会闪闪发光，告诉我它的存在。但是，四重突变体的种子看起来和其他种子没什么两样。这就像是从一千二百粒沙子中寻找四粒符合自己目的的沙子一样，这是禅问答吗？这种苦行到底算怎么回事？呜呜呜……

无论多想了解叶子的奥秘，本村还是忍不住痛恨想出这个实验方法的自己。更可怕的是，为了完成这个实验，今后还有很多不得不走下去的艰难道路。

如果一千二百粒种子都能顺利采摘下来，又该如何去分辨其中哪一粒才是发生了四重突变的种子呢？毕竟，所有的种子都一模一样，仅从外观很难判断。

当然需要把它们都播种下去。播下一千二百粒种子，培育一千二百株拟南芥！

最终，要通过 DNA 鉴定，才能确定哪一株是四重突变体。也许可以通过树叶的形状来判断是不是四重突变体。现在这个阶段，必须做好不得不检测一千二百株拟南芥 DNA 的心理准备。

类似的悲伤话题还有很多。比如，杂交可以使四重突变体以二百五十六分之一的概率出现，这只是理论上的说法。采集一千二百粒种子、播种、培育、研究，实际上别说是四株，就连一株四重突变体都没有出现，这种情况也是有可能发生的。

不要了，我不要再想下去了。可是，只能做下去！希望这些种子里能有四重突变体，只能这样祈祷了……

身为科学工作者本不该求神拜佛，本村却拿着镊子，高举双手，仰望栽培室的天花板。虽然是坐在椅子上，可她的姿势就像电影《野战排》的海报上那样。

持续不断地埋头采集种子，一定是精神出了问题。本村慢慢地放下手，再次转向拟南芥。不经意间，她看了看自己的手指。指甲剪得很短。这是因为假如有种子塞在指甲缝里，会有污染实验品的可能性。比如此刻，桌子上有可能散落着跟这次的杂交毫无关系的另一株突变株的种子，它有可能无意中被夹在指甲缝里，与杂交得来的种子混在一起被放入离心管。那么一切就都乱套了。只要一想到"污染"这个词，本村就忍不住像从水里爬出来的狗一样浑身一颤。

为了避免污染，采种前大家会仔细地打扫桌面，松田研究室的人也都不会留长指甲。

本村不禁叹了口气——毫无修饰的指甲，似乎象征着蜷缩在理学院 B 号馆二楼栽培室、坐在长桌前专心地采摘种子的自己。

拟南芥孕育了如此数量庞大的种子，用以延续下一代的生命。

而让拟南芥杂交的我，没有做过可爱的指甲彩绘，过着普通人看来枯燥无味的生活。不，没关系。我也不是那么想做美甲，而每天的研究对我来说也完全不会枯燥无味。只是，一味地专注于采种，也许是精神过度集中，反而引起了不必要的想法，一种"我到底在干什么"的焦虑和困惑油然而生……

回过神来，本村正"呵呵"地发出笑声——这几天一直在忙着采集种子，果然有点不正常了。

拟南芥的生长速度很快，从发芽到采种的周期只有两个月左右。就算利用时间差来控制它们发芽的时间，今天采这一株，明天采那一株，采种的时机也会让人应接不暇。没有什么事比这更令人头晕眼花了。而且，对手是极其细小的种子，眼睛的疲劳和肩膀上如压磐石的酸痛也会影响到头部血液循环的顺畅，难怪会陷入奇怪的精神状态。

"呵呵呵……"本村的笑声在培养室里回荡。

"你没事吧？"有人出声询问。

本村吃惊地回头，只见门开了一条细缝，空隙里露出岩间的半张脸。

"我没事。"本村慌忙回答，"你要用这个房间吗？"

"不用。都已经中午了，你还没回研究室，我就过来看看情况……"岩间说着，却并没有进入栽培室，而是透过门缝战战兢兢地看着本村，"你刚才在笑吗？"

"没有。"

本村坚定地摇头。

"骗人，你肯定笑了。在走廊里都听得到，挺吓人的。"

为了让害怕的岩间能放心，本村特意用开朗的声音说道："我休息一下。"她把镊子放进笔盒，把装有种子的离心管盖子盖上。

"对对，休息一下。我们去吃便当吧。"岩间像是松了一口气一样点点头，大大地打开门，"你从早上开始就一直窝在这里，肯定饿了吧？"

本村想，有一个能时时关心自己的前辈可真好，她和岩间一起走出二楼的栽培室，回到三楼的松田研究室。

研究室里，川井和加藤正坐在大书桌前吃着杯面。两人像是大力吸尘器一样用力吸着面条，而且每人还打算吃两杯，因为他们手边各自放着另一个已经泡好热水正在等待中的杯面。秋天都已经过了，食欲却还这么旺盛。

屏风的深处没有什么动静。松田大概是去食堂吃饭了吧？抑或是在和诸冈一起吃便当。本村以前曾亲眼见过松田和诸冈在 Y 田礼堂前的草坪广场上和睦地摊开便当一起吃饭。她上去打招呼，松田便高高兴兴地告诉她："这是诸冈老师的太太做的。"陪别人一起吃爱妻便当的男人，真是个谜。说起来，松田老师有没有结婚，本村等人也不得而知。

本村用水壶重新烧开水，为岩间泡了咖啡，也给自己泡了绿茶。她把带来的便当放在大书桌上，拿起筷子说道："我开动了。"岩间也在旁边开始吃便利店的三明治。

对面的川井和加藤则开始吃第二杯泡面。两人一如既往"簌簌"地用力吸着面条，川井问道："怎么样？"真会察言观色啊。

"还没采完一半。"

"目标是一千二百粒？"

加藤也一边吸着面条，一边露出"哇"的表情——这个人也很会察言观色。

"本村很适合做这种细致的工作，我可做不来。话说回来，如果做到那种程度，你想要的四重突变体也还是没结果的话，你打算怎么办？"

所谓的没结果，就是没能产生种子。如果将突变株相乘杂交，偶尔会产生这样的结果。

没错，必须考虑到没结果的可能性。本村冒出了冷汗。

"不要说不吉利的话。"

岩间责备加藤。

"抱歉啊。不过，要在一千二百粒种子里找四重突变体的种子，这时候最重要的就是中彩票的运气啊。"

"所以说啊，你为什么要说这种话？"

岩间大发雷霆，川井安慰道："好了好了。"本村觉得头上有一百个"倒霉"二字砸下来，那重量快要把自己压到地板上了。这不是夸张，本村中彩的运气真的很烂，她连参加商店街的福利抽奖也只中过末等奖的糖果而已。

"抱歉，抱歉。"看到本村垂头丧气的样子，加藤好像觉得不妙，他语无伦次地反复说着试图挽回的话，"不是，我真的觉得这是一个很有意思的实验，要培养一千二百株拟南芥是挺难的，到了播种的阶段我会帮你的。你看我这个人很擅长培育植物。"

"我也会帮忙，不用跟我客气。"岩间一边啃着火腿三明治，一边说，"我和加藤不一样，我特别喜欢细致的工作。"

川井半开玩笑地说："就算是采种，本村也不用总想着靠自己一个人完成嘛。对实验来说，速度也很重要。"

"谢谢。"

在加藤、岩间、川井的鼓励下，本村的心情多少变得积极起来。

本村今天的便当配菜是撒了盐和胡椒的烤香肠，以及用盐和胡椒调味的菠菜炒蛋。吃起来味道差不多，也有些油腻，因此为了健康，她带来了一些芝麻撒在米饭上。

本村打开便当袋，拿出用保鲜膜包好的芝麻。可是，保鲜膜形状奇怪地粘在一起，芝麻有一半都没能撒在白饭上，而是撒在了书桌上。

"有污染！"

本村看着大桌子上散落的黑芝麻喊道，同时拼命捡起掉下来的芝麻。

"冷静点，本村。"岩间说，"那不是拟南芥的种子，是芝麻。"

"芝麻的颗粒太大，没那么容易污染实验。"加藤也冷静地指出。

等回过神来，本村开始害怕起来。由于太过专注地采集种子，自己的身体对于黑色的小颗粒也产生了条件反射。

"抱歉，我好像变得有点奇怪。"

本村红着脸吃起了便当。不知如何处理捡起来的芝麻，她犹豫了一下，觉得可惜，就把它们撒在了白米饭上 —— 又不是掉在地板上，应该没什么问题。

"不是有点奇怪，是非常奇怪。"加藤喝了一口泡面汤。

"但我懂你的心情。"岩间叹了口气，"研究过植物、采过种子的人几乎都经历过。大家都有过这种状态，看什么都像种子，特别害怕污染实验！"

"吃完午饭，你要不要出去散散步？"川井一直默默注视着刚才的污染骚动，他温和地提议，"转换一下心情也很重要。这样才能让注意力恢复过来。"

本村走出理学院 B 号馆，深吸了一口气，抬头看向天空。银杏树梢上黄色的叶子跃入眼帘，远处是灰蒙蒙的云。吸入肺里的空气冷而清新。

T 大学的校园里四处都种着高大的银杏树。在不知不觉中，叶子改变了颜色，仿佛冉冉升起的金色的火焰。本村每天都要经过这些银杏树，可是因为满脑子都是采种的事，根本没有注意到季节的变化。

川井说得对。我不应该过度专注于一件事情，让自己的视野都狭窄了。挖红薯的时候我也反省过，一定要好好锻炼自己的观察能力。好，从今天开始，我会好好调节心情的。下定决心后，本村加快了散步的脚步。她只在羊毛衫外套了件薄外套，有点冷。不过，只要活动活动身体就没问题了，现在最重要的是换个心情，本村毫不犹豫地向前走去。

就连调节心情也要痛下决心，充分流露出本村一本正经而笨拙的一面。看到本村前进姿态的学生们甚至感到疑惑："怎么了？是重要的课快迟到了吗？"

当然，本村自己对此丝毫没有察觉 —— 自己的表情和气势像是要去替父母报仇。经过医学院大楼，拐过拐角，她顺利走到操场一侧。校园十分广阔，此刻她的脸颊发热，指尖也温暖起来。

在本村右手边的操场上，大约有十个学生正在默默地慢跑。目光转向左手边，则会看到一片茂密的森林。这片森林环绕着因夏目漱石的小说而出名的池塘。

本村走下陡峭的坡道，向着洼地底部的池塘走去。这条路没有铺设路面，像是一条只容野兽通过的小路。四周是高大的树木，在位于市中心的校园里能感受到一丝冒险的气氛。

本村深知自己不擅长运动，因为害怕被树根绊倒而滚下斜坡，她走得十分小心。

本村走到了池塘边。只见三个园艺工人模样的男人正在干活，其中一个人在斜坡上修剪灌木丛，剩下的两个人大腿都浸在水里，正在用滤网捞着掉落在池塘里的大量枯叶。他们穿着貌似橡胶围裙和长靴连成一体的防水服，灵巧地操纵着一个大大的竹制滤网。

可是池塘很大。想到为了保护大自然，工人们在不为人知的地方进行了多少努力，本村心里一惊。

就像在沙滩上画出一幅宏伟壮丽的画，刚一画好，海浪和风便会掠过沙滩带走沙子。用显微镜检查细胞也好，舀去池塘里的落叶也好，这些都是没有终止的行为。即使有那么一瞬间以为已经完成了，那也只是幻觉。不得不再次检查细胞，不得不再次舀出落叶，一次接着一次。

本村想，任何工作，任何人的行为，在没有明确的"完成"这一点上都是一样的。例如，爱一个人的感觉，不管怎样积累，都不会"完成"，哪怕会崩溃、会转移。

在恋爱方面，本村对"爱情"一直搁置不理，虽然不愿显出一副了不起的样子，但从自己的观察和听到的经验来看，她有这种程度的领悟 —— 不能天真地相信爱的永恒性和坚定性。

本村不安地思考，假如工作、研究、爱情，以及做这些事的人都在这一刻消失，那么剩下来的东西会是些什么呢？

可能是植物。植物没有人类标准的意志和爱，只是单纯地迸发出生命力，把一切吞噬殆尽。

落叶堆积如山，最终淹没池塘。无数植物的根部冲破沥青，蜿蜒伸展，理学院 B 号馆和 Y 田礼堂将淹没在粗壮的枝条中。

这个想象既可怕又美丽。不知爱情为何物的植物用绿色席卷无人的大学、街道、地球。本村在脑海中描绘这样的场景，陶醉地叹了口气。

栗耳短脚鹎尖声鸣叫着从附近的树枝上飞走了。本村的梦境被打破，在她眼前，园艺工人们还在继续工作，收割细竹的机器传来了发动机声，工人们的双手有节奏地移动滤网。

本村改变了想法，即使是没有尽头的、渺茫的行动，也并不等于没有意义。任何工作也好，研究也好，还有爱情。正如植物单纯为追求光明而活，人类也生来如此，为了所有这些看似徒劳的行为。

我想继续研究 —— 本村再次迈开步子 —— 因为对我来说这很有趣。虽然听起来可能有点奇怪，可是我在显微镜下观察细胞，会切身体会到"哇，我和植物一起活着"。没办法，我无法不去做这件事，所以也只能继续去做。

拟南芥长出了好多种子，正在等着我呢！

拟人化可真是一个不好的习惯，因为植物不会产生任何"等待人"的想法，但谁让我是一个能感受到植物"正在等着我"的人类呢，所以不管怎样，快去采集种子吧。

本村绕过池塘，开始攀登与来时不同的斜坡。这条斜坡也是一条山野小路，当她终于爬上斜坡，从图书馆附近走出树林时，已经有点喘不过气了。虽然只有二十多岁，但本村极其缺乏运动。看来从现在开始，每天都应该出来散步。

这里离本乡大道很近，隐约能听到车声。本村一边调整呼吸，一边朝理学院 B 号馆走去。这么说来，种在这附近的银杏树的叶子形状有些奇怪。本村走到路边，盯着银杏树的根部。

"找到了！"

本村弯下腰，捡起一片变成黄色掉在地上的银杏叶。

银杏叶通常是扇形的，但这片叶子不是。它像喇叭一样蜷缩起来，叶子上没有接缝，完全呈现出圆锥形，加上金黄的颜色，本村不禁陷入幻想：这是小矮人放下的小号角，轻轻吹一口气，也许真的就能发出声音。

在遍布 T 大学校园的银杏树中，不知道为什么，只有种在这个位置的树上有一部分叶子会变成喇叭状。虽然没有仔细研究过，但大概是树叶的基因发生了某种突变。

本村去年从松田那里得知了喇叭银杏的存在。那天本村查完文献走出图书馆时，发现松田正趴在地上。路边经过的学生们纷纷惊恐地绕过松田，本村也想装出若无其事的样子走开，但面对自己的指导教授，这样做还是显得太无礼了，于是她鼓起勇气向松田搭话。

"老师，您的隐形眼镜掉了吗？"

松田回头看了看本村，表情严肃地说道："我明明戴着眼镜呢。"

"不好意思。那您这是在找……"

"你看这里。"松田招手，用视线指向银杏的根部。虽然本村很介意路人的目光，但仍然选择在松田旁边双膝着地靠近观察。

地面覆盖着司空见惯的银杏叶，仿佛铺上了黄色的地毯。正当本村一脸困惑不知该往哪里看的时候，松田从地毯里抓起一片叶子。

而那就是喇叭银杏。

"哇！"

本村发出惊呼。

"这么多人来来往往，却没人发现。"

松田露出魔术师表演成功般的微笑，把喇叭银杏放在本村的手里。

"在植物身上有很多不可思议的事。"

本村那时心想，老师不亚于植物，也是个不可思议的人。

松田是个室内派，除了去参加学术会议以外，几乎都待在理学院 B 号馆里闭门不出。然而，作为一名科研工作者，他的智慧和想象力却是无穷无尽的，他会进行一些新颖的实验，极有毅力地完成论文，还会给陷入困境的研究生提供恰到好处的指导。他还擅长从 T 大校园里或是上班路上沿路生长的植物中发现不寻常的东西。

在 T 大附近的民宅院子里，松田还发现过叶子形态奇特的山茶。他透过树篱的缝隙一动不动地盯着院子里，差点被巡逻的警察带走。松田拼命向那户人家和警察说明事情经过，最后他查到那株茶花是江户时代珍贵的品种，曾被认为在"二战"中绝种。

住户惊喜交加，将山茶托付给松田。松田充分发挥自己的"绿手指"技能，增加了山茶的株数，又将它还给了那户居民。当然，作为研究材料，他也把山茶种在了 T 大学的植物园里。这贵重的品种因此得以在后世继续生存。

松田老师的眼睛和大脑究竟是什么构造？那双敏锐的眼睛和反应敏锐的大脑仿佛只为植物而存在。本村希望自己也能这样，当然，她无论如何都达不到松田的境界。

本村一边想着这些，一边蹲在地上看着捡到的喇叭银杏，这时有人喊道："本村——"

是圆服亭的藤丸。他正从理学院 B 号馆的方向推着平时那辆自行车走过来。

"你好。"本村站了起来，"是给哪个实验室送外卖？"

"不，我刚刚给松田研究室和土豆老师的研究室送了些甘薯点心。"藤丸停好自行车，从挂在后面的银色箱子里取出一个小纸包，"这是给你的。"

本村接过包裹，手里还拿着喇叭银杏。她道了谢，轻轻打开纸包，只见里面并排放着五个用保鲜膜包好的甘薯点心。金色的点心有着光润的表皮，看起来很好吃。

"谢谢你。"

本村再次道谢。藤丸好像有些不好意思了，把身体的重心从右脚移到左脚。

"因为红薯放到了好吃的时候，所以我做了很多，在圆服亭里当甜点，很受好评，老板说要我谢谢大家。我不知道土豆老师的研究室里有多少人，所以带了满满一个便当箱过来。"

"诸冈老师一定很高兴吧？"

"是啊。没有白做。"

两人沉默了一会儿。藤丸又将身体的重心从左脚移到右脚。

"我在松田研究室里听说你出去散步了。然后松田老师告诉我，如果是散步的话，应该在图书馆附近。所以我在回圆服亭的时候顺道来看看。"

"是吗？"

"嗯，我可不是跟踪狂啊，是研究室的人没有收下你这份点心。岩间他们说，直接给你就行了。"

"对不起，是我不凑巧，麻烦你了。"

"不不，一点也不。我是回去的路上顺便，顺便而已。"

藤丸不仅摇头又摆手，也不知道该把重心放在哪儿，扭捏地动着双脚。

"不过……"藤丸又说道，"你蹲在这里干什么呀？"

"我在找这个。"

本村把手里的喇叭银杏递给他。藤丸发出了"呜哇呀"的怪声，他小心翼翼地捏着树叶。

"这是什么？这是银杏叶吧？我还从没见过这种形状的呢。"他从各个角度仔仔细细地端详着卷曲的叶子。

"不知道为什么，只有这里的银杏树才会长出这样的叶子。"

"是吗？好像精灵吹的号角。"说完，藤丸马上露出"糟糕"的表情，"不是，刚才那个当我没说过。怎么说了一些小屁孩才会说的话。"

本村却忽然心头一热。硬要形容的话，那就是"感动"。

"不会。"本村摇摇头，"不会，我在看到那些叶子的时候，也会这么想。"

面对植物的不可思议，本村和藤丸做出了相似的幻想，仿佛分享了不可思议的心情，这心情通过藤丸的话语传递过来，让本村十分感动。也许只是短暂的一瞬间，却仿佛有什么东西的的确确被连接在一起，本村感到很高兴。

当本村窥视显微镜，发现形状奇特的细胞时，那个"哎呀"的瞬间也是一样。也许还有松田隔着树篱发现山茶花的瞬间。此刻，就像本村与藤丸之间产生的共鸣一样，喜悦之情像电击般游走。

因为这种感受，不能停止研究。

因为这种感受，所以不能停止生而为人的生活。

"太好了。"

藤丸笑了，他抬头看着身旁高大的银杏树："虽然这样看起来每片叶子都是正常的形状。"

"我觉得喇叭形的叶子应该是长在顶层的树枝上，所以只有变黄掉下来以后才会被发现。"

藤丸"嗯嗯"地点头，转向本村。

"研究做到哪里了？"

"正在采集拟南芥的种子。我计划采一千二百粒左右。"

"一千二百粒？！"

"做完这些以后，还必须把种子一粒粒地沾在牙签的尖端播种下去。"

藤丸"嗯嗯"地附和，本村想到今后的工作，不禁流露出悲壮的表情，藤丸也留意到了，于是他开口说道："你要不要吃点甜的东西？很难的问题我不太懂，但你有什么想说的可以跟我说说。"甜的东西？本村歪着头，想起了手里的纸包，她被刚才看过一眼的闪闪发光的甘薯点心激起了食欲，对藤丸提出的小憩表示赞成。

两人并排在路边的长椅上坐下。虽然距离喇叭银杏树有一段距离，但藤丸还是小心翼翼地将自行车移到不妨碍通行的位置重新停好。

藤丸说："这里的银杏没有气味，真好。"

"这一片种的都是雄性的银杏树。银杏树从赤门那里延伸出去，住在附近的人一大早会去捡银杏。"

"原来如此！"藤丸喊道，"我们店里有一个常客是开洗衣店的阿姨，最近总是拿着叠好的塑料袋，在我打扫店门前就出门了。我问她去哪儿，她也只是说'有点事'，她也没养狗，为什么还带着塑料袋呢？我觉得很奇怪。原来阿姨是打算独占银杏啊。"

本村想，藤丸和住在附近的人很亲近嘛。她有一点羡慕。本村总是优先考虑研究，很少能见到那些在公司上班的朋友，和公寓里其他居民几乎没有交流，公寓的作用也只是晚上回家睡觉。

本村打开膝盖上的纸包，递给藤丸。

"我不用了，我做的时候尝了很多。"

于是，本村毫不客气地从保鲜膜里拿出一个点心。藤丸精心制作的点心非常好吃，软绵绵地溶化在嘴里，恰到好处的甜度渗入口腔。也许是因为黄油和鲜奶油绝妙的比例，吃起来有着绝佳的湿润度和满足感。

这味道很温柔，本村想，可是要像电视上美食节目主持人那样流畅地表达出来，自己这种性格还是做不到。见她默默地咀嚼着点心，藤丸提醒道："要不要喝点什么？"

"不，不用。很好吃。"

本村拿出第二个，这样下去，会把剩下的都吃光，于是本村用另一只手把剩下的点心重新包好。藤丸看着手里喇叭形的银杏叶，似乎在思考些什么。

"你收集一千二百粒种子，是要研究什么？"

"简单来解释的话，我希望能搞清楚叶子为什么会变大。如果顺利的话，拟南芥的叶子也能长得很大。"

"是吗？那说不定哪天，喇叭形的银杏叶也能长得像人类使用的乐器那么大呢。"

"嗯。如果所有的叶子都变得那么大的话，落叶的季节就危险了。"

"是啊。如果像招牌那么大的叶子哗啦哗啦地掉下来，砸在人身上，再轻人也受不了啊。"

两人相视一笑。

本村吃完两个甘薯点心，唤道："藤丸，不知道为什么，我在采集大量种子的时候，心情变得很奇怪。"

"奇怪？"

"很想哇地大叫出声……拟南芥也不知道我要用它来做研究，就产出这么多种子，一想到这些，我就不由自主地觉得内疚……"

"你想得太多了吧？"

藤丸用指尖捏着喇叭银杏，轻轻旋转。

"我们不知道自己为什么要出生，也照样要吃饭睡觉，然后喜欢上什么人。拟南芥也是一样，因为出生，所以活下来，繁殖下去。我觉得，只要好好培育采下来的种子，好好研究，这样就够了。"

"是吗？"

"也许吧。拟南芥不会考虑本村的目的。我也经常在厨房里看着鱼和蔬菜，心想：啊，这些家伙也曾经在它们的世界里努力地活过。我一定要做出美味的料理，让大家吃得高兴。"

"是吗……"

本村的视线落在了膝头的纸包上。自己一直在竭力收集种子，心情终于在这一刻轻松了下来，像甘薯点心一样溶化了。

"话说回来，拟南芥还真厉害啊。"

藤丸挠着后脑勺，稍稍转移了话题。他刚刚为了让本村振作而拼命找话说，现在好像觉得有些不好意思了。

可是本村并不了解男生的这些心情，她认真地反问："比如哪些地方？"

"那么小的种子，竟然能收获一千二百粒，如果放任不管的话，地球上的所有植物不都会变成拟南芥吗？"

"一颗果实里大约是三十粒种子。"

"如果换成人类的话，那就是很能生孩子吧。简直是最强的繁殖力。在植物的世界里，受欢迎也是很重要的吧。"

话说到最后夹杂着一丝抱怨，可是本村已经没有仔细在听了，她像是打断藤丸的话一样喊道："就是这个！"

"咦？是哪个？"

藤丸慌了手脚。

"藤丸，我以前说过，对树叶的形状和生长方式感兴趣，所以在做研究。"

"是的。"

"不过，我这个想法是从大学才开始的，最初对植物产生兴趣是在小学的时候。"

"是吗？原来你从小就喜欢植物了。"

"我是很喜欢……不过……小学里不是都有性教育课吗？"

本村在说到"性教育"这几个字的时候压低了声音，藤丸因为想听清楚而倾着身子，下一秒他又立刻挺直了背脊。

"是有过。"

"当时是不是用了花的剖面图？说雌蕊蕊上沾到雄蕊的花粉，授粉就会成立。"

"是吗？我不太记得了。"

"我上的那所小学是这样的。'人类也一样，男性的精子会附着在女性的卵子上，然后就会有小婴儿。'老师是这样解释的，我完全没听明白。"

本村在说到"精子"这个词的时候也留心地压低了音量。这一次，藤丸的脊梁挺得像竹子一样僵硬。这到底是一段什么对话啊——藤丸全身冒出了与冬季相悖的汗水，本村当然没有注意到他的样子，而是继续往下说。

"因为人类没有雄蕊和雌蕊嘛。"

"这……我觉得是有的……"

"但不是那种形状的呀。所以，我一直带着疑问，到底精子是怎样附着在卵子上的。大约一年后，当我知道真相的时候，真的大叫出声了：'是吗？！'"

"是……是吗？"

"你没有过这种疑问吗？"

本村满怀期待地看向坐在旁边的藤丸。

"不，我没有。"

藤丸涨红了脸，斩钉截铁地回答。本村为了再次体验刚才的共鸣，难得敞开心扉做出这番发言，却以失败告终。

我怎么说起这些来了——本村突然感到如坐针毡，她决定速战速决，早点结束对话。

"无论如何，这让我对植物产生了兴趣。植物的繁衍、生长和生存方式，跟人类有相似之处却又不一样。"

"嗯。"藤丸低吟，"比较起来，我对人类的繁殖更感兴趣。话说回来，我觉得大多数人都是这样。"

"是吗……我在杂交拟南芥的时候会想，假如人类也能像植物一样就好了。雌蕊上沾上花粉，结出果实。"自己真的是个怪人吗？本村心里又没底了。

"跟喜欢或者是爱情无关？"

听到这个问题，本村吃了一惊。藤丸也许是在反省自己是不是说了些不经大脑的话，他看着本村的眼神出人意料地平静。

"植物……会觉得舒服吗？"藤丸说，"比如当雌蕊沾上花粉的时候。"

"植物没有神经系统，所以不会有舒服或者不舒服这些感觉。"

"是吗？好冷啊。"藤丸说着从长椅上站起来，推着自行车走了起来。本村跟在他的旁边。

两人慢慢地走到了赤门前。

"这片叶子，可以送给我吗？"

藤丸轻轻摇了摇夹在指间的喇叭银杏。

"可以，你带走吧。"

"本村，我觉得自己是人类中的一员真是太好了，因为会很舒服啊。"

藤丸用本村没见过的表情笑了起来，这次轮到本村脸红了，红得不亚于赤门。

"可是，我也想知道叶子的秘密，所以我会为你加油。"藤丸跨上自行车，一只脚踩在踏板上，"大家什么时候再一起来圆服亭吃饭吧。"

本村目送着藤丸迅速离去的背影。然后，她拿着装有甘薯点心的纸包，朝理学院 B 号馆走去。

　　人不能变成植物。但正因为是人，可以了解植物，可以在研究中燃烧热情，可以品尝甘薯点心。

　　本村还在发烧的脸颊，感觉到了冬天那令人愉快的微风。

第三章

在接二连三开放的拟南芥花的驱使下，本村变成了一台反复杂交和播种的机器，花了一个月的时间，总算采摘到了一千二百粒种子之后，她的工作暂时停止了。

随着十二月的到来，实验室里的活动逐渐多了起来。

首先是每年一度的学生实习。T大理学系的本科生在四年级时必须进行毕业研究，就像文科的毕业论文一样。但是没人会在四年级时才着手进行实验，所以在本科三年级时会进行学生实习。三年级的学生前往各个研究室，实地学习如何进行实验，如何将实验结果整理成报告。

对于接收本科三年级学生的实验室来说，"学生实习"是一项非常重要的活动。如果能在这一阶段抓住学生的心，当学生升上四年级后，就会产生留在这个实验室完成毕业研究的想法。换句话说，研究室就有机会得到那些想考研究生院的未来的优秀科研工作者，这是个绝好的机会。

松田研究室虽然一直都是"精锐部队"，可要问起研究室成员们的真心话，就是"能不能多来点学生和研究生啊"。假如实验室的人员有所增加，每个人就都能发挥自己擅长的技巧，互相合作，推进研究。例如，擅长细致工作的本村可以负责杂交，也可以请求擅长细胞透明化的加藤来帮忙。一个人完成整个实验的所有工序实在是太难了，所以一定要招募几个新人。

不过最重要的是，人多了才会更有意思。年纪最小的加藤总是说："我想要个后辈。"

"今年的垒球大赛，松田和诸冈的联合队不是一败涂地吗？"

研究生院的生物科学专业为了加深交流，每年秋天都会举办"实验室垒球对抗赛"。但是松田研究室目前包括教授松田贤三郎在内一共也只有五个人，并且其中两个人都不言自明地无法上场：一个是出了名的宅男松田，而另一个则是运动白痴本村。

松田研究室无论是人数还是实力都无法单独组队，因此和邻居诸冈研究室合并，一起参加垒球比赛。

"诸冈老师的速度真是不得了，无论看多少次都出乎意料。"

博士后岩间说道。

"真的，打完球的下一瞬间，他就在阵地上了。"

本村回想起诸冈的英勇表现也再次感叹。顺便说一句，"阵地"指的是一垒的位置，本村对于体育运动不仅毫无实践经验，也不具备什么相关的知识。

松田研究室的成员们此刻正围坐在大书桌旁度过午后的休息时间。他们一边喝咖啡，一边回忆以惨败告终的秋季垒球大赛。

"让快要退休的诸冈老师努力，你们不觉得羞耻吗？"加藤气鼓鼓的，"第二天，老师说他的膝盖很疼。可是岩间和川井自始至终都没有安打，还在外场发呆。本村魂不守舍地坐在长椅上。至于松田老师，甚至中途就开始在操场的角落观察起草来了。"

"对不起，我是打算尽全力为大家加油的。"

"'草'这种含混不清的说法不太好。因为车前长得很好嘛，我也只是看着而已。"

本村和松田低调地反驳。

"这么说来，加藤，你不是也漏球了吗？"岩间一针见血地反驳。

"就一次。而且我有三次有效击球、两次安打。"

加藤得意地发着牢骚，但听到本村耳朵里，却成了"三个气球，两个安达"，根本没明白是什么意思。

"总之，我想摆脱这种事事依赖诸冈研究室的现状。我要在明年的垒球比赛上，赢得松田实验室的第一场胜利！"

"所以……"川井第一次开口了，"从明天开始的学生实习至关重要。大家要面带微笑，亲切地指导三年级学生做实验。"

"知道了。"

本村等人一边回答，一边看着松田。松田研究室虽然积极地进行实验，并取得了良好的成绩，却不怎么受学生欢迎，研究生的人数也很少。至于原因，大家都隐隐约约地怀疑：难道不是出在教授松田身上吗？

松田作为研究者和教师都很优秀，在人品方面也无可挑剔。研究室的成员们都在松田身边悠然自得地进行着各自的研究，人际关系融洽，气氛也令人舒服。

尽管如此，本科生们还是纷纷表现出绕开松田研究室的样子，实话实说，难道不是因为松田的气场太阴郁了吗？

本村第一次见到松田时觉得他像死神一样。圆服亭的藤丸形容他像个杀手。一个被比作死神或杀手的大学教授——的确，松田平时不怎么晒太阳，因此脸色苍白，眉间刻着很深的皱纹，这仅仅是因为他眼神不太好，并不是在考虑下一个死亡目标。但是心中充满希望的本科生们在考虑要在哪个研究室做毕业研究时，看到松田，会因为"好可怕……"而对其敬而远之，也不奇怪。

"如果能给实习的学生留下好印象的话，"川井继续说道，"那么留在松田研究室做毕业研究的四年级学生就会增加，接着想进入研究生院的学生也会选择我们。这样一来，松田研究室就可以在垒球大会上单独注册成一支队伍了。"

本村等人干劲十足地点了点头，又看向松田。松田表情如常地喝着咖啡。

众人用视线相互怂恿对方开口，最后岩间似乎下定了决心，叫了一声"老师"后问："我一直很好奇，您为什么每天都穿着黑色的西装？"

松田把咖啡杯放在大桌子上，说道："这是丧服。"

"什么？"

"从我来研究室的时候开始，松田老师就一直穿着黑色西装……"

"这么长一段时间都穿着丧服，是有什么特殊原因吗？"

"难道说，整个松田家族都去世了？"

本村等人不安地窃窃私语。

"是开玩笑的。"松田补充道。

"干吗要开这种无聊的玩笑啊？"

看到岩间跳起来，川井急忙安抚道"别急别急"，大家等着松田继续说下去。

"因为挑衣服很麻烦。只要决定了穿黑色西装，就可以省下搭配服装和购物的时间，这些时间就可以用来做研究和准备课程。"

"老师是乔布斯吗？"

大家又一次陷入了不安。为了研究植物，老师放弃了衣食住行中与"衣"有关的享受。

"那么，老师的衣橱里，全是黑色的西装和白色的衬衫，一字排开？"加藤战战兢兢地问道。

"虽然数量没有达到'一字排开'那么多，但也算是吧。有几套夏季和冬季的黑色西装，出席婚礼、葬礼等场合要用的领带黑白各一条……白衬衫倒是有十件左右，怕来不及洗。"

"这是斑马的衣柜吗？"加藤自言自语。

"别说话。"岩间斥道。

对本村来说，真是难以置信。本村也完全不讲究穿着，但还是喜欢买衣服和搭配衣服。根据季节和实验内容，选择"今天穿这个图案的 T 恤"，在埋头研究的日子里是她的一项乐趣。

松田因为怕麻烦而只买黑白两色的衣服，似乎把一切都献给了研究。大家再次认识到老师果然是个怪人。

"如果，老师手头有带颜色的衣服的话，"岩间的语气已经濒临绝望，"希望你能在明天学生实习的时候穿过来。"

"我找找看。但是，为什么？"

"不是，这个嘛……"大家一下子变得结结巴巴起来。面对单纯的满脸诧异的松田，实在说不出是因为他穿黑色西装太像死神，让人觉得不吉利。

"无论如何，大家记住，微笑，亲切。"

川井叮嘱道，宛如超市的员工守则。松田看来是指望不上了，本村等人更加用力地点了点头。

松田带着疑惑的表情看看学生们，随后拿起杯子，和往常一样喝着冷掉的咖啡。

就这样，大家迎来了学生实习的第一天，可松田研究室的同学们一早就已经感觉完蛋了。出现在实验室里的松田，身穿一件夏威夷衬衫和一条黑色裤子，衬衫在深红的底色上镶嵌着荧光粉的木槿花图案。"死神"的感觉确实减弱了几分，可搭配上沉郁的表情，他看起来像是个二十年来第一次去度假的杀手，或者是正在牙疼的黑社会老大。

"这是在哪儿买的？"

"三年前在冲绳有个学术会议，大概就是那时候买的吧。"

加藤和岩间窃窃私语。川井尽量不抬头去看松田，只默默地整理着实验室的设备。本村一边给他帮忙，一边想："夏威夷衬衫啊，不错不错，我也想买。"

当然，除了松田之外，研究室的其他人一直留心保持着微笑。然而这又给人留下了奇怪的印象，聚集在实验室里的三年级学生们都显得畏畏缩缩的。教授身穿华丽的衬衫、皱着眉头，研究室成员们脸上挂着笑容，迎接他们的同时，手里还在一边准备着镊子和刀片，也难怪他们会害怕了。然而，实习一开始，所有的学生都变得严肃起来。他们穿上白大褂，有些紧张地互相确认实验的顺序，显出几分青涩——对于本村这些已经将实验当成家常便饭的人来说，只有在使用非常危险的药品时才会穿白大褂。

T 大学理科生物系一学年的招生名额不多，只有二十个。在生物学科中，又分成人类学科和动、植物学科，因此可以说是人数少之又少的教育环境。

本村一直觉得 T 大的学生真的很幸运，生物系的教员人数超过了五十人。本村在本科时就读的私立大学虽然也有优秀的教授团队和最先进的仪器，但毕竟不能期待像 T 大学那样享受少人数教育。

T 大学为培养未来的研究人员做了万全的准备，但同时对学生的要求也很高。有人说因为这是一家靠税金运营的国立大学，所以要求学生努力学习是理所当然的。如果不去上课或者实习，很快就会跟不上进度，导致考试一堆不及格，因此学生们也很拼命。

今年选择植物领域实习的学生一共有八人，男女各一半。每个人都正在实验台前工作。松田和川井作为老师在指导实验方法，岩间、本村、加藤作为助教给学生提供帮助。

松田研究室接收的学生实习一共要进行整整四个下午。在这期间，本村他们片刻不离左右，自己的研究只能暂时搁置。但是本村很开心。

刚开始操作刀片和定量吸管还笨手笨脚的学生很快有了进步，表现出了像熟练的外科医生一样的架势。笨拙得仿佛无可救药的学生实际上很擅长观察显微镜，能比任何人都更快、更准确地发现细胞的突变，还有的学生很擅长分析和解读实验得来的数据。

看到这样的情景，本村也受到了鼓励——每个人都能找到自己的优点和适合的领域。最重要的是，学生们做实验时眼睛里闪闪发光的样子令人忍不住会心一笑，很想帮助他们。本村时而委婉地提出建议，比如换个化学试剂看看，时而教学生们如何使用离心分离器。川井、岩间、加藤也都在热心地帮助学生。

在大家的努力下，学生们也逐渐融入了研究室的环境。他们积极地提问，或者在休息时间里闲聊，气氛相当不错。只是对于松田还是有些疏远。在岩间和加藤的恳求下，松田从实习的第二天起就不再穿夏威夷衬衫了，而是换上了平时的黑色西装，这样一来，"莫名其妙的教授"这一印象也许更深了。

松田似乎一点也不在意自己吓到了学生，一直态度超然地指导学生，给出中肯的建议，为了避免学生因为刀片或药品受伤，他也密切地关注着学生的动作。

本村悄悄地叹了口气。松田老师是一个像鱿鱼一样的人 —— 越嚼越有味道。如果不是四天这么短的时间，如果有机会多花点时间去接触老师，学生们一定能理解他的魅力。

松田为本科三年级学生准备的实验，是利用转化后的拟南芥叶，调查控制细胞分裂和细胞大小的基因效果，探索各个基因具备怎样的功能。要做这个实验，要通过药品使叶子变透明，再用显微镜来观察细胞，还可以学习如何使用分析 DNA 的机器。除此之外，不仅是学习做实验的技巧，还可以体会如何从实验数据出发进行推理的乐趣。这是一个为了为期四天的实习而精心设计的实验。在做实验的过程中大家自然而然地感受到了实验的目的并不是要找出"预先设想的答案"，而是通过反复尝试，让每个人按照自己的思考仔细地进行实验和研究。

本村想，如果我在本科时也能遇到像松田老师这样的人就好了，我一定能更早地确立研究的志向。她不禁羡慕起 T 大学的本科生来。为了能让大家体会到松田老师有多好，她不得不一边担心一边祈祷。

虽然看起来像个死神，但这其实是一位很关心学生的老师！

所以，拜托了，大家请到松田研究室来吧。为了垒球大会，所有人都在期待大家的光临！

不出所料，学生实习结束后，没有三年级的学生到访松田研究室。

本村等人还期待着有人会提出想在松田研究室完成毕业研究的申请，因此十分失望，为了学生来访而准备的饼干也只能填进了自己的肚子。

"到底是哪里做错了呢？"

加藤只挑巧克力饼干来吃。

"肯定是第一天的夏威夷衬衫。"

川井给坐在研究室大书桌前的每个人都倒了热咖啡。

"不会吧？那件夏威夷衬衫挺漂亮的。"本村说，"倒不如说是跟第二天那套西装的落差……"

"无论如何，是我多嘴了。对不起。"岩间说着低头道歉。

"不是不是。"实验室里的人都摇头。

"不是你的错。"

"也不是西装或者夏威夷衬衫不好。"

"是松田老师的气质……"

被迫承担责任的松田此刻正在系里上课，不在研究室。

"的确。"岩间叹了口气，"也许不是穿着的问题。化学系的教授也有很多人都穿西装，但我从没听说过因为这个而招不到学生。"

"科系不一样，老师的穿着也不一样吗？"本村问道。理学院 B 号馆里只有生物科学系的研究室，所以研究生阶段才来到 T 大学的本村并不了解其他科目的教授们。

"据说管弦乐队的演奏者也会根据演奏乐器的不同而拥有不同的性格呢。"川井说着，站起来从书架上取出一本小册子，"在理学院，根据研究领域的不同，我觉得老师们的穿着也不太一样。"

大家一起看向川井摊在桌上的小册子。那是一本为理科大一、大二学生准备的学科介绍手册，每个学科都有教师的集体照片。

生物系的教员们聚集在 B 号馆的楼梯平台前拍了照片。

"为什么要选这么昏暗的地方？"本村歪着头说。

"可能是因为一出实验室就到了，比较方便吧。"川井的语气十分肯定。

老师们的服装都是毛衣、牛仔裤等随意的打扮。至于诸冈，则一如既往地穿着工作服和棕色的凉鞋。

"拍宣传册的时间应该是提前通知过的，明明可以稍微打扮一下的。"

岩间哀叹道。

"这不是厕所专用的拖鞋吗？"加藤发出惊讶的声音，"看，用魔术笔写着'3F'，是三楼厕所专用的拖鞋。"

只有站在诸冈旁边的松田穿着黑色西装，只是他没打领带，而且只有松田的周围仿佛乌云密布，看起来阴沉沉的，并没有因为身穿正装而留给他人好印象。

"总之，这张照片说明这里有很多不拘小节的老师。"川井总结道，"这张是化学系。"他翻开小册子中的一页。

"哇——"

化学系老师们的集体照是在阳光灿烂的室外拍摄的，每个人都穿着深蓝色或黑色的西装，打领带的比例也超过了五成。

"都是成熟的大人！"

"物理系的西装率也很高，教师人数也很多。"大家纷纷翻阅起宣传册。

"啊，这里看起来有点像生物系。"加藤指的是天文系教员的集体照。

"真的。还有穿夹克的老师，比生物系还是好一点。"

"很多人头发都乱糟糟的！"

"注意力都被天给吸引了，反而忽略了离自己最近的头顶？"大家看着各学科的照片，随意地发表评论。

"的确，每个科目给人的感觉都不一样。"本村点点头。

"像化学专业很容易申请专利，物理系需要庞大的实验设备，老师们要经常和外界接触、协商，所以才会穿得很体面吧。"

岩间的语气充满羡慕。

"生物系的老师太不修边幅了。"加藤垂下肩膀，"嗯，光着身子也能做研究，不是也挺好的吗？"

"全裸很危险啊。"本村战战兢兢地提出异议，"药物飞溅出来可怎么办？我觉得至少也要穿上白大褂。"

"裸体穿白大褂，真是最恶心的变态。"岩间一边说着，一边拍掉加藤准备去拿巧克力饼干的手，"我说加藤，你也吃点原味的吧。"

"我想说的不是这个。"川井揉了揉太阳穴,"生物科学专业的老师们确实在服装上比较奔放。可是,大家都很有激情,也做着水平很高的研究。我们只能耐心等待能理解这一点的学生。"

"研究植物可赚不到钱。"加藤嘟囔了一声,"就算强行把人劝来研究室,我们也不能对学生的将来负责啊。"

"就算拿到了博士学位,也很难找到大学或研究所的职位。"岩间的视线也飘远了。

"如果经济好转,就会有更多的人选择不考研究生,直接去企业就职。"

本村想起了朋友们的脸。

"是,但总会有学生想做研究的。"川井说,"还有些人在工作了几年之后选择进入研究生院。就算是为了这些有热情的人,我们也要认认真真地继续做研究。松田老师大概也是这么想的。不能光想着怎么招揽学生,毕竟这是一个不断考验你对研究是否充满热情的世界。"

的确是这样,本村很赞成。只要本村他们自己能带着热情投入研究、完成论文、在学会上发表,那么有干劲的学生或研究生总有一天会在他们的影响下来到松田研究室。

这么一来,"松田老师改造计划"也就终止了。

然而本村并没有完全放弃。事实上,松田老师确实需要增加一些亲和力。

其实在本村公寓的壁橱里还放着一件从没穿过的"气孔"T恤。那是想等身上这件穿旧了以后用来替换的,本村想,也许可以把它送给松田老师。

看到身穿气孔图案 T 恤的松田，想要研究植物的学生一定会充满亲切感。好主意——本村自顾自地点了点头。

随着岁末年头的逼近，日子也变得越来越忙碌。

为了能用清爽的心情迎接新的一年，大扫除必不可少。松田研究室的众人都有这种想法，也终于做好了面对现实的准备，拿起掸子和抹布。

"去年也做了大扫除吧？"

"是啊。"

岩间和川井一边整理书架一边对话。川井站在椅子上用掸子清扫书架的上层，岩间戴着口罩正在用抹布擦拭落在各人书桌上的灰尘。

"那为什么还积了这么多灰呢？"

"因为一年只做了一次大扫除。"

本村撇开两人无聊的对话，正在帮忙收拾松田的地盘。因为有屏风挡着，平时，她都尽量对松田办公桌及周围视而不见，可一旦再次直视便会感到震惊。

根本连桌子在哪里都看不出来。书桌已经被堆积如山的论文杂志、书籍和文件所淹没，像是用纸搭成的帐篷一样，好不容易在桌子底下发现一个小小的空间，大概是坐在椅子上时需要放膝盖的空间吧。

松田从一开始就完全没有在打扫，他坐在办公椅上，沉浸在从纸堆里挖掘出来的论文杂志中。

"老师，"本村小心翼翼地唤道，"我先把地板上的杂志按标题分好了，桌子上的要收拾吗？"

"谢谢。桌子就这么放着也行。"

可是看起来不太行啊——本村心里这么想，但没有说出口。只是……就这么老老实实地走掉好像也不太好。

松田似乎发现站在自己身旁的本村正对埋在纸堆下的书桌投以恋恋不舍的目光，他从杂志上抬起头："不然你去帮帮加藤吧。"

"好的。可是老师，桌子堆得这么满，不会有什么不方便的地方吗？"

"没什么呀。想用电脑的话也能这样打字。"

松田站起来，把双手放在纸堆顶端的笔记本电脑上。看起来就像站着演奏琴键位置奇高的钢琴一样。

"比如必须提交的文件，这样很难找吧……"

"哪些位置放着什么东西，我大概都有印象。"松田再次坐回办公椅，将夹在腋下的杂志摊在膝盖上，"比如说，你打开桌子最上面的抽屉看看。"

本村照做了。只见抽屉里杂乱地放着钢笔、尺子等文具，印章也在里面随意滚动。这是一个不上锁的抽屉，这样真的没问题吗？

"里面有一个微量离心管吧？"

松田伸长胳膊，在抽屉里翻来覆去地摸索。本村看着印章被翻到了笔的下面，担心得差点叫出声来。

"啊，找到了。送给你。"

松田把用指尖摸索到的微量离心管放到本村的手上。本村看着微量离心管，只见里面塞满了棕色的东西，又薄又圆，像是小小的种子。

"这是什么？"

“是哈瓦那辣椒[1]的种子。”

松田合上抽屉，再次低头看起了杂志。总之，他似乎很不愿意打扫桌子。有的人只有在乱七八糟的房间里才更能安定下来——本村勉强说服了自己。她为哈瓦那辣椒的种子而谢过松田之后便逃了出去。

川井正用刷子擦洗研究室的盥洗盆，岩间则在地板上架起了吸尘器。

“怎么样？”

面对岩间的疑问，本村摇了摇头。

“对不起，还是不行。松田老师的地盘今年也围着铜墙铁壁。”

“光看看窗边的盆栽，会觉得那是个不错的空间。”岩间叹了口气。

“没办法。”川井弓着背，快速地前后移动刷子，“又没有虫子，就算了吧。”

“我去看看加藤那边的情况。”

本村走出研究室，走下理学院 B 号馆的楼梯。一打开入口处的大门，冬天干燥的空气就涌了过来，本村缩了缩肩膀，快步向 B 号馆后面的温室走去。温室有两层楼那么高，侧面的窗户是用一个开关就能操作的高级窗户。接到诸冈的投诉后，加藤暂时整理了增殖的仙人掌盆栽，可蕨类植物和仙人掌依然十分茂盛，诸冈钟爱的薯类植物似乎仍在苦战。

加藤注意到本村正从外面向温室里张望，立刻打开了门。走进

1　哈瓦那辣椒：茄科茄亚族辣椒属植物，具有极高的辣度。

温暖的温室，本村松了一口气。这里有植物的味道，闻起来就像水和泥土混合在一起，令人心情舒畅。

"我能帮上什么忙吗？"

就在本村问加藤的同时，林立的仙人掌对面出现了一个人的身影，是圆服亭的藤丸。

"这边没什么事。"加藤说，"藤丸来帮我了，花盆也都搬完了。"

"你好。"藤丸说，"之前加藤给我的仙人掌有点蔫了，所以我来请他看看。"

温室的一角有一个工作台，在那里可以进行换盆等工作，藤丸带来的仙人掌就放在那里。虽然只有手掌大小，但上面长满了尖细的刺，一看就知道不能随便放在手里。虽然有着球形的可爱外表，不过确实看起来有点萎靡不振。

"这是一种叫锦绣玉的仙人掌，很容易养。"加藤向藤丸说明，"还经常开花呢。"

"可是，它的绿色越来越淡，而且好像整体有点缩小了。"藤丸担心地看着自己带来的仙人掌，"是我害的吗？"

他看起来很想触碰一下仙人掌，但毕竟仙人掌也没法摸，他只能一脸着急。

"不，我想还好。"加藤像个资深的医生，表情威严地从各个角度观察仙人掌，"这孩子好像有点缺水。"

"天冷以后我每个月浇一次水。"

"你把它放在哪里？"

"白天放在店里，在店里的窗户旁边。放在我房间里的话，开店的时候房间里一直没有人，我想那样太冷清了。晚上和我一起回房间，就放在我的枕边。"

藤丸像谈论宠物一样谈论着仙人掌，本村听着觉得很奇怪。但是，对于称仙人掌为"这个孩子"的加藤来说，似乎并不在意这些。

"把仙人掌放在枕头旁边很危险。翻身的时候会被刺扎到，半夜里发出尖叫。"

"加藤，你有过这样的经验吗？"本村战战兢兢地问道。

"有啊，仙人掌爱好者差不多都有过。"加藤自豪地挺起胸膛，"不过，无论是白天还是晚上，你都把它放在开了暖气的房间里，这样会很干燥，所以必须更频繁地浇水才行。不管怎么说，仙人掌也是植物，没有水就会枯萎！"

藤丸像是被加藤的气势吓到了，老老实实地点头。加藤在洒水壶里装上水递给藤丸。

"对已经枯萎的仙人掌可以浇大量的水，水量可以多到从盆底溢出来。这样浇上一两天，它就会噌地膨胀起来了。"

"好的。"藤丸小心翼翼地倾斜洒水壶，往花盆里浇水。

"等仙人掌恢复了以后，只要泥土表面干燥了就要浇水。平时如果浇得过多，水漫出来的话，根部可能会腐烂。"

"好的。"

藤丸小心翼翼地把浇过水的仙人掌收进塑料袋。他好像是拎着塑料袋把仙人掌带回来的。

"我在网上查过养仙人掌的方法。"藤丸说，上面写着'冬天一个月浇一次水'，我以为真是这么回事，所以也没注意观察它。"

"那只是一个大致的说法。"加藤像是手术成功的医生，连连满意地朝袋子里的仙人掌点头，"做料理的时候也是，要看清楚食材的状态，随机应变，对吧？跟那个差不多。"

"是吗？是啊。"藤丸低下头，"加藤，谢谢你。我不会再让仙人掌枯萎了！"

"嗯，托付给你了。拜托了，藤丸，请你好好照顾我可爱的锦绣玉！"

两个人激动得几乎要握住对方的手。通过仙人掌，这两个人在不知不觉中变得这么亲密了啊，本村既惊讶又感动。

加藤本来不善交际，刚来研究室的时候给人一种"只有仙人掌才是朋友"的感觉。

也许是对仙人掌的喜爱之情无法获得他人的理解，他才在本科时选择了放弃。

与那些喜欢足球、棒球、音乐或书籍的人相比，仙人掌爱好者肯定少之又少。加藤从懂事起就非常喜欢仙人掌，也没有一个能够交谈的同龄人。当其他孩子沉迷于汽车、火车的时候，他却丝毫不去看那些移动的东西，而是孜孜不倦地寻找适合植物生长的土壤。"这么一来确实会被朋友疏远啊。"就连本村都这么认为。

伴随着这样的经历，加藤变得不善言辞。除了最亲密的朋友之外，他不会向其他人表达自己对仙人掌的热爱，因此陷入了一个恶性循环。因为他心里只装着仙人掌，在不得不进行社交的场合也没有什么其他能说的话题，其结果就是，无论是初中还是高中，同班同学都这样评价他："加藤啊，感觉很阴沉，不知道整天在想什么。"加藤一直在想仙人掌，可这一事实并没有传达给周围的人。

加藤从 T 大学理学系直接进入了研究生院。本科生时他主要学习动物的发育而不是植物。因为自己太喜欢仙人掌了，要面对面地把仙人掌当成研究对象，他感到有些害怕。

"想做的工作和适合自己的工作往往是不一样的。"本村的朋友常这样说。这个朋友在一家出版理科学术书籍的公司找到了一份工作，因为想当编辑而进入这家出版社，却被分配到了销售部，一开始还常常抱怨。但是过了一年左右，朋友的表情变得明朗起来，好像在销售部也找到了工作的意义。

"和书店的店员聊天很开心，怎么才能让那些对理科不感兴趣的人也拿起我们的书呢？我有很多想法。我好像还挺适合这份工作的。"

加藤起初选择研究动物而不是植物，大概也是希望对仙人掌的热爱不会蒙蔽了自己的视线，想以平常心来进行研究吧。至于仙人掌，就和以前一样，当作兴趣就好了。

另外，"专门研究仙人掌"在植物学中也属于少数派，这可能也是让加藤犹豫不决的原因。植物的研究往往是基于拟南芥、地钱这样的模式生物来进行的。即使提出"我想研究仙人掌"，加藤也不知道会不会有研究室愿意接受自己。

然而，加藤对仙人掌的爱日渐强烈，想考入研究生院继续研究。反正都要研究，不如把自己最喜欢的东西研究个清楚，别再东张西望。加藤在尝试了动物胚胎学之后终于发现了自己的真心 —— 我喜欢研究，而我真正想研究的还是仙人掌和仙人掌刺。

加藤决定对自己所爱的仙人掌保持忠诚，他拜访了松田研究室。他读了松田的论文，发现他的研究对象不仅仅局限于模式生物，还有腐生植物、银杏等，涉及的领域十分广泛。如果是松田的话，应该可以允许自己自由地研究仙人掌。

面对热烈论述仙人掌的加藤，松田不出所料地说道："听起来很有意思。"加藤忽然有了干劲，为了研究生考试而拼命学习，成功地成为松田研究室的一员。

　　加藤真是个努力的人啊，本村想。刚刚成为研究生的时候，加藤在研究室里也经常保持沉默，在温室里一心一意地培育研究材料，这样的加藤，一定这么想过：好不容易才决定要活在对仙人掌的爱里，这样下去可不行。不知从什么时候开始，他开始积极地和实验室里的人交谈，也开始给大家展示自己养的仙人掌。本村他们不太懂仙人掌，虽然是输给了加藤迸发出来的知识量和热情，但还是认真地听着。这似乎是件好事，加藤身处这么一个可以畅所欲言表达对植物的爱的环境当中，似乎培育出了比仙人掌还要新鲜的精神。渐渐地，他和松田研究室以外的研究生们也打成了一片，现在还与世界各地的仙人掌爱好者在网上交流信息。他的研究也进行得很顺利，在刺的透明化上获得了成功。

　　"我是个胆小鬼。"加藤以前这样说过，"我现在明白了，是我把自己的世界缩得太小，就像硬把仙人掌塞进一个小花盆里一样。以前，假如我肯开口去说，也许会有人因为我的话而对仙人掌产生兴趣，可是我却擅自拉下了心里的闸门。"

　　因过分热爱某件事而感到胆怯——很多人都很熟悉这种感觉。加藤正是多愁善感的年纪，也难怪会认为"反正也没人能理解我"。

　　但加藤并没有停留在原地。对仙人掌的爱成了力量，通过仙人掌，他开始与人交流。这就是本村觉得他很了不起的原因。对仙人掌的爱被否定、被无视，对加藤来说，等于自身被否定和无视。无论是和仙人掌面对面，还是和他人谈论仙人掌，正因为有着深厚的爱，才格外需要勇气。

和藤丸说话时，加藤的表情很明朗。这表情和本村在出版社当销售的朋友脸上的表情一样。加藤也好，本村的朋友也好，都怀着对研究的热爱，虽然经历了很多波折，但还是找到了自己的归宿。看着他们，本村真切地感觉到，热爱会照亮你的前路。这个想法也许过于天真，但对于真正投身于拟南芥研究并为之感到快乐的本村来说，无论是兴趣、工作还是某个人，只要有了可以倾注爱意的对象，自己就可以获得某种支撑。

这样想来，植物果然不可思议。植物没有大脑和神经，也不需要爱，只要以光和水为食，就能顺利成长和生存。与仅依靠食物却无法获得满足的人类相比，"生存"这个词的意义似乎也截然不同。

植物和人类之间仿佛存在着深渊，无论怎么研究都无法跨越。与此同时，本村也想到，研究植物的种种不可思议之处后，或许可以通过它而了解人类的种种神秘之处。生活在同一颗星球上的植物，像镜子一样映照出人的样貌、行为和爱。植物好像在向我们提问："你们是一种什么样的生物呢？"

本村沉浸在自己的思绪中，加藤和藤丸在她身旁开始了即兴的园艺讲座。藤丸注意到温室的工作台上放着好几种筛子，于是提出了疑问："这是干什么用的？有的像料理时用到的筛子，还有网眼更粗的。"

"这可以用来筛选大小均匀的土粒。根据种植的植物来更换土壤的颗粒。不同的土壤渗水的能力也不一样。"

加藤从温室一角搬来两袋不同种类的土。"土的配合也很重要。我用的是'红玉'和'鹿沼'两种土。根据混合的比例不同，渗水量和保水量会发生变化。像我这样的专家，只要看一眼植物，凭直觉就能知道什么样的比例是最合适的。"

"哇，你好厉害啊。"

藤丸坦率地表示佩服，加藤似乎很高兴。正好有一株仙人掌等着换到大盆，加藤立刻用它来做示范。他小心翼翼地避免碰到刺，用戴着手套的手倾斜盆子，完整地取出了长约十五厘米的仙人掌。随后，他开始筛选红玉和鹿沼。红玉如其名，是红土。鹿沼则是淡黄色的土。藤丸也上前帮忙。他的手很擅长甩腕，细细地抖动着筛子，本村想：不愧是厨师啊，很熟练。

小块的土被挑出来放进大托盘里。加藤把肥料倒进去，用双手轻轻混合搅拌。

"真的跟做菜差不多啊。"藤丸看起来很开心。

加藤把仙人掌插入新盆中，再轻轻地倒入混合好的土壤。

"不能压得太紧。"加藤说，"用整个盆子轻轻在台子上敲打，把泥土弄均匀就可以了。"

"就像做纸杯蛋糕一样！"藤丸的眼睛闪闪发光，"老板说过，面糊不能倒得太多，倒模的时候也要很小心。"

"仙人掌也是生物，纸杯蛋糕的原材料——鸡蛋和面粉——本来也是生物，所以要温柔，不能用力去压。可能这些就是共同的诀窍吧。"

加藤说着点了点头。

本村一直在感叹加藤那流畅的技巧，以及藤丸那从料理出发，对其他领域毫不畏惧并紧抓不放的好奇心。

"这是刚才松田老师给我的。"她说着把微量离心管递给加藤，

"他说这是哈瓦那辣椒的种子。"

"是吗？"藤丸把脸凑近离心管，"圆服亭里有很多上了年纪的客人，所以从来没有吃过哈瓦那辣椒。但这个看起来和辣椒的种子一模一样。"

"因为哈瓦那辣椒也是辣椒属。"加藤说。

"什么时候播种比较好呢？"

本村在手掌上滚动着离心管。

"我也没养过，所以不太清楚。不过最好等暖和了再说。我去查一查。"

"嗯……加藤，你要不要养养看？"

加藤似乎明白了本村为什么会提出这样的要求。他一边整理工作台，一边说："哈瓦那辣椒应该没那么难种，不用担心。我会帮忙的。"

"好吧，谢谢。"

本村把离心管放进口袋。她想，虽然什么植物到了我这里都会枯萎，但老师把种子给了我，我就尽力去种吧。

"等结了果实以后，我来做哈瓦那辣椒油吧。可以用来做特辣意面，应该会很好吃。"

藤丸也热情地鼓励本村。

在适合播种的时节到来之前，哈瓦那辣椒的种子就由本村来保管了。说是保管，也只是放在实验室桌子的抽屉里而已。如果放在松田的抽屉里，估计会和印章一样沉到深不见底的底层，那还不如让本村来保管呢。

三个人走出了温室。加藤在温室的出入口挂上了挂锁。温室里没有种植转基因植物，繁茂的仙人掌和蕨类大部分都是加藤出于兴趣栽培的，所以在保管上不用太紧张。只不过这些也都是要用在实验里的重要植物，为了防盗，也防止前来 T 大参观的人迷路误入，温室平时也会上锁。

顺便一提，加藤把温室钥匙穿在绳子上，寸步不离地系在自己的脖子上。松田实验室的人如果想用温室就必须从加藤那里借钥匙。钥匙因加藤的体温而总是热热的，大家都觉得有点恶心而表示抗议。岩间就总是哀叹："我想借用诸冈研究室的钥匙。"

本村最后也没能帮忙打扫温室，她和加藤、藤丸一起朝理学院 B 号馆走去。藤丸提着的那个装有仙人掌的塑料袋发出了踩在枯叶上的声音。而真正的枯叶既不在树枝上，也不在已经清扫干净的道路上。落叶的季节早已过去了，真正的冬天即将来临。

"我忘了一件重要的事。"走到 B 号馆的入口前，藤丸说道，"明天你们不是预约了忘年会吗？我们正在准备明天的菜，老板问我，油炸菜是做炸猪排还是炸鸡块，你们觉得哪个好？"

"炸鸡块吧。"

"炸猪排！"

本村和加藤同时回答。

"知道了，炸鸡块。"藤丸点点头，"明天七点，我在店里等着你们。"说完，他向赤门走去。

"明明是我给你治好了仙人掌……"

自己的要求被彻底无视，加藤似乎无法接受。

藤丸之所以选了炸鸡块，是出于私情，或者说是偏爱——迟钝如本村，也多少猜到了。加藤没有意识到藤丸的心情，歪着头说道：

"我刚才应该声音再大一点。"

有人比我更不懂恋爱啊，本村似乎得到了鼓励，随后又反省——就因为藤丸选了炸鸡块，我就开始装腔作势了。她在心里向藤丸和加藤道歉。

但是，能吃到圆服亭的炸鸡块真是太开心了。虽然炸猪排也很好吃，但要配啤酒的话自然还是得炸鸡块。

"真不敢相信，已经到忘年会了。"

"一做研究，一年就过得飞快。"

本村和加藤边说边回到松田研究室。

往年，忘年会都在理学院 B 号馆的松田研究室里举办。大家带上饮料和点心，在大书桌上放上便携式的卡式炉，举办烤肉派对或是大阪烧派对。其他研究室的人也会被香味吸引过来，大家一直闹到深夜。

这种时候，向本村等人准确地下达指示，帮他们采购材料，准备菜肴的，是松田研究室的秘书中冈。中冈住在 T 大学附近，作为松田的秘书已经工作了五年。

中冈家里还有上班族的丈夫和两个上高中的女儿，她不仅擅长处理各种文件，而且为人和蔼，对研究生就像对待自己的孩子一样。本村平时也多受她的照顾，她会帮本村缝好羊毛衫上的纽扣，还会把便当的配菜分给本村。

当实验中用到的药品和工具库存不多时，松田研究室的成员们会告诉中冈，中冈在收集了必要的数量后就会向熟悉的企业订货。多亏有中冈掌握着研究室的钱包，本村他们才能安心投入研究。

中冈最厉害的地方就是把松田的"缰绳"也牢牢握在手中。什么时间必须提交什么文件，中冈都掌握得清清楚楚。临近提交期限时，中冈便会催促松田，松田因嫌麻烦而试图一推再推时，她也能哄着松田赶紧写完。松田的办公桌周围乱成一团却能勉强维持现状，全都是靠着中冈的日程管理能力和文件搜索能力。

"我女儿上幼儿园的时候不收拾玩具，也不愿意换衣服。我是把那时候的经验用在了松田老师身上，打一棒再给一颗糖。"中冈笑着说道。

松田作为学者在植物学界占有一席之地，可遇到中冈也只能无可奈何。

研究室的成员一起举办忘年会时，喜欢做菜的中冈会在家里做好炖菜和油炸食品。大家特别期待的是豆皮寿司。中冈做的是包袱皮形状的大大的豆皮寿司，醋饭里放了很多香菇、胡萝卜和鸡绞肉，非常好吃。可以说，烤肉和大阪烧是大家一起开开心心做来吃的配菜，中冈的豆皮寿司才是餐桌的主角。

但是今年，中冈独居的父亲腰部受伤，中冈非常担心，决定在娘家过年。等丈夫在公司里忙完这一年的工作，全家人会立刻动身前往九州。所以，中冈不能参加二十九日傍晚举行的忘年会了。

"对不起。"中冈说，"本来今年也想给大家做豆皮寿司来着。"

毕竟事出有因，松田和研究室的学生们都说："别担心忘年会了，请您好好照顾爸爸。"

但是吃不到中冈的豆皮寿司，忘年会确实失去了滋味。

"我们自己办忘年会，能成功吗？"

中冈不在的时候，川井去找松田商量。"我担心，大阪烧会跟做坏了的文字烧一样湿乎乎的，烧肉肯定看起来像木炭，吃起来像石块。"

与川井一样感到不安的松田迅速做出了判断，决定把忘年会交给专业人士处理。中冈在收到向圆服亭预约忘年会的任务时也露出了云开雾散的表情。也许中冈也在担心自己不在的时候，研究生里会不会有人用菜刀把卷心菜和手指一起切下来，或者引爆便携式卡式炉，这下终于不用担心了。

"那我就告辞了，祝大家新年快乐。"

二十九日上午，中冈愉快地和众人打了招呼，离开了研究室。大家目送中冈离去，到晚上七点圆服亭的忘年会开始前的这段时间，他们仍然进行着各自的研究。

研究室在大扫除后变得十分整洁，本村直到下午三点都一直在查收邮件以及阅读从网上找到的论文。与此同时，上午准备好的拟南芥切片也变透明了，她把自己关在地下显微镜室里进行观察，不时地做记录、拍摄照片，不经意间看了下表，已经六点多了。地下室没有窗户，再加上本村一看到细胞就着迷，显微镜室里的时间总是过得很快。

就像浦岛太郎一样，我也会转瞬之间就变成一个老太婆。这么想着，本村爬上楼梯，向 B 号馆二楼的栽培室走去。幸运的是，她并没有像浦岛太郎一样，路上尽遇见些不认识的人，还和其他研究室的研究生站着说了会儿话。

"听说松田研究室今年不办忘年会了？"

"不，办还是要办的，不过因为各种原因，我们决定去圆服亭。"

在栽培室的培养箱里，拟南芥生长得很顺利。本村计划从年底最后一天到一月三日回父母家过。听说加藤这次不会回家，所以她拜托加藤在这段时间里照顾拟南芥。

本村根据拟南芥的生长日期做了调整，使得它们在假期尽量不会开花或结子。她把浇水的量和次数写在纸上贴在培养箱的门上。加藤会参照这张纸照顾每个人的拟南芥。本村想象着空空荡荡的大学里，加藤独自往来于栽培室和温室的情景。换成自己，也许会感到有些寂寞，但在绿色的环绕下为植物浇水的加藤，在本村的想象中是笑眯眯的、非常幸福的样子。

照料完拟南芥，本村确认过培养箱的温度和湿度后，回到了位于三楼的研究室。研究室里已经一个人都没有了，本村的电脑显示器上贴着一张字条，上面是岩间的字迹，"我们先走了"。

本村心里想着要抓紧时间，但行动上没有做出反应，她就是这么我行我素。和往常一样，她在实验笔记中记录下当天的研究，比如把细胞切片浸泡在什么样的药物里、浸泡了多长时间，还把那些细胞的显微照片也贴在笔记本上，写下注意点。对于生长中的拟南芥，她还会记录它们的生长速度和培养箱里的环境。本村牛仔裤的后口袋里放着一本小小的记事本，用来记录想法和数值。以这些记录为基础，本村每天都会写实验笔记。

实验笔记可以为实验或研究的准确性和可靠性提供保证。松田会认真地指导研究生们如何记录实验笔记，本村随身携带记事本也是从松田那里学到的。

如果实验笔记本上有模糊的记述或难以理解的照片或图表，松田眉间的皱纹就会深得像马里亚纳海沟。松田研究室的人不仅要撰写和发表论文，对于作为基础的实验笔记也绝不马虎。"如果没有每天的实验笔记，也就无法进行正确而细致的研究。"

把写完的实验笔记放进包里，本村关掉了电脑。她穿好外套，关上实验室的灯，来到了走廊上。

远处传来些声音，好像哪个研究室正在举办派对。对方的门开着，本村无意间往里看了看，发现诸冈研究室的研究生正在用镊子操作实验。两人四目相对，互道了一句"新年快乐"。

一年即将结束，T大学理学院B号馆里依然如故，满是研究、笑语和一丝不苟，对于本村来说，这就是无可替代的日常。

快步穿过赤门，本村蓦然回首，只见银杏树的枝头挂着一颗闪烁的银色星星。她扣好大衣领口的扣子，吐着白气向圆服亭走去。

先到的松田等人坐在深处的桌子旁，不知为什么正在吃草莓。打开了圆服亭的门，本村被店内温暖的空气包围，她一边松了一口气，一边也感到疑惑——现在才七点十分，已经吃到甜点了吗？

藤丸听到门口的铃铛声，立刻出来迎接本村。

"欢迎光临。"

他接过本村的大衣挂在衣架上。

店内坐满了人，看起来都是常客。每个人都笑容满面，有的在干杯，有的在吃着汉堡排。窗边放着一株仙人掌，大概就是藤丸带来让加藤治疗过的吧。仙人掌和之前完全不一样，明显圆润了起来。

藤丸追随着本村的视线，笑着说道："已经好多了。请来这边。"

藤丸领着她走近里面的桌子。松田研究室的人正伸手去拿盘子里的草莓，一看到本村，便纷纷说道："怎么这么晚？""快坐下吧。""喝啤酒吗？"

"那么，先来五瓶啤酒吧。"众人说道。

本村在岩间旁边坐下，藤丸记下大家点的啤酒，端着只剩下草莓蒂的盘子消失在厨房里。

"对不起，让大家久等了。"本村低头道歉后接着问，"说起来……你们为什么在吃草莓？"

"说是做蛋糕剩下的。"岩间说。

"我说肚子饿了，藤丸就端出这个说'请吃吧'。"加藤补充道。

"对不起，让大家久等了。"

本村再次低头致歉。这时，藤丸用托盘端来了装满啤酒的玻璃杯。本村也帮忙把酒杯递给大家。

松田研究室的众人一起举杯："这一年里大家辛苦了。"藤丸站在桌旁，把空空的托盘抱在腹部，笑眯眯地看着这一幕。

"刚才的话才说到一半，草莓的秘密是什么？"藤丸问道。

"哦，对了。"川井擦去嘴边的啤酒泡沫，"草莓上面一粒一粒的东西，你觉得是什么？"

"咦？不是种子吗？"

"如果是种子的话，那就是在果实的表面沾满了种子，对吧？"加藤插嘴道，"奇怪，果实不能保护种子。"

"这么说来，是很奇怪。"

"那些颗粒状的东西就是果实。"川井对歪着头不解的藤丸解释道，"种子在一粒一粒的东西里面。"

"啊！那我以为是果实的那个红色的部分呢？"

"那个就相当于果实的地基。"一直没有发话的松田说道，"还有很多其他的例子，我们以为是果实的东西，实际上不是果实。比如，拐枣，整个带有小果实的树枝都会变粗，吃起来就像一个结实的葡萄干，香味有点像甜瓜，可是那个粗粗的部分其实不是果实，而是树枝。"

"哦！树枝也能吃吗？"藤丸瞪大了眼睛问本村，"你知道吗？"

本村摇了摇头，说："我知道草莓的颗粒状物体是果实，但是从没见过拐枣。"

"是吗？"岩间喝完了第一杯啤酒，她一边让藤丸续杯一边说道，"拐枣树挺常见的。我老家附近的空地上就有，小时候我经常采来吃。"

"岩间，你的老家是九州吧？"

听到川井的问题，岩间点了点头："是的。听说拐枣还能治宿醉。"

"你还是个孩子，宿醉跟你没关系吧？"加藤揶揄道。

"我是听祖父说的。不过，现在倒是真希望家附近能有一棵拐枣树啊。"

"对于植物的功效当然要科学地去分析，但有关植物的古老传说也很值得听一听。我见过原材料里有'拐枣提取物'的口香糖，也许就像传说的那样，拐枣有清理口腔和胃的效果吧。"松田的杯子也空了。

这时，从厨房传来店主圆谷的喊声："喂，藤丸！"

"糟糕。"藤丸把空杯子放在托盘上，飞快地奔向厨房。

藤丸端来了续杯的啤酒、一份炸薯条和一份奢侈地加了烤牛肉的沙拉，大家专心地吃起东西来。藤丸也被各个桌子叫住，忙得不可开交。

"说起来……"川井说，"我的申请被批准了，明年要去加里曼丹岛做科学考察了。"

"是吗……"松田略微低下头，又马上补充道，"那太好了。"

"真好啊！"加藤甩甩薯条，"把我也带去吧。我想要蕨类植物。"

"这次的名额已经满了，我会多采些蕨类植物的。"

"研究小组有哪些人？"岩间的眼睛也闪闪发光。

"日本方面的合作伙伴有 R 大学的刘谷。印尼方面的合作伙伴是当地 B 大的布兰老师。"

"太好了，你什么时候去？"

"我用系里的春假去，三月去三周左右。"

"真好啊！"加藤又挥了挥薯条。

"你可别到处去说啊。"川井苦笑，"到时候所有人都会说，'去帮我采那个''去找找这种植物'，最后我连你的蕨类植物都带不回来了。"

"知道了，我会保密的。但是我能忍得住吗？那是加里曼丹岛啊，我也想去看看，哪怕一次也好。"

加里曼丹岛的中部有广阔的热带丛林，栖息着多种动、植物。因为山路陡峭，还有很多地方没被正式考察过，因此在那里可以见到稀有的植物。对于研究植物的人来说，简直就像天堂般令人向往。这次川井要去考察的地方是加里曼丹地区，它占据了岛屿的大部分面积，隶属印度尼西亚。

"我主要研究拟南芥，所以也没有什么特别要拜托的……"岩间说，"松田老师应该会想要腐生植物吧？本村呢？想要什么的话最好趁现在说出来哦。"

本村从一开始就对松田眉头紧锁的样子很在意，但面对能够得到珍贵植物的机会，她也无法抑制内心的激动。

"我想要独叶苣苔属。它的叶子长得非常大。在加里曼丹岛据说有二三十种。我读过一篇论文，是关于它在泰国的近亲，我一直很想看看实物。如果能研究那些细胞，也许可以帮到我正在做的让拟南芥叶片变大的实验。"

"哦——"

"本村一口气说了这么多话……"

众人哗然。我还认为以前的加藤比较沉默寡言，原来平时我说话也都那么简短吗？本村发现了研究室的成员们如何看待自己，感到有些不好意思。

"好，我会尽可能多地采集我们研究室的人想要的植物。"

川井向众人保证，一群人高兴得定下心来。这时藤丸走了过来。他端来一大盘炸鸡块，堆得高高的，像赏月时的供月丸子一样。

"来了，让各位久等了。"

炸鸡块还冒着热气，大家争先恐后地伸出叉子，顺便也把喝的换成了白葡萄酒。藤丸看起来很忙，因此大家让他拿来酒瓶和玻璃杯，然后各自斟酒。

"如果不够的话，可以自己从酒柜里拿。"藤丸指着地板的一角，"当然，最后会算在账单上。"

放在地上的显然不是酒柜，而是一台小冰箱。圆服亭里提供的葡萄酒没有高级货，因此和其他饮料一起放在普通的冰箱里保管。

松田研究室里没有人懂葡萄酒，所以大家都满意地举起了酒杯。炸鸡块的小山也早已被挖掉了一半。

"好吃——"岩间眯缝着眼睛品尝着炸鸡块。真的——本村也点了点头。炸鸡块表皮酥脆，味道也完全渗透到了肉里，很适合下酒。本村原以为炸鸡和啤酒很搭，但是现在已经觉得，只要是含酒精的，什么酒都可以。

藤丸再次靠近桌子，惴惴不安地说："这盘炸鸡是我做的。在老板秘制的酱汁里泡了一夜，我中途还起了一次床，揉了一下肉，好让味道渗进去。我还在炸鸡的油里混了芝麻油，增加它的香味。"

怪不得，本村十分感动。

"真庆幸我点了这道菜。"说着，她大大地咬下了一块新的炸鸡。

川井露出了"原来如此"的表情。岩间喃喃道："爱情，太沉重了……"本村和藤丸却丝毫没注意到。本村沉迷于炸鸡块，而藤丸则一门心思盯着正在吃炸鸡的本村。顺便说一句，松田正陷入某种沉思，而加藤对仙人掌以外的爱情毫不在意，所以丝毫没有感觉到炸鸡块里藤丸的恋慕之情，只想着"生姜的调味真是恰到好处"。

"藤——丸——！"

厨房传来厉鬼般的叫声，藤丸飞奔而去。徒弟只要一去前厅，就像迷路的猎犬一样一去不复返，店主圆谷当然会觉得恼火。

之后，藤丸安安静静地端来了那不勒斯水煮鱼、鲷鱼、花蛤、淡菜、小番茄，每个人的盘子里都装满了各种颜色。

"最后是主食，每个人可以任选一份蛋包饭或是那不勒斯意面。"

听了藤丸的话，川井提高了音量："我已经很饱了。"

岩间也发出了悲鸣："又不是十几岁的年纪，而且课外也没有体育锻炼，吃不了那么多。"

加藤也许是因为年轻，还一副食欲满满的样子："我大概会选蛋包饭吧。"

本村也很遗憾地感到快吃饱了，但还是很难舍弃圆服亭的招牌菜。

"要是每样都能来一点就好了。"

"知道了，就这么办。"

藤丸立刻回答。加藤的意见再次被驳回，最后端上来的是大盘的蛋包饭和加量的那不勒斯意面，大家各自取一点品尝。

但加藤并不气馁。或者说，他并没有意识到藤丸在偏袒本村，对于碳水化合物摄入量的减少他并没有抱怨，一口气吃光了盘子里的蛋包饭和那不勒斯意面，然后开朗地谈论起新的话题。

"话说，你们有没有写好啊，新年假期应该怎么给植物浇水？"

"已经贴在培养箱上啦！"众人一同答道。只有松田说："我打算在研究室工作到最后一天，元旦那天下午也会来学校，我来帮加藤浇水。"

听到这里，本村焦急地想：我要悠闲地度假三天，会不会有些不是时候？一想到父母正在期待久别重逢的女儿归来，事到如今也很难改变计划了。至于其他人，也都更加疑惑了：松田老师的私生活果然是个谜啊。不，倒不如说，他究竟有没有私生活，本身就是个谜。

"松田老师也在的话，我就安心了。"加藤说，"大家安安心心地好好过年吧。等你们回来的时候，我会把拟南芥养得肥肥的。"

"你不用回家吗？"

听到岩间的询问，加藤挠了挠脸颊，回答："我有三个哥哥，分别在贸易公司、外资公司和外交部工作。而且，他们都在海外工作。"

"都是精英啊。"川井说道。

投身于仙人掌研究的加藤，莫非是在自己家里被当成了异端分子？连本村都看出了川井的担心。而率直的岩间却开起了加藤的玩笑："有这些哥哥在，怎么你的英语听起来还是很奇怪。"

"老哥他们说得太好了，听起来更奇怪呢。"加藤爽朗地笑了，"倒不是关系不好，只是不太合得来。而且三个哥哥新年都会带着妻子和孩子回家，房子都要挤爆了，所以我这次决定晚一点再回家。"

听说加藤一共有八个侄子。无论老家是多大的豪宅，恐怕也没有加藤的立足之地，大家很赞同。

不知过了多久，店里除了本村等人以外已经没有其他客人了。本村看了看手表，才知道他们已经吃了两个半小时了。

圆谷好像也终于可以喘口气了，他走出厨房，彬彬有礼地道谢："藤丸一直承蒙各位的关照了。"

松田研究室的人不好意思地摇头摆手，竭力向他表达料理的美味。

藤丸关掉门外招牌上的灯，端出了草莓蛋糕卷和咖啡。草莓蛋糕卷有着清雅的甜美，口感湿润而轻盈，十分绝妙。明明已经吃饱了，却一下子就滑进了胃里。

圆谷坐在隔壁桌，满意地看着享用甜点的众人。藤丸替坐在椅子上的师父揉着肩膀。

"每年这个时候都忙得头昏脑涨。圣诞节、忘年会，还要照顾小鸡。"小鸡指的是藤丸，圆谷叹口气说，"虽然有得忙很值得高兴，可是我一年比一年老了，也不知道身体能撑到什么时候。"

"没关系的！"藤丸鼓励道，"师父一把年纪了还挺能打的。"

"你的日语可真不像样，把我说得很不正经似的。"

"我又没说错。"

藤丸用力揉了揉圆谷的肩膀。圆谷呻吟道："疼疼疼，疼疼疼。"

"你们一年到头都在忙研究吧？"圆谷有点不好意思地说，"也不过圣诞节吧？"

"圣诞节……"

松田研究室的成员们像是第一次听到这个词一样，眨了眨眼睛。

"你忘了吧？"加藤说。

"完全忘了。"川井点了点头。

"我记得。"本村一边仔细品尝咖啡的苦味，一边说道，"我在公寓里养了一盆圣诞花，过了很久也没有变红……我决定坚持到圣诞节，但是那天早上我打开箱子，发现叶子还是绿色的，从那天起我就放弃了短日照处理，所以印象很深刻。"

"这件事作为圣诞节的插曲也太诡异了吧。"加藤说道。

藤丸一脸紧张地听着本村的话，脸上浮现出笑容，快速地按摩起圆谷的肩膀来。"疼疼疼……"圆谷呻吟。

"我今年圣诞节也没和男朋友见面。"岩间叹了口气，"没办法啊，远距离恋爱。"

"岩间，你有男朋友？"对人类恋爱一窍不通的加藤是唯一一个大吃一惊的人。松田研究室的其他成员都知道，岩间正在和奈良县 S 科技大学的研究生交往。

"反正等到开学会的季节，你们还会再见面的。"本村安慰道。

"差不多吧。不过开学会的时候双方都是研究模式，根本谈不上恋爱。"岩间大大地叹了口气。

大家一起打量着一言不发的松田。植物没有圣诞节的概念，因此，在松田脑内的日程簿里似乎也没有记载"圣诞节"这三个字。他事不关己地喝着咖啡，就像正在听某个不长植物的星球上的风俗。

圆服亭从年末最后一天到一月三日放假。听说圆谷预定了箱根的温泉酒店，打算好好休息一下筋骨。藤丸说要回老家，打算闲逛度日。

"当然，我会把仙人掌带回去。"

"拜托了，藤丸！"

加藤和他紧紧握手。

开心的晚餐结束了，大家互道"新年快乐"，离开了圆服亭。到了本乡大道，本村等人向地铁站走去。只有松田说："我要回研究室。"

"现在这个时间？"本村等人大吃一惊。

"因为积攒了邮件需要回复。"松田说着便走过马路，消失在赤门后幽暗的校园里，还留下一句，"明天可能还会在 B 号馆里碰面，不过提前跟大家说声明年见啦。不要贪吃年糕哦，会吃坏肚子的。"

今晚的松田老师显得有些沉默寡言，本村想。可松田本来就不爱说话，和平时好像没有明显的差别，我是不是又想多了？川井他们似乎也没有发现松田的言行有什么异样，和往常一样说着"啊，吃饱了吃饱了"。

本村呼出的白气融化在本乡街头，这里即将迎来一年的结束和新一年的开始。空气冷而清新。真希望明年拟南芥的叶子能越长越大，本村一边许愿，一边和研究室里的其他人走下了通往地铁站的楼梯。

本村在父母身边平安无事地度过了新年。

看到久别重逢的父母，本村想：好像有点缩水了……她的父母才五十多岁，还远远不算老人。实际上他们的外表与年龄相符，但因为没有在一起生活，所以本村对于父母身上细微的变化会很敏感。就像度过了漫长的冬季之后新绿会明亮得刺眼一样，差不多一年没见的父母相比记忆中的形象似乎又变了，也更加衰弱了，本村有些惊讶。

是啊，爸爸妈妈也会慢慢变老。我希望成为一个能养活自己的研究者，让他们放心，可到底什么时候才能做到呢？

"热衷于拟南芥的女儿"在全人类当中应该是极少数的存在，父母对于自己有这么一个女儿是怎么想的呢？无法跟周围的人讨论，甚至得不到其他人的共鸣，父母会不会为此而苦闷呢？本村有些担心。

仔细想想，所有的"父母"都是因为有了孩子才成为父母。自己的孩子说出"对生孩子一点都不感兴趣"，恐怕由于价值观的不同，有很大的可能性会被当成是一种无法理解的存在。

而且，本村对男女交往和结婚都没有兴趣，怦然心动的对象只有拟南芥。想到父母的困惑和失望，她总觉得心里很难受。

但他们毕竟是本村的父母。当本村考上博士的时候，他们不知是放弃了还是下定决心了，对独生女的归来，只是单纯地感到非常高兴。母亲催促她多吃些年糕和专门为新年做的节庆料理，父亲则急忙打开了别人送的上好的日本酒，说："一起喝一杯。"这让本村又在别的意义上感到难以忍受。

爱情太沉重了……本村想。虽然没有注意到藤丸在炸鸡中所蕴含的爱，但从父母那快乐的表情中她明白了自己是怎样被深深爱着。虽然沉重，但很幸福，面对父母推给自己的东西，本村毫不客气地吃吃喝喝，三天之内就胖了两公斤。

变重了可怎么办？正要洗澡的本村低头看了看洗手间的体重秤，整个人都凝固了。她急忙脱掉身上的衣服，深深地吐了一口气，重新站上体重秤，还是胖了两公斤。

不知道还能不能穿上穿回来的那条牛仔裤。新年假期的最后一晚，本村睡在父母家。本村在自己的房间里一直住到本科毕业，床和桌子都保持着原样，随时能用。爱很沉重啊，本村又想，但是，即使女儿只爱拟南芥，父母也承认了这样的她，这让她幸福得几乎想落泪。

话虽这么说，休假期间的气氛仍然有些紧张。母亲已经不提"结婚"这个词了，虽然嘴上不提，但本村毕竟不是神明，无法阻止周围的人结婚生孩子。

一月二日的早晨，一家三口正在吃杂煮和过年时的节庆料理，母亲说道："住在川越的小环啊……"

小环是比本村大三岁的表姐。本村想起了小时候暑假时经常一起玩耍的亲切的面孔，因此仔细倾听起母亲的话来。

"……年底……没什么。"母亲突然中断了话题，本村差点被杂煮里的年糕噎住。

"'年底没什么'是什么？不算是一句完整的话哦。"

母亲的脸上明显带着"完了"的表情，她咬了一口青鱼卵，结结巴巴地说道："就是……那个……那个啦，值得恭喜的。"

"咦？小环结婚了？"

"两年前就结了。"

"是吗？我怎么没听说。"

"哎呀，我没告诉你吗？"母亲这次把筷子伸向了黑豆，"对了，本来是说不办婚礼的，所以我没特意联系你。"

"不是这个问题吧？我想好好祝贺一下她。"

"因为你好像忙着研究嘛……没关系，我已经送了她一份礼物。"

本村不太接受这种说法，于是对瞄准板栗金团的母亲提出了强烈的劝告："你吃太多甜食了。"然后她又问道，"那么说到值得恭喜的事，是小环怀孕了？"

"不是，小环年底生了。"

"这也太快了，我怎么什么都不知道！"

本村不由得叫出声来，她把用过的餐具拿到厨房，动作粗暴地胡乱清洗。看来母亲是对本村有所顾虑，才没有把表姐结婚、怀孕和生孩子的事告诉她。本村虽然心里明白，可一想到"难道我需要被人这么小心翼翼地对待吗？"就会觉得既凄凉又懊悔，不禁怒火中烧。

母亲明明知道本村愤怒的原因，却只是从客厅里扔来一句提醒："别那么用力洗碗。真是的，自己一个人到底有没有好好过日子？家里的碗和盘子该不会都破破烂烂了吧？"

自己的过错和失言似乎都不存在一样。本村越想越生气，用力揉搓着洗碗的海绵，揉出了一团垒球大小的泡沫。

父亲采取"君子不立危墙之下"的战术，读起了新年第一天收到的贺卡，之后，又邀请本村和自己一起去做正月参拜。

两人一起走向家附近的小神社，路上，父亲小声地说："妈妈也没有恶意。"

父亲向着神社的建筑满怀热情地合掌，本村斜着眼看父亲，心情难得地染上了黑色。

"是不是在许愿，请保佑纱英早日结婚？"

和本村的想法不一样，父亲一边离开神社建筑，一边用温柔的声音说："我刚才许的愿是希望你的研究能顺利。是在研究阿拉伯婆婆纳吗？"

"是拟南芥啦。"

本村回答，也为自己的疑神疑鬼感到羞愧，几乎要哭出来了。

短短的神道上零零散散地排列着摊位，父亲给本村买了苹果糖。这是本村小时候最喜欢吃的，现在觉得太甜了，又太红，里面的苹果也有些缩皱了，可本村全部吃光了。

回到家，母亲正在看电视上转播的箱根接力赛，她笑着问两人："在神社排队了吗？已经跑到第五区了。"

本村陪着母亲在沙发上坐下。她有点想撒娇，于是拉近了和母亲的距离。

"干吗啊？"

母亲用腰把她推了回去。两个人在沙发上挤来挤去。

本村把头靠在母亲的肩膀上，用手机给表姐发短信，很快就收到了表姐的回复，上面附着一张刚出生的婴儿的照片，脸像苹果糖一样又圆又红。

"真可爱啊。"

本村和母亲一起看着照片。

在牛仔裤腰围渐紧的情况下，本村开始了新一年的研究活动。但是与前一年相比并没有太大变化。研究只能靠慢慢积累，所以她每天仍然把自己关在理学院的 B 号馆里。

勉强来说，可以列出几个小小的变化。

新年假期结束后本村从父母家回到公寓，发现窗边的圣诞花失去了活力。好像是无法承受夜晚空荡荡房间里的寒气，叶子掉了好几片。虽然花盆有点大，不适合搬动，但本村仍然感到后悔——要是像藤丸一样把它带回老家就好了。目前，她正一边注意室温，一边观察它的恢复情况。

与之相反，在栽培室的培养箱里，拟南芥则生长得过于顺利了。

不愧是让拥有"绿手指"的加藤来帮忙照顾。

"如果把别人的拟南芥养死了，那可是大事啊。"加藤愉快地说，"能平安度过新年真是太好了。"

"虽然想谢谢你，但这也长得太好了，好到有点吓人。"岩间咕哝。因为它们的成长速度超出预期，为了不错过观察气孔的机会，岩间不得不忙于采叶和透明化的工作。

本村为了得到四重突变体而依次播种了一千二百粒种子。这项工作非常困难，需要极大的勇气，大到令人忍不住叹息："采种要比这容易一百万倍。"

在如同海绵立方体的石棉里加上水，再放上拟南芥的种子。因为种子太小，小到无法用手指或镊子操作，要把它们一粒一粒地沾在湿牙签上，然后转移到石棉上。

半个托盘的播种结束后，本村已经感到肩膀酸痛。这项工作要重复一千二百次……本村一个人在二楼的栽培室里，忍不住小声地尖叫起来。

不巧，栽培室的门开了，川井探出头来。他看了看边活动肩膀边"呀——"地尖叫的本村。

"现在，能说两句吗？"

川井客气地问。

"没关系，当然可以。"

本村慌忙放下胳膊，转向川井。

"我查了一下独叶苣苔属。"

川井边说边走进栽培室，见本村正在播种，也主动伸出援手，在另一半石棉上开始播种。川井用牙签播种的动作迅速而准确。

"你不怎么用拟南芥，动作却很熟练嘛。"

"这算是工作年限带来的差距吧。"川井笑了，"我现在主要研究苔藓，但是很多人不知道，我从本科起就在研究拟南芥了。"

我的手果然很笨啊——原本为此而心情低落的本村，听了川井的话稍稍放松了一点——我本科时研究的是大肠杆菌，所以对于拟南芥的处理多少有些不太习惯。

要说本村把大肠杆菌处理得多么出色，倒也没有，有时候还会不小心杀光了培养皿里的细菌。研究生的生活已经过了三年，现在还会因为播种而累得上气不接下气。但是，对于自己这种种的不擅长，她决定抛弃科学家刨根问底的作风，盖上盖子置之不理。

"对了，我是来找你说独叶苣苔属的。"川井说，"这次我要去的是加里曼丹岛上属于印度尼西亚的领土。印度尼西亚国立 B 大学的布兰老师告诉我，那里有很多稀奇古怪的苔藓。但是你想要的独叶苣苔属长在加里曼丹岛的北部，那里是马来西亚的领土。"

"那么，采集恐怕是不可能了。"

本村虽然很失望，但还是留心尽量不露出失望的表情。从保护稀有物种和流行病学的角度来看，即使是为了研究，在国外采集植物也需要烦琐的手续。要事先向对象国申报研究的目的和方针并得到许可。像兰科植物等还涉及濒危野生动、植物物种国际贸易公约，自然得不到许可，其他的植物也不能随意采集或是带走。川井为了满足本村等人的要求，应该正在制定详细的考察目标植物清单。

"是的。但我在电子邮件里问过，据说布兰老师正在培育独叶苣苔属。顺利的话，说不定能请他分给我一株。"

"真的吗？"

本村不由得欢呼起来。

"不过还是要看能不能得到许可。"川井安慰道，"所以别抱太大的希望。"

"好的。"

本村把播种完毕的托盘收进培养箱，调节好温度和湿度。她面对培养箱祈祷："四重突变体，四重突变体。"这也不像是科学家的做法，但从概率上讲，一千二百粒种子里只会产生四粒四重突变体，也只能求神拜佛了。

看着本村一脸闷闷不乐的表情面对培养箱的样子，川井说："希望这里面有四重突变体。"他的语气十分真诚。接着他又说道："对了，松田老师最近是不是有点奇怪？"

别说最近了，一直都很奇怪——本村想委婉地表达这个意思，但还是作罢。她确实有些想法，这是仅次于圣诞花叶子掉落、拟南芥蓬勃生长之外的第三个"小小的变化"。

从圆服亭的忘年会之夜开始，松田就显得有些消沉。原以为新的一年他会恢复正常，但实验室的屏风后却经常发出"嗯""哦"的声音。有时他会一边给窗边的植物浇水，一边呆呆地望着远方，结果前几天把水浇得漫了一地，只好在秘书中冈的斥责下擦了地板。

不知道他究竟是怎么了，本村虽然很担心，但他的研究和授课似乎还是照常进行，加上本村还有其他的事要考虑，渐渐也就放下了这件事。而"其他要考虑的事"，当然是如何播种拟南芥，如何减掉新年吃出来的体重。

原来川井也注意到了松田和平时不一样。本村放心了一点，打开了话匣子。

"是的，我也有这种感觉。松田老师好像没什么精神。"

可川井却说："咦？是吗？我倒觉得他老是来找我说话。"川井出乎意料的证词让本村吃了一惊。

作为教授，松田会给予学生细致的指导，同时也很尊重学生和研究生的自主性。如果一个研究生想要研究的方向有问题，他会立刻察觉并给出建议，除此之外，他基本上不会干涉。

很多时候真相都是从失败中得来的，而且没有一项研究能预先知道正确答案。松田对那些不够细致、不够准确的实验和研究非常苛刻，但绝不会阻碍研究生自由思考。也就是说，本来就沉默寡言的松田经常找人说话的情况并不常见。

尤其是川井，他不是研究生而是助教。虽说他属于松田研究室，但毕竟是个成熟的研究人员，在没有刻意拜托的情况下，松田不可能过多地介入川井的研究。

"松田老师是不是跟你说了什么关于苔藓的事？"

听到本村的问题，川井摇了摇头。

"不可能。松田老师的性格你不是不知道，他这次没有对我放任不管，总是见缝插针地来找我说话，什么'我在网上找到一个不错的睡袋''如果要去热带丛林，应该要进行训练吧？'之类的。"

"为什么呢？"

"我也想问'为什么'啊，总觉得有点吓人，所以就回答'我已经有睡袋了''我高中时是登山部的，现在周末也经常和朋友一起去山里'。"

世界上怎么会有内容这么诡异的聊天，本村不禁打了个冷战。

"他不怎么来找你说话吗？"

"是啊。我们说话的频率和内容都和平时一样。"

本村和川井都不知道究竟发生了什么。如果有机会的话要去问问松田老师 —— 本村在心里的记事本上做了笔记。

松田为什么只对川井放弃平时的沉默呢？出乎意料，本村很快就找到了解开这个谜团的线索。

在正月里贪吃年糕的本村，肚子就像年糕一样鼓了起来。

"长肉了……"受到打击的本村比以前更加用心地利用空闲时间散步。

那天，她快步在 T 大校园里走来走去，从池塘边走到 Y 田礼堂前。本村想要喘口气，看了看长椅的方向，发现诸冈正在广场周围的灌木丛一角干活。那里是去年秋天本村等人帮忙收获红薯的地方。

然而现在还不到一月中旬，要种红薯还为时过早。本村感到诧异，因此朝诸冈走去。诸冈在工作服外披着夹克，正在自己擅自开辟的红薯地里忙活。

"你好。"

听到本村的声音，诸冈停下手里的动作。

"哦，是本村啊。"

他微笑着说。天气很冷，诸冈的额头却渗出了一层薄薄的汗水。

"已经种好了吗？需要我帮忙吗？"

"不用，不用。"

诸冈用戴着手套的手背擦去汗水。"种红薯是在五月左右。因为红薯在贫瘠的土里也能长得很好，所以不用事先打理，只是这里的土有点硬，所以我想稍微来松一下土。"

从诸冈脚下飘来甜美而潮湿的泥土气息。诸冈穿着长靴，利落地将挖出来的小石块滚到灌木丛的一角。

"这么说来……"诸冈探出身子，像拄着拐杖一样把体重压在锄头上，"我听说你们那边的川井要去加里曼丹岛考察了？能不能让他拍张照片，我想看看当地市场上都在卖什么样的马铃薯。如果碰到马铃薯田，也一定帮我把它拍下来。"

不愧是诸冈老师，不会错过任何能考察马铃薯的机会。本村深感佩服，她向诸冈保证："我会转告川井的。"

"对了，诸冈老师。我觉得松田老师有点不对劲，您注意到了吗？"本村突然想起这个事来。

松田比诸冈小十五岁，两人都毕业于 T 大学。加上诸冈作为教师在 T 大工作了很长时间，所以松田从研究生时期就和他关系很好。两人至今还亲密到能一起吃便当，所以诸冈老师是不是能感觉到松田老师最近举止可疑呢？本村想到这一点，就不经意间问了一句。

"是吗？他哪里显得奇怪？"

与本村的期待相反，诸冈似乎什么都没注意到。究竟是因为松田平时的言行举止基本上就很奇怪，还是因为诸冈和松田都沉迷于植物，彼此并不注意对方的言行呢？

"我觉得松田老师比以前任何时候都要……阴郁，但是听说他对川井特别热情。今天还给川井拿来了高性能手电筒的商品目录，还说：'买一个带去吧，怎么样？'"

"手电筒？"诸冈歪了歪头，"松田老师，是不是转向户外派了？"

"我觉得不是。一个手电筒就要十万日元左右，川井莫名其妙地说：'老师是想让我去守卫丛林吗？夜里只能睡帐篷，带着这么强力的手电筒，会从很远的地方招来一大堆昆虫啊。'"

"好贵的手电筒啊。"诸冈发出一声偏离重点的感叹，随即露出了似乎有所领悟的表情，"松田研究室没有做过考察旅行吧？"

"是的。老师可能是终极的室内派，据我所知，川井的这次考察旅行还是我们研究室的第一次。"

"原来如此。"

诸冈喃喃自语。

"老师，您是不是知道什么呀？川井除了要做通常的研究以外还要准备加里曼丹岛的考察，松田老师每天都来推销户外用品，他实在是应付不过来了。我也很担心老师，他到底在纠结些什么呀……"

诸冈用镐形的锄头把耕过的地面弄匀，他一边劳作一边在思考些什么。本村站在广场的边缘十分耐心地等待。

过了一会儿，诸冈开口了。

"松田老师在读研究生的时候有个同年级的同学，名叫奥野，是研究生才考来 T 大的，非常优秀，不亚于松田老师。而且他还是个很开朗的人，在这点上和松田完全相反。也许这样反而让松田和奥野非常合得来，成了关系很好的竞争对手。"

本村注意到诸冈在提到松田时用了针对后辈时才用的称呼，以及他话中所用的时态都是过去式。

诸冈不知何时已停下了锄头的动作，视线落在地面上，仿佛过去的风景映现在眼前。

"也许有人会觉得'关系很好的竞争对手'这个说法很矛盾，但本村你应该很清楚，我们这些搞研究的，互相之间都是竞争对手。可是，为了能解开更多植物的秘密，有时候互相帮助，有时候互相争论，是一条路上志同道合的人。如果再加上投缘，那在成为竞争对手的同时当然也会成为最亲密的朋友。"

听了诸冈的话，本村点了点头。她想，我很明白这点。

虽然松田研究室的人关系很好，但是如果其他人在实验中取得了成果，或是发表了好的论文，自己怎么也抑制不住焦急的心情。真好啊。为什么我的实验会不成功呢？有时她会不由自主地这样忌妒。毕竟，要想在大学或研究所就业、继续研究，就要不断积累成绩，拼命挤过那道窄门才行。

尤其是岩间，本村非常介意。虽然两个人的研究方向不同，一个是"气孔"，一个是"叶片大小"，但处理的都是相同的拟南芥，而且因为是同性且年龄相近，总会不得不去注意对方。本村有事常去找岩间商量，也觉得自己和岩间很合得来。岩间应该也是这么想的。尽管如此，两人也还是竞争对手。

松田老师在研究生时代是不是也曾有过同样的心情呢？本村想。因为看不到未来而感到不安，可是能做研究又很开心，和信赖的伙伴一起相互鼓励并激烈竞争着，这样度过显微镜前的一个个日子。

"那位名叫奥野的人，现在怎么样了？"

本村问道。她的声音有点沙哑。诸冈的回答和本村隐约预料的答案一样。

"他去世了。"诸冈说，"在去山里考察采集时……详细情况，我也不太清楚……只有一点可以肯定，奥野去世之后，松田老师更沉迷研究，也更阴沉了。"

诸冈再次动起拿着锄头的手。本村道了谢，回到了理学院B号馆。

从研究室的屏风后面，传来松田窸窸窣窣翻找什么东西的动静。川井正对着电脑写邮件。挂在门旁的"定位板"显示，岩间正在地下的显微镜室，加藤则去了温室。

诸冈所说的话在本村的身体里膨胀起来，她的心怦怦直跳。松田不停地向川井推荐户外用品，十有八九是因为那位在山上去世的朋友吧？可是，到底是应该先问问松田老师呢，还是擅自做主告诉川井呢？本村很迷惘。

回过神来时，本村已经坐在了自己的位置上，一边盯着电脑，一边"呜呜"地低吟。川井战战兢兢地刚想离开研究室，松田就从屏风后出现了。他手里拿着好不容易找到的文件说道："本村，麻烦安静一点。"

明明刚才弄倒了书山的人是松田，不过本村还是老老实实地道了歉。可是那天，无论如何，她还是一不留神就会从嘴里发出"呜呜"的响声。

拟南芥的播种并不顺利。

本村晚上回到公寓后，发现窗边圣诞花的树叶掉得更多了，她忍不住发出了今天最后一声"呜——"。自从新年假期着凉之后，圣诞花的叶子就一片接一片地变黄。

我是希望叶子变色，可不希望它变成黄色呀。本村叹了口气，好不容易才把挂在树枝上的树叶全部摘下来。如果能帮树枝减少一点负担，也许还能期待它恢复过来。

夹在手指里的树叶已经完全失去了弹性，像黄色小鸟的尸体一样惨不忍睹。

本村在圣诞花的根部撒上少量固体肥料，洗过手、漱过口之后吃了豆腐。豆腐又便宜又好吃，营养价值还很高，不过晚饭只吃豆腐就显得有点冷清了。但是深更半夜回家，吃饭就不能减肥了——本村揉着肚子上的肉这样告诉自己。最后她还是败给了诱惑，把为了带便当而提前做好的猪肉末浇在了豆腐上。

本村刷完牙，洗了澡，铺好被子躺下。她不忍心扔掉从树枝上的摘下来圣诞花叶子，每次都把它们放在窗台上排好。因此，她发现干燥的叶子会蜷缩起来，变得像毛毛虫一样。本村在排列整齐的大量"毛毛虫"的注视下闭上了眼睛。

肚子已经在咕咕叫了。明天的午餐会点圆服亭的外卖。本村一边思考该吃什么，一边被吸进了充满睡意的世界。她很想思考一下化身户外用品销售员的松田，但是在饥饿和睡意的包围下怎么也转不动大脑。本村本来就不擅长考虑植物以外的事，一想到这可能是触及松田感情的微妙话题，她就越来越害怕——自己这种人能随随便便开启这个话题吗？

最后，她心想，圆服亭菜单上热量低的，应该是蔬菜三明治吧。接着她就昏睡了过去。

第二天上午，本村在研究室里面对电脑。

新的一年，松田研究室仍然每周都会举行一次严肃的研讨会。每次都是一个人做论文介绍，另一个人做研究发表，研究室的全体人员进行讨论。这样一来，包括教授松田在内，大约一个月总能轮到一次做论文介绍或是做研究发表的机会。下周轮到本村做研究发表，她必须选出用来做摘要的照片。

但是本村的研究没有什么大的动静。她把杂交得来的一千二百粒种子依次播下去，仔细地观察各株拟南芥叶子的大小和形状，但现在还不能确定它们当中是否含有四重突变体。本村揉了揉眉头，重新戴上眼镜比较着电脑屏幕上的照片。这些照片是做记录时拍摄的在培养箱内成长的拟南芥。

由于种子最初是在突变株之间杂交产生的，所以从这些种子中萌发出的叶子也有很多和普通拟南芥的不一样，比如有的更加圆润，有的看起来似乎比平时更大一些。可尽管如此，它们与普通拟南芥的区别还是微不足道。本村因为热爱拟南芥，每天只看拟南芥，所以她才能发现："这'孩子'的叶子和其他的有点不一样。"

即使把照片给加藤看，他肯定也只会笑着说："嗯，全部都是拟南芥嘛！"

目前这个阶段还没有哪一株出现了惊人的突变，也没有哪一株仅凭外表就能断定是四重突变体。当然，本村也在考虑和准备各种方法，以便科学而高效地区分四重突变体。她认为一千二百粒种子中，应该有四粒左右四重突变体的种子，而这只是基于这样一个事实：从概率来看本应如此。事实上，四重突变体的种子有可能甚至连一粒都没有。

本村摇摇头，把"四重突变体一个都没有"这种可能性从脑海里抹去。如果真是这样，那么杂交、采种和播种的艰辛就全都化为泡影，为了分辨四重突变体所做的各种准备工作也全都白做了。要比喻的话，就是努力地挥动一千二百次球棒，想着总能击中几次球吧，可实际上对面却连一个球都没有投过来。也就是说，自己一个人做了一千二百次挥棒的动作，仅此而已，这也太可怕了。

不管怎样，眼下的问题是如何处理下周的研究报告。即使给大家看现在培养箱中拟南芥的照片，也不过是"炫耀自家可爱的孩子们"而已。本村再次摘下眼镜揉了揉眉间，指尖加大了力气。像松田一样，皱纹似乎已经在自己的额头上安了家。

算了，没办法。谎称研究进展顺利也没有意义，不如直截了当地报告现状，并说明自己今后打算如何区分四重突变体吧。针对辨别方法，松田和研究室的成员们或许能拿出本村没有想到的办法。

另外，培养箱内的空间也不够，不可能一下子播下一千二百颗拟南芥种子。因此只能花好几次分别培育、观察和仔细鉴定，没有其他方法。如果急于得出结果，就会被愿望和欲望蒙蔽双眼，研究也就有可能缺乏科学的准确性和可靠性。不，那种东西不能叫作"研究"。既然实验用的是活生生的拟南芥，那就不能敷衍了事，真挚、稳步、一点一点往前推进才是第一位。

本村戴好眼镜，关上电脑里的照片文件夹，开始检查邮件。本村正在担任联合研讨会的联络员，因此需要和其他大学的实验室通过电子邮件进行交流。

研究不仅是以个人为单位进行，也经常在各个大学实验室的相互合作下展开。后者是各个实验室汇聚一堂，举行联合研讨会报告进展。联合研讨会通常在暑假举办，因为那时没有学生，可以用空下来的教室作为会场。

本村成为松田实验室的联络员之后，要为参加联合研讨会而决定许多事情，比如举办的日期和地点、参加人数、安排便当等。她的大脑已经被播种给占得满满的了，现在愈加混乱，但是和其他大学的研究生通过电子邮件进行交流也是一件愉快的事，毕竟大家都是对植物着迷的人。作为邮件最后的附言，如果有人写到"最近发现了有趣的论文"，那么所有人都会抓住这个话题，撇开原本的事务而联络起来，在一来一回之间，邮件最后的附言反而要比正文更长了。

可是本村之所以坐在研究室的座位上，并不只是为了用电脑，主要目的是窥探松田的情况。本村从诸冈那里听说了一点松田的过去，她十分在意，一直在考虑该不该开口，所以一直在寻找两个人单独待在实验室里的机会。

快到中午了。实验室里进出的人很多，没什么机会留给本村和松田两个人。而且，屏风里面一直一片寂静。邮件检查告一段落的本村慢慢站起身，隔着屏风向松田的桌子张望。

原来屏风里面空无一人，松田似乎趁本村专心写邮件时离开了研究室。

以为老师在那里才紧张来着 —— 本村有点不好意思，就好像以为是在和旁边的同伴说话，却发现自己是在对着电线杆讲话一样。她环顾室内，想看看有没有人看到自己这可疑的行为。不仅松田，其他成员也不知何时都不见了。

想到自己一个人在实验室里慌慌张张的样子，本村脸红了，这时，门开了。

"您好，圆服亭。"

藤丸说着走了进来。本村忽然被撞破，不禁跳了起来。藤丸把送餐用的银色箱子放在地上抬起头。几乎是同时，跳起来的本村也落了地，藤丸似乎没有看到她红着脸跳起来的一幕。

本村若无其事地走近蹲在银色箱子前的藤丸。

"如果大家都不在，饭菜就先放在箱子里吧。"

"没关系，没关系，大家很快就会回来的。"

"是吗？啊，不过蔬菜三明治会塌掉的，还是拿出来比较好。"

本村接过藤丸最先从箱子里取出来的蔬菜三明治，说："这是我点的。"

"哦，很少见嘛。大家不是都会点蛋包饭或者那不勒斯意面吗？老板还说呢，也不知道是谁点的蔬菜三明治。"

脸上的红潮好不容易才褪去，本村却感觉血流再次集中到了脸颊上。

"因为我过年吃胖了……"认真汇报之后，本村又后悔了，心想，什么也不说就好了，藤丸听了大概会觉得为难吧。

藤丸把剩下的盘子也从箱子里拿出来，若无其事地看着本村说道："是吗？"

不是"真的"也不是"不可能"，而是非常中立的"是吗？"本村有种"得救了"的心情。可惜的是，明显发福的并不是脸，而是肚子周围，她随即打消了"得救"的想法，想着"不不，反正也不会有机会被藤丸看到肚子的"。

本村帮着藤丸一起摆放研究室其他人点的午餐。她在摆叉子和勺子时，身旁的藤丸把装有蔬菜汤的保温水壶放在大书桌上。

"刚才你的动作有点奇怪。"

"刚才？"

"我开门的时候。"

原来被看到了啊。这次本村的心差点跳出来，她笨拙地转向藤丸。

藤丸的表情很严肃。他看起来并不是想拿独自慌慌张张的本村开玩笑，而是在为她担心，本村心里一阵难过。

明明我什么都无法回应，不对，这想法本身就是一种傲慢。藤丸很清楚这一点。尽管清楚，但他还是会为我感到担心，并没有期待任何回报。

这和研究植物一样啊，本村想。期望自己能有重大发现，从而得到赞扬、地位或荣誉——任何人都不会怀着这样的期待去做研究。这样的动机不可能让人在实验室里度过那么多年。只是喜欢植物，想多了解植物，所以大家才会投身研究。

"爱情"这个词浮现在本村的脑海里。

本村感到身体里涌起一股力量，她挺直脊背问藤丸："如果你拿到了解开谜团的钥匙，你会怎么做？"

本村的发言似乎出乎藤丸的意料，他眨了几下眼睛，答道："我会试试看。"

这个回答太简单了，本村吃了一惊。看到这样的本村，藤丸也吃了一惊。

"怎么，有什么不对吗？你是在说游戏吧？我最近没怎么玩游戏。我一躺下马上就睡着了，手机可以三天不用充电呢。"

藤丸开始莫名其妙地找起借口来。

"不，我说的不是游戏。"本村说，"我说的是解开某个谜团的钥匙。"

藤丸这次慢慢地眨了眨眼。

"如果你解开了谜团，会阻碍到那个人吗？"

本村考虑了一下，回答说："我想不会。"

"那就试试看吧。"

果不其然得到了很爽快的回答。看到本村有些畏缩的样子，藤丸笑了。

"那我想问问你，在研究植物的时候，如果拿到了解开谜底的钥匙，你会怎么做？不想试着用一下吗？"

"想。但是，这个和那个……"

"是一样的啊。"藤丸明快地回答，"一旦你想要弄清楚，不管谁来阻止，你都会想要试试呀。"

本村仔细盘点了内心的想法，点了点头。有时候，无法控制的好奇心真可怕。在人际交往中，本来就会有很多"不知道更好"的事。

当然，好奇心也有好的一面，科学的世界里假如没有好奇心，一切都不会开始。本村也是受到了"想知道"的好奇心驱使，才会选择做研究。然而，她也经常自问自己的道德和伦理，因为不能盲目进行毁灭地球的研究。研究者可能比任何人都要清楚好奇心的功过。

正好研究室的其他人都回到了房间，本村和藤丸的对话就此告一段落。藤丸从松田手中接过钱，提着银色的箱子离开了。看着吃着蛋包饭的松田和川井，本村也吃起了蔬菜三明治。蓬松的面包里夹着新鲜的生菜、黄瓜和西红柿，西式芥末酱加得恰到好处，很好吃。

即使向松田询问过去的事，也不会导致地球毁灭。本村在心里紧握着诸冈赐予的"钥匙"。

当然，现在最重要的还是自己的研究。

吃完午饭后，研究室的各位有的坐在电脑前，有的喝着咖啡作为午饭后的小憩。这段时间里，松田似乎一般不会单独待在研究室。本村暂且放下想与松田接触的想法，向二楼的栽培室走去。必须进行延迟后的播种了。

本村埋头工作了一段时间，在一个托盘大小的石棉上播下了拟南芥种子，将播好种的托盘用铝箔纸盖住，放在冰箱里冷却三天。这样既可以调整发芽的时间，也可以提高发芽率。实验果然和烹饪有相似的地方呢，本村独自微笑起来。藤丸应该也是这样让炸鸡块的鸡肉腌制入味的吧。

本村回到培养箱前，观察已经发芽的拟南芥，寻找与平时不一样的叶子。

虽然有些植株上的子叶显得有点大，但也可能是自己一厢情愿的错觉。本村像往常一样拍了照片，在长满叶子的羊毛毡上为自己觉得特殊的植株扎了一根牙签作为标记。否则叶子再长大一点，就可能分辨不出哪株是哪株了。

不管怎样，到目前为止，实验还是在一点一点地推进。也许吧，至少培育出来的拟南芥的叶子多少都带有突变的特征，至少本村刻意为之的杂交是成功了。接下来只要顺利地缩小范围，从一千二百株当中找出四重突变体就行了。虽然找起来很困难，但就算没有四重突变体，看着拟南芥成长也很有意思。望着石棉上的绿叶，本村不知不觉哼起了歌，可旋律戛然而止。因为栽培室的门开了，川井和松田走了进来。

"老师，我们今天来说说清楚吧。"川井的语气比任何时候都强硬，"你为什么总是给我推销户外用品？"

"我只是听说这种帐篷又轻又结实……"

"帐篷我也准备好了。"

"是吗？"

松田手里拿着帐篷的商品目录，表情似乎有些失望。

川井和松田似乎终于注意到了在栽培室里的本村。"哎呀，你也在呀。"松田说着，把手里的商品目录垫在接培养箱排水的水桶下面，像是为了掩盖自己积极的商业活动，做出"这只是为了防漏水"才拿来的样子。不知松田最近一系列言行的真正目的是什么，川井的困惑似乎越来越深了。

机会来了，本村想。也许问题会太过深入松田的内心，但如果这次不问出来，松田和川井除了变成对最新的户外用品莫名熟悉的人之外将一无所获。而且松田会比平日更加阴沉，本村也很介意这一点，无法潜心研究。

"老师。"本村转向松田，"老师担心川井，这一点我很清楚。不过，我想川井也已经好好查过应该事先准备些什么。"

"对。"终于有人说出了重点，川井用力点了点头，"我和 B 大学的布兰老师一直有联系，装备都已经准备好了，也请了熟悉森林的当地人做向导。"

"不过既然是去热带丛林，谁知道会发生什么呢？"松田似乎无法消除不安，"我听说那里有大象，可能会被大象踩死呢。"

"即使在城市里散步，也有可能被车撞呀。"松田这番话只能用

"杞人忧天"来形容，川井的语气渐渐变得像是孙辈在安慰杞人忧天的奶奶，"我们会小心行事的，绝不去侵犯大象的领土。"

"我听诸冈老师说了。"本村终于用"钥匙"冲进了谜团的中心，"听说松田老师之前有位朋友在山上出意外去世了。老师的担心是不是和这件事有关？"松田的表情没有变化，然而，眉间的皱纹却更深了，以本村的话为契机，风平浪静的目光中透露出一些深藏在内心深处的东西。

川井什么都不知道，只是惊讶地看着本村和松田。本村紧张地等待松田的反应。

"是的，可能本村说得对。"仿佛已经将自己的内心审视完毕，松田过了一会儿说道，"我是在为川井担心，但也许我的言行反而让你们担心了。"

"对不起。"松田向本村低头道歉，本村和川井连忙摇头。

话题似乎到这里就结束了，但松田的性格比本村预想的更认真，也更干脆。让研究室里的其他人为自己担心，事情不能就这样不了了之。对于本村想要知道的那些发生在过去的事，他主动地静静讲述起来："本村可能已经从诸冈老师那里听说过，我在研究生时代有个好朋友名叫奥野。我们互相配合实验，讨论研究，到彼此的宿舍喝酒……"

按照松田的话，两人有时也会起争论，比如"你论文里的英语总是很奇怪""你的论文才是，看不懂你想写什么"，但他和奥野大体上过着愉快的研究生活。

那是博士二年级的夏天。奥野说要去西表岛旅行，因为要去两个星期，所以拜托松田照看培养箱里的植物。

奥野以前就喜欢爬山，顺便观察植物并拍照。如果发现了有意思的植物就会申请许可去采集。他不仅想尝试登山，还想尝试溯溪，如此来看，西表岛应该是最适合他实践自己兴趣和研究的地方。所以，松田像往常一样回答："知道了，培养箱就交给我吧。"

那次，奥野不知道为什么问松田："在西表岛你有什么想要的吗？"平时他从山上回来，就算松田不问，他也会向松田炫耀那些拍回来的植物照片。不过呢，无论是从距离上来说，还是从他们这些研究生的经济上来说，西表岛确实也不是一个能经常去的地方。所以，松田也轻松地回应了奥野的好意："如果看到什么腐生植物的话就帮我拍张照片吧。"

松田当时正好对不会自主进行光合作用的腐生植物产生了兴趣。奥野回答："好，交给我吧。"

奥野背着大背包出发了。然而，就在他本应回到东京的三天后，在西表岛的悬崖下发现了他的尸体。

"接到这个消息之后的事我记不太清楚了。"松田说，"只觉得震惊，没有悲伤，也没有惊讶，很茫然。"奥野的老家在兵库县，松田和当时研究室的教授一起去参加了葬礼。

在新干线的列车上，松田和教授一句话也没说。松田觉得自己仿佛置身于一场噩梦中，而年近退休的教授则因自己心爱的研究生突然去世而垂头丧气，看起来一下子老了许多。

奥野的父母和姐姐在聆听僧侣诵经时表情很平静，却无法掩饰哭肿的双眼。祭坛上摆着奥野的遗像，照片里的奥野晒得黝黑，笑得很开心。奥野的小外甥还无法理解发生了什么事，天真地指着遗像问："这是舅舅？"

"是啊，安静一点。"奥野的姐姐温柔地阻止。松田像是被什么东西堵住了胸口，慌忙低下头。

即便在上香、双手合十之后，他仍然无法接受奥野的死。"就在我和老师做这些事的时候，奥野是不是已经回到了 T 大学的研究室？他是不是一边疑惑着'咦？都不在吗？'一边把带回来的土特产放在桌子上，然后就马上去看培养箱里的植物了呢？"松田忍不住这么想。

因为正值盛夏，再加上奥野被发现时已经过了很长时间，还进行了司法解剖，所以棺材盖上透明的小窗紧闭着。也许是因为最后也没有看到奥野的脸，松田对于朋友的死亡更缺乏切身感受了。

出殡前短暂的时间里，奥野的父母来向教授和松田打招呼。父母礼貌地说了些感谢的话，"承蒙照顾""特意远道而来"等。老教授用手帕捂住脸，似乎连哀悼的话也说不出来。松田看到奥野父母憔悴的样子，不想用诸如"节哀顺变"等刻板的词汇，与其说是讨厌，不如说内心涌起了愤怒，"奥野的死是谎言"，他的心里乱成一团，仿佛一开口就会大喊大叫出一些莫名其妙的话，因此只是低下了头。

"奥野掉下悬崖之后，好像过了一段时间才停止呼吸。"松田垂下视线说，"当时不像现在这样到处都有手机信号，何况奥野也没有手机。他说他不想到哪儿都被绑着。"

本村似乎也感受到了奥野和奥野身边的人所体会到的痛苦，她动弹不得。在大脑的一个角落里她呆呆地思考着，为什么老师会知道奥野还有呼吸？是司法解剖的结果吗？

或许是察觉到了本村的疑问，松田微微一笑——也可能只是面部肌肉的痉挛。

"奥野的父母说，他的表情非常平静，然后把照片递给了我。"

照片来自奥野尸体旁的相机。松田接过二十多张照片依次往下看。根植于河口的红树、蓝色清澈的海洋、湿地里盛开着的可爱的竹叶兰，还有在屋檐下午睡的猫。"那家伙一定会拿着这个，坚称这就是'西表山猫'吧？"松田想着想着，觉得有些好笑。

可是，看到最后一张照片，松田就呆住了。

"那是在靠近悬崖下的地面近距离拍摄的照片。"松田用平淡的语气继续说道，"奥野的父母说，警察发现照片虽然失焦了，但应该不是因为坠落时的冲击而偶然拍下的，应该原本就是为了要拍什么。"

松田很清楚照片里拍的是什么。

奥野最后拍下的是松田委托的腐生植物。

"我全都明白了。奥野之所以会从悬崖上摔下来，也许是因为在悬崖下发现了腐生植物，或者是以为悬崖下会有腐生植物，所以才探出身体。都是因为我说了帮忙拍腐生植物……"

"老师，那是……"

川井想插嘴，松田却像没听见似的继续说下去。

"我从来没有像那时候一样，所有的感情和想法都涌上心头。我很害怕。我想马上把这个真相告诉奥野的父母，乞求他们的原谅，但假如我说出来了，奥野的父母想必也会为难。我犹豫不决，不知道是不是还要让他们承受这样的痛苦，也许他们会说出'不是你的错'这种言不由衷的话，结果我什么也没说出来。但是仔细想想，这都是因为我的胆怯。我害怕被奥野的父母哭着斥责。我无法接受奥野是因我而死的。"

但是，不知出于怎样的心理活动，松田无论如何都想得到最后那张焦距没有对准的照片，因此他请求奥野的父母把照片让给自己。反正可以再洗——对事情一无所知的父母爽快地把照片给了他。

就这样，松田带着沉默和教授一起回到了东京。回去的列车上，松田好几次从衬衫胸前的口袋里取出照片来看。教授一定也留意到了奥野最后拍的是什么，以及为什么想拍那个，但他什么也没说。

每当松田在新干线的座席上看照片时，坐在旁边的教授就会轻轻地抓住松田的胳膊，似乎是为了鼓励和安慰他，也似乎是为了把剩下的这个学生留在这个世界上。

"奥野为什么要拍这张照片呢？我满脑子都是这个疑问。"松田说，"他从无人的悬崖上掉下来，几乎没有救援的可能性。受了重伤、面临死亡的奥野，他所经历的疼痛、痛苦和恐惧，跟我沉默着从奥野的父母面前逃开时所感受到的害怕根本无法相比。尽管如此，奥野还是用最后的力气拍下了这棵腐生植物。我想，这也许是一个指控。也就是所谓的'死亡信息'——他的死是因为我所委托的'腐生植物'……"

"不对！"本村不由得叫了起来，"我觉得不是。"

"嗯。"松田笑了。从他的表情里可以看出他已经无数次地思考过这个问题。对于这个永远无法回答的问题，他已经半是厌倦，半是放弃。

"'奥野不是那样的人'，我立刻把脑海中浮现的想法抛诸脑后。即使是从悬崖上摔下来，被死亡的恐惧和孤独压垮的时候，他也根本不会去怪罪别人，更不会去指控别人。事实上，他一直都是个理性的、心地善良的人。我拼命这样想，奥野为了实现和我的约定，才会在生命的最后为我拍下这张腐生植物的照片。这张照片是我们友情的证明。"可是，无论怎么想要挥去，那个想法还是在松田的脑海里萦绕 —— 这张照片究竟会不会是奥野的告发和指责？松田睡得越来越浅，就算睡着了也总是做噩梦。

"如果奥野能在梦里出现就好了，可是哪有那么好的事？我做的尽是些莫名其妙的梦，只留下讨厌的感觉。我甚至开始莫名怨恨，觉得奥野如果能责备我，或许我会轻松一些。"

奥野死后的一个月，松田完全失眠了。起初包括教授在内的研究室成员并没有发现松田出了什么问题，他本来就是低血压，脸色也不好，但是他的黑眼圈越来越重，体重也越来越轻，看到松田越来越接近幽灵的样子，周围的人也开始担心起来。

"我想你应该知道这不是你的错。"

老教授这样说道。同期的研究生们也热情地建议他休息一下，提出帮他做实验和研究。

"但是我仍然会去 B 号馆。不，可以说我已经完全把自己关在这里，几乎不回宿舍了。大脑明明知道奥野没有责怪我，但情谊上过不去，不做点什么就无法平静下来。就算身体休息了，大脑也还是会做噩梦。"

事实上松田要做的事还有很多。因为奥野留下了几篇论文的草稿，所以研究室的成员们决心协力将它们完成。为了取得论文所需的准确数据，就要继续进行奥野没有完成的实验，松田成了实验的中心。

同时，他自己的研究也在继续，因此松田不分昼夜地投入工作，观察显微镜，在实验室里调配化学试剂。当然，奥野种在培养箱里的植物他也一直在认真照料。奥野遵守了和松田的约定，所以松田也一心一意地保护着奥野托付给他的植物，好好地进行实验，完成他遗留下来的草稿。

可是，一个个无法入眠的日子这样过去，总有一天身体会无法支撑。那是一个秋天的深夜，松田还在理学院 B 号馆地下的显微镜室检查从奥野的培养箱里采集到的植物细胞。时间已经临近午夜时分，整个地下空间空无一人。透过显微镜，能看见散发着微光的叶绿体的颗粒。睡意完全没有到访，也许是因为低烧，身体有些倦怠。松田从显微镜上抬起头来，在椅子上大大地伸了个懒腰。

"就在那时。"松田说，"我放下胳膊，想再次看向显微镜的时候，不知是谁的手搭在了我的左肩。"

话题忽然向怪谈的方向发展。本村和川井都不由得吞了口唾沫，认真聆听松田的话。

"我没听到脚步声和开关门的声音，不知道是不是有人走进了显微镜室。我转过身，看见左肩上有一只手。"

"是奥野先生吧？"

川井用沙哑的声音问道。

"是的，是奥野。我不可能看错，那是奥野的手。"松田像是怀念似的眯起了眼睛，"我因为吃惊而停下了动作，奥野啪啪啪地拍了三下我的肩膀。于是我回过神来，猛地向身后张望，当然，我身后没有人。后来我才发现，那天晚上，午夜过后的日子正是奥野的头七。"

本村几乎要流泪了。奥野为了减轻松田老师痛苦的心情，变成幽灵来到他面前。

然而，松田却说："你们现在是不是在想一些违背科学的问题？当然，我不否认有人曾看到鬼魂，我也认为这种经历是很有可能发生的，事实上我也看到了奥野的手，还清楚地记得那只手拍打在我肩膀上的感觉。但是我必须要说，我刚才所说的一切都只是基于我的主观体验，没有任何科学因素可以证明幽灵的存在。"

太可惜了，明明正在为松田和奥野深厚的友谊而感动着。"啊。"本村和川井呆呆地答道。

"我的大脑确实认识到那是奥野的手，也感觉到了手的重量，但我的理性认为，那大概是梦，或者是因睡眠极度不足而出现的幻觉。"松田继续说道，"但是很不可思议的是，那件事发生之后我就能再次入睡了。也许大脑编织的故事可以拯救人的灵魂吧。从这个意义上说，我还是觉得自己被奥野给救了。是我记忆中的奥野用他生前的言行和品格拯救了我。"

本村和川井点了点头——老师和奥野先生之间的友情果然坚不可摧。

能够入睡的松田从失去挚友的悲伤中慢慢恢复过来，手头的研究也不断有了进展。一年后的夏天，松田自己的博士论文和奥野留下的几篇论文草稿都已经定下了向专业杂志投稿的时间。

"我和研究室的成员一起制作了纪念奥野的小册子，总结了奥野生前发表的论文和拍摄的照片等。奥野在本科时的朋友们也帮了我们，通过那本小册子，能够了解奥野度过了什么样的学生生活和研究生生活。"

虽然比一周年忌日晚了一些，但松田还是拿着做好的小册子拜访了奥野的父母。他把小册子交给对方，还报告了根据奥野的草稿所撰写的论文即将刊登在杂志上的消息。

奥野的父母非常高兴，热情款待了松田。松田把小册子供奉在佛坛上，上香后双手合十。那本小册子上还刊登了奥野最后所拍的照片。松田向奥野的父母说明了，照片里拍的是腐生植物，是自己拜托奥野拍照的。本来他想当场跪下向奥野和奥野的父母道歉，他知道，之所以想这样做只是希望让自己的心里舒服一点，但这样也许会令奥野的父母更加痛苦，也会让死去的奥野觉得为难吧。所以，他紧紧握住快要按在榻榻米上的手，忍住了。

"没有早点告诉两位，真对不起。"

"太好了。"奥野的母亲静静地听完松田的话，喃喃自语道，"这么说，那孩子最后还是遵守了和松田先生的约定。"松田默默地低下头，肩膀无论如何都无法停止颤抖，奥野的父亲轻轻地抓住了松田的肩膀。"谢谢你，松田先生。"奥野的父亲说道。松田想起了在显微镜室里拍打自己肩膀的奥野的手。果然是父子啊。

佛坛上供奉着很多花和水果，遗像里的奥野笑得很开心。

在回家的新干线上，松田打了个盹儿，做了一个梦。这是他第一次梦见奥野，也是最后一次。除了失眠的那段时间，松田本来就不怎么做梦。

在梦中，奥野既没有责备松田也没有原谅松田，梦境是两人在实验室里交谈的日常场景。梦里，奥野和松田都笑了。

松田一醒来就忘了自己在梦里说过的话。只是打了个盹儿，时间似乎很短。从车窗外的景色可以看出列车正在关原附近行驶。松田眺望着暮色将至的天空。

他从衬衫胸前的口袋里取出带来的照片，那是奥野拍摄的那棵虚焦的腐生植物。

他永远也忘不了奥野的死，也忘不了奥野是因自己而死的。尽管如此，松田仍然要活下去，继续研究。他别无选择，也很想这么做。

松田决定相信，这张照片是奥野友情的证明。奥野一定会说："你以为还有什么别的意思？笨蛋。"松田原谅了选择这种想法的自己。

照片至今还在研究室的抽屉里，这对于不擅长整理的松田来说简直像是奇迹。当研究陷入僵局，想要找到解决办法的时候，或者是整理好堆积如山的文件，想要放松一下的时候，松田便会拿出照片看看。

在反复查看的过程中，松田在大脑里修正了照片的焦点，基本确信了一点，照片中所拍摄的是一种名为透明水玉簪的腐生植物。那是一种只有三厘米长的小小的植物，看起来有些纤细，颜色雪白，像是展开翅膀的可爱精灵。精灵的头部是清澈的柠檬黄。

松田想，奥野在生命的最后一刻，看到了十分美丽的东西。"你是想把这件事也告诉我吧？"

栽培室沉默了好一会儿。本村站着听完了松田这番长长的话，可她看了一眼手表，发现还不到三十分钟。

"事情就是这样。"松田结束了回忆，"我一想到川井要去加里曼丹岛，就有点神经质了。"

"对不起。"松田再次道歉，本村和川井也慌忙摇头。

"谢谢您的关心。"川井的语气十分真诚，"当然，无论在哪里、做什么都不能保证绝对的安全，但我会非常小心，而且保证不会勉强自己。"

"请一定要小心。"松田点点头后又说了声"我先走了",便打算离开。

"老师,"川井叫住松田,"虽然是开玩笑,可那套西装真的不是丧服吗?"

松田停了一会儿,答道:"不是。我以前也说过,挑衣服太麻烦了。"他的声音里带着笑意,迅速离开了栽培室。

本村和川井在栽培室里一动不动,过了一会儿面面相觑。

"我……"本村艰难地开口,"我真是没礼貌,竟然逼着老师说了这些……"

"不要紧。"川井鼓励本村,"如果老师不愿意说,一定就不会说了。在我们开口询问之前,老师的心在很早很早以前就已经接受了奥野先生的死,所以他才会告诉我们这些。"

痛苦虽然没有消失,但经过漫长的时间,松田已经与奥野和奥野的死无法分割,将它们收藏在了内心的深处。

本村点点头。

"可是,你竟然问起西装的事,还真有勇气啊。"

"最后还是没有得到正面回答嘛。"川井苦笑,"对幽灵的看法也很有松田老师的风格。"

"真的,感觉就像是信奉科学到走火入魔一样。"

本村和川井把松田刚才说过的话小心翼翼地藏进心里,开始在栽培室里各自工作起来。

松田没有说出来,而本村和川井也不会知道的是,魔鬼般的松田老师,眼睛里也会蓄满泪水。在地下的显微镜室里回头寻找朋友的身影时，松田对着除了自己以外空无一人的空间小声呼唤着"奥野"。没有回应。直到这时，松田才意识到自己再也见不到奥野了，他放声大哭起来。这是自奥野死后，松田第一次流下眼泪。此后，除了小脚趾撞到五斗柜时条件反射流出的眼泪之外，他再也没有哭过。

只有理学院的 B 号馆曾经静静聆听过他竭力想压住的哭声。

第四章

进入二月后的一天上午，本村像往常一样，朝 T 大理学院 B 号馆走去。

她回复了几封电子邮件，快速浏览了一下感兴趣的论文，时间一下就过去了。关于夏天的联合研讨会，有很多事情要和各个研究生院的研究室协调，同时还要时刻留意杂志上发表的最新研究成果，因此本村十分忙碌。

看着拟南芥一天天地成长起来，要是能只做一些动手的工作就好了，比如在显微镜下观察透明的叶子，或一边猜测将来会产生什么样的突变株一边进行杂交。当然，这是不可能的。只不过，在做研究的时候，眼睛和大脑确实会感到疲劳，所以和其他人通一通电子邮件，或读一读论文，既能接触外面的世界从而获得一点乐趣，也能让人放松一下。

就这样，本村完成了上午预定的工作，带着满足感，她满腔热情地来到了栽培室。今天的午餐是圆服亭的外卖。本村委托待在研究室的加藤给自己订了蛋包饭，再过一个小时，就能吃到丰盛的午餐了。在那之前，先观察一下拟南芥吧，本村不仅脚步轻快，心情也轻快起来。她推开了栽培室的门，紧接着便不由得发出了惊叫："怎么会……"栽培室的地板都湿透了，而漏水的地方自然是教授松田贤三郎的培养箱。他好像又忘记把排水管放到桶里了。

本村沮丧了一瞬间，很快又振作起来，拿起栽培室里的抹布开始擦地板。因为漏水的范围实在太大，光用抹布擦不完，所以她顺手拿了随意扔在长桌上的旧毛巾，看起来像是加藤在温室里工作时经常缠在脖子上的。不过算了，松田现在应该没有使用对人体有害的药品进行栽培，培养箱里漏出来的应该只是充满养分的水。

本村觉得，松田所说的过去的那些事，无法用悲伤或痛苦这样的词语来表达。就算有人再怎么说"这不是你的错"，松田也会一辈子承受着痛苦吧。

松田之所以过着只有研究的生活，最大的原因当然是因为喜欢植物，但本村猜测，对志同道合的朋友的思念，也可能以某种形式产生了影响。然而，实际情况如何，本村不能去问松田。这不是一个能轻松问出口的话题，松田和本村的关系毕竟是老师和研究生。她一边感谢松田的热心指导，一边与松田保持着和往常一样的距离，度过研究室里的每一天。

川井似乎也有同样的心情，他不再问起松田的过去，态度也和以前一样。当事人松田也没有再透露过自己的经历，和往常一样与包括本村在内的研究室的众人相处。

一周前，本村在研究室每周一次的研讨会上发表了自己的研究成果。她老老实实地汇报了自己正处在按顺序进行播种，并查找四重突变体的阶段。松田详细询问道："打算用什么方法查出四重突变体？"之后他冷静地给出了最好提高一点速度的建议，当然，准确性比什么都重要。所有的交流都是用英语进行的，本村拼命搜寻大脑中的单词本，出了好多汗。

当然，在研究中，松田老师似乎不会"手下留情"。本村感到一阵沮丧和信任混杂在一起的心情。自己"踩"得太深，让松田说出了难以启齿的话，为此本村也感到内疚。可松田不愧是松田，他似乎做出了合理的判断，认为自己只是"说了必须说的话"，并没有因此而产生任何芥蒂，因此一如既往地对本村进行不事张扬却也毫不手软的指导。虽然让人安心，但自己研究中那些不尽如人意的地方也被毫不留情地指了出来，本村不禁感到胃疼。

正如松田所指出的那样，必须提高速度。今年四月，本村就将升入博士二年级，要想在三年内取得博士学位，研究一定要有所进展，最迟也要在博士三年级的七月把论文投稿给杂志。

就算能完成论文草稿，还要经过英文检查和推敲。等到最终给杂志投稿后，接下来还会有专业的研究人员针对论文的内容进行"同行评审"。即使进入了同行评审，也还是不能放松警惕，总会有人指出"这里很模糊"之类的问题。要修改好这些地方，得到杂志刊登的许可，需要四五个月的时间。

在 T 大的研究生院，博士论文的审查条件是能够在国际通行的杂志上刊登论文。如果能得到杂志的批准，就可以着手开始撰写博士论文。

博士论文的长度要达到刊登在杂志上的两篇论文的长度，所以还要取得杂志上论文中没有的实验数据，进一步充实论文的内容。

博士论文的审查分两个阶段进行，博士课程第三年的十一月是口头发表研究内容的"预备审查"，第二年的二月中旬则是以实际论文为基础进行的"正式审查"。如果通过了审查，就能在三月被授予博士学位。

也就是说，从博士三年级的七月开始就要因为杂志论文和博士论文而陷入手忙脚乱的状态。在那之前要进行实验，必须做好准备才能明确说出类似"研究结果表明，目前新发现的是这些内容，今后我将以这样的方式继续展开研究"的话。

距离明年七月只剩下一年零五个月了，本村也很着急，可她不能催促拟南芥"快点长大"。要想制造出四重突变体，第一需要的是毅力，第二也是毅力，没有第三、第四，第五还是毅力。必须耐心等待拟南芥生长，不停地进行仔细观察和实验。

好不容易擦完栽培室的地板，本村兴奋地看向自己的培养箱。

每天她在凝视培养箱时都会想，是不是长出了超大的叶子？如此往复，她也会对自己说："不要期待今天能出结果。"然而，对这一刻她还是感到很兴奋。即使没有出现四重突变体，对于喜欢拟南芥的本村来说，只要一想到能看到拟南芥叶子繁茂的可爱模样，就会心跳加速。就像爱猫的人，无论回到家时多么疲惫，只要看到自己养的猫就会立刻恢复精神，不知不觉地拿起逗猫的玩具，玩得比猫还要起劲。

那么，今天的拟南芥是什么样的呢？本村半蹲在培养箱前，透过玻璃门望着摆满了石棉的托盘。现在培养箱里共有三个托盘。因为播种的时间略有不同，每个托盘上拟南芥的成长阶段也不一样。

为了节省空间，本村会在一块石棉上播下四粒种子。一个托盘上能放四十块石棉，目前已播下了四百八十粒种子。从概率上来看，一千二百粒中应该有四到五粒四重突变体。那么这三个托盘中，出现一个四重突变体也不奇怪。

在培养箱里，拟南芥成长得非常顺利，其中一些正在增加叶片的数量。等到再挤一点，为了让它们长得更好，必须一株一株地换到新的石棉上去。本村在心里谋划着。

其中一个托盘上是五天前刚播种过的拟南芥，终于长出了一个小小的子叶。"真可爱。"本村看着小指尖大小的子叶，眯起了眼睛。下一秒，她吃了一惊。

那是托盘正中间的一块石棉。其中一株感觉与之前所有见过的子叶都不太一样。本村为了看得更清楚把脸凑了上去，结果额头重重撞在了培养箱的门上。

"好痛……"

她扶正被撞歪的眼镜，一边哀叹额头竟然会比鼻子先撞上，一边急忙打开培养箱。她小心翼翼地拿出托盘，放在长桌上，弯下腰，近距离地看着刚才觉得不对劲的子叶。

果然，果然啊，这"孩子"和其他株长得不一样。子叶还在崭露头角的阶段，但是与其他株相比，叶子的尺寸更大，而且胚轴（子叶下面的茎）上好像还长了密密麻麻的茸毛。它的体型更大，胚轴毛茸茸的。这不就是我一直想要的四重突变体吗？杂交成功了，我终于得到了一个四重突变体！

本村感到心跳加速，像是刚刚狂奔过一样，呼吸也加快了。不，等一下。也许是错觉，也许是愿望造成的幻觉。无论如何必须冷静下来。

冷静，冷静……她像诵经一样在脑海中念诵。

她把剩下的两个托盘也从培养箱里拿出来，继续日常工作。浇水，用数码相机拍照，以此记录拟南芥的生长情况。在这些工作的间隙，她忍不住一直凝视那株子叶更大、胚轴毛茸茸的拟南芥。拍照片时，她也留心用同样的距离以同样的放大比例去进行日常的拍摄，但是等意识到的时候，她却在盯着子叶更大、胚轴毛茸茸的拟南芥猛拍。不光从各个角度拍，放大的倍数也很高。

就像粉丝无意间走进咖啡厅遇到了偶像，总会不由自主地盯着看，或者假装上厕所来确认侧脸和背影。不，粉丝会比本村更有礼貌、更谨慎。幸亏对方不是人，而是拟南芥，本村呼吸急促，用舔舐的气势观察着这株子叶，她甚至都怀疑，子叶会不会因为无法承受自己视线的压力而枯萎。

但是没办法，子叶刚刚长出来，肉眼的观察是有限度的。本村深吸了一口气，操作起数码相机。她把拍摄到的子叶图像放大。

支撑子叶的细长茎上密密麻麻地长着毛。而且，和以相同放大倍率显示的其他子叶相比，叶子的尺寸明显更大。这是本村从未见过的子叶。

太好了，太好了，太好了！

本村手里拿着数码相机，高举双臂。

四重突变体出现了！当然，必须仔细检查过才能确定，但是依我的直觉，以及我每天观察拟南芥的经验，这就是一株四重突变体！本村放下双臂，把三个托盘放回培养箱，拿着数码相机冲出了栽培室。虽然真的很想抱着那个托盘在 T 大校园里奔跑，但毕竟是要在"深闺"中精心培育的拟南芥，不能随便从栽培室里拿出来。本村想把数码相机的照片拿给实验室的其他人看。

她跑上理学院 B 号馆的楼梯，向三楼的松田研究室跑去。因为太心急，竟忘了这里的门有多难开，本村的额头又撞到了门上。"好痛……"她嘀咕了一句，把门稍抬起来一些，打开了。

在本村进来之前，加藤和藤丸正在大桌子上摆放圆服亭的外卖。这两人根本不知道本村是一路狂奔而来的，还在一边摆放一边悠闲地对话。

"仙人掌的刺根处必定有芽。"

"真的吗？仙人掌太厉害了。"

"不光是仙人掌。银杏树粗大的树干上也有很多被埋没的嫩芽。因为构成植物的单位是叶、芽、茎，这些不断长大，植物才会变大。无论哪种植物，有多少叶子就有多少芽。"

"哦。这么一想，植物也有点恶心，就像全身都是眼睛的妖怪。"

"也不是，嗯……不是在说眼球的'眼睛'，而是草字头的'芽'[1]。"

就在加藤和藤丸的对话进行到这一步的时候，研究室的门突然被什么东西撞到，发出一声巨响，紧接着门被猛地打开了。本村的眼镜挂在脸上，气喘吁吁地站在门口。

在加藤和藤丸的注视下，本村有些畏缩，大概是为撞红了的额头而感到羞愧，但她还是冲到两人面前，把数码相机递给他们。

"你们看！"

1　"眼睛"和"芽"两词在日语中同音。

加藤和藤丸老老实实地看着数码相机的画面。

"是拟南芥的子叶吧？"

"哇，好可爱。"

他们一致表达了自己的感受。

"不是。"本村急切地强调，"我觉得终于长出了四重突变体！"

加藤的专长是仙人掌，藤丸对植物一窍不通，因此两人都不知道子叶的细微差别。

"是吗？"看到本村兴奋的样子，两人也只能笑着说，"太好了。"

看着这平平淡淡的反应，本村有点想放弃解释了。

这时，岩间来了。本村马上拿出数码相机给她看，同时大喊："四重突变体！"

正准备好好闻闻饭菜香味的岩间似乎被本村吓着了，她一边恢复平静一边看向画面。

"嗯？"岩间低吟，"这是刚长出来的子叶，不是很清楚……"

"你仔细看看。胚轴上长满了毛，尺寸也比其他子叶大。这绝对是四重突变体。"

"好的好的，你先冷静。"岩间再次仔细端详着图像，"是啊。听你这么一说，感觉好像是不太一样。"

"我只看出来是叶子，不过你做到了吧，本村？"藤丸不负责任地开始祝贺。

"要是仙人掌的话，什么样的我都能认出来。"加藤很没面子地说。

大家围着数码相机叽叽喳喳地说着话，松田和川井也回到了研究室。

"原来如此，"松田看了看数码相机的图像，点点头，"看起来确实像一个突变株，但不能妄下结论。可能不是一个设计出来的四重突变体，而是一个无关紧要的突变碰巧混进去了。也可能是巧合，是四重突变体中的一株碰巧叶片变大了而已，这些可能性都要考虑。"

本村虽然感到自己的喜悦被泼了冷水，但松田说得没错。如果是前者，会将并不是四重突变体的植株误认为四重突变体；而如果是后者，有可能会错过其他四重突变体。也就是说，不管怎样，不能仅凭外观就判断是不是四重突变体。

本村稍微冷静了一些。

"是的。"她回答道。这时她终于注意到自己的眼镜掉了下来，赶紧用手把它推回原位。

"杂交是不是顺利，这是不是真的四重突变体，我会好好安排一下，用 PCR（聚合酶链式反应）去验证。"

"是的。可以查一下过去的论文，正好趁现在再去确认一下实验方法有没有错误或遗漏。"

本村认真地听取了松田的建议，从牛仔裤口袋里拿出记事本写上：查论文。

"来吧，先吃午饭。"川井微笑着对本村和松田说道，然后说："藤丸，我来倒汤吧。"

本村并没有从研究室里的其他人那里得到对"四重突变体"的认可。目前这个阶段的判断依据只有子叶的外观和本村的直觉，这也是没有办法的事。而藤丸的祝贺更是毫无根据，所以在本村听来根本不算是认可。

藤丸还说："叶子很大，胚轴很多毛……哦，是'巨乳[1]'啊！"

本村当然没有理睬这个要用在子叶上的外号。

在这种情况下，本村的直觉丝毫没有动摇。当然，接下来要排除执念，通过实验证明这是杂交成功后形成的四重突变体，对此她很有自信。

杂交、收获和播种并非徒劳。持续观察拟南芥的日子也没有白费。

本村高兴极了，表情都松弛下来。为了确认实验方法，她翻开论文杂志，可是眼睛看到的内容无论如何也进不了大脑。结果那天几乎什么进展都没有。

回家之前本村又看了一眼栽培室里的培养箱，仍然觉得那个子叶毫无疑问就是一个四重突变体。不管是在回家的路上，还是一个人在公寓里的时候，她总是在笑。

我的天啊，这简直顺利得让人害怕。虽然一直没有把握，可是难不成我的手真的那么巧？能够正确杂交？难道说，我真的充满了作为一个研究者的才能？

想到这里，为了抑制笑容，本村咬住了脸颊内侧的黏膜。虽然她打算控制好自己，但所做的努力几乎没有效果，睡着后，本村仍然不时在梦中露出笑容。在她身旁，失去所有叶子变成一根棍子的圣诞花在榻榻米上投下了凄凉的阴影。

第二天早晨，本村终于绷紧了脸上的肌肉，振作精神，向 T 大学走去。到达理学院 B 号馆后，她直接来到二楼的栽培室，观察培

---

1 两种特征各取一个音节后与"巨乳"同音。

养箱里的拟南芥。

这不是梦。在成列的托盘中，有一株胚轴毛茸茸、叶片尺寸较大的拟南芥。当然，和前一天相比还没有明显增长，但本村还是很高兴。她拍好了做记录要用的照片，因为这些照片最好能在同一时间拍照，所以她一般都在中午来到栽培室。

三楼的研究室里还没有人。本村烧开水泡咖啡，为了确认今后的实验方法，她开始重读过去的论文。

本村目前正试图研究叶片的控制系统。拟南芥的每片叶子上细胞的大小和数量都会维持在一定的水平，这是因为各种基因通过精妙的动作，调整了叶子的大小和细胞数量。

但是，有些植物可以长出特大号的叶子，也可以无限制地增加叶子的细胞数量，是不是因为这些植物的叶片控制系统发生了很大的变化呢？本村为了验证这个推理，决定用拟南芥进行实验。也就是选择与叶片控制系统有关的基因"A""B""C""D"，将各自的突变株"a""b""c""d"进行杂交，来制造四重突变体"abcd"。

假如四重突变体长出了比一般拟南芥更大的叶子，或者叶片上的细胞数量比一般拟南芥更多的话，那么就会成为解开谜题的线索——破坏哪个基因将会怎样影响叶片控制系统，破坏之后将会长出什么样的叶子。

现在，貌似四重突变体的拟南芥子叶正在培养箱里生长。可这只是"看起来和其他拟南芥不一样的拟南芥"，只有通过实验，才能确定它是不是真的四重突变体。

那么要如何从一千二百株杂交拟南芥中精确地缩小范围，找到四重突变体呢？本村一边反复阅读过去的论文，一边整理自己的想法。

在这期间，研究室的人陆陆续续地来到了房间里，本村因过于专注论文，即便听到了"早上好"，也只能心不在焉地回答一句"早"。

　　如果正确写下四重突变体"abcd"的基因型，应该是"aabbccdd"。本村想要的是由遗传基因"A""B""C""D"的"aa""bb""cc""dd"这些成对的相同等位基因所形成的四重突变体"abcd"。假如基因"A"突变成"Aa"这样的异型，或者虽然成对但变成了"AA"导致无法产生突变，这些都必须排除在外。

　　本村杂交的突变株"a""b""c"都各有特点。这些植株都是她特意选择的，当需要缩小四重突变体的范围时，这些特征将成为标志，便于识别。

　　首先，突变株"a"被称为"stop/go型"，叶子本身就比正常的拟南芥要大，真叶长得也比一般拟南芥要慢。如果有的植株在子叶长出来以后，真叶迟迟没长出来，那么就可以认为这一株具有"aa"基因型。

　　根据孟德尔的分离定律，基因型"AA""Aa""aa"将以 1:2:1 的比例出现。也就是说，在一千二百株四重突变体的候选当中，有四分之一的候选株携带着"aa"基因型。

　　本村仔仔细细地在真叶出现得较晚的拟南芥旁插上牙签，让这些"要留意"的植株能够一目了然。

　　要找到突变株"b" —— 也就是基因型是"bb"的植株 —— 需要经过一段时间才行。

　　有一种除草剂名叫草胺磷，如果把能够抵抗这种除草剂的 DNA 人工插入拟南芥的基因里，就能制造出撒上除草剂也不会枯萎的拟南芥。

而突变体"b"，是将"耐除草剂"的基因插入了B，从而破坏基因B。因此拥有突变型"b"的植株，无论基因型是"Bb"还是"bb"，都拥有能抵抗草胺磷除草剂的特征。

本村把杂交的一千二百粒种子依次播种在石棉上的时候，没有忘记在托盘的水中加入除草剂。

结果会怎样呢？遗传型为"Bb"和"bb"的植株对除草剂具有耐受性，即使吸干了混有草胺磷的水也不会枯萎。但是遗传型为"BB"的植株则无法对抗除草剂，会变得枯萎。

同样，根据孟德尔的分离定律，基因型"BB"出现的概率是四分之一。也就是说，草胺磷会使一千二百株中的四分之一枯萎。剩下的四分之三就是四重突变体的候选。

实际上，观察现在培养箱内的拟南芥，会发现大概四分之一在子叶出现时就已经枯萎成了白色。但是在没有枯萎的四分之三中，既有基因型是"Bb"的，也有基因型是"bb"的，为了区分出具有"bb"遗传型的突变株"b"，最终必须通过PCR实验来判断。

把这些安排在大脑里整理好之后，本村想休息一下，喝杯咖啡。她呼呼地吹着气，轻摇马克杯，可咖啡早就凉了。本村小心地四处张望，想看看是否有其他人看到了自己愚蠢的举动，不过实验室里的每个人都一脸严肃地对着电脑。本村清了清嗓子，继续看起了论文杂志。

突变株"c"，也就是遗传型为"cc"的植株，叶柄处呈淡红色。根据孟德尔的分离定律，这个特征也会在四分之一的植株中显现出来。本村在叶柄呈淡红色的植株旁边也扎上了"要检查"的牙签。

到了这一步，范围就大大缩小了。

具有"dd"基因型的植株无法从草胺磷的耐药性和外观来判断，但这已经不是问题了。

通过对草胺磷的耐药性可以估算出一千二百株拟南芥中将有四分之三，也就是九百株会存活下来。在这九百株当中，可以从外观上选出具有"真叶出现缓慢"和"叶柄处微微发红"特征的植株，这些拟南芥的基因型就是"aacc"。

分辨出"aacc"之后，"B"的遗传型可能有"Bb""bB""bb"三种，"D"的遗传型可能有"DD""Dd""dD""dd"四种。根据"分离定律"，"bb"存在的可能性是三分之一，"dd"存在的可能性是四分之一。

这么一来……同时具有遗传型"aa"和"cc"特征的植株当中，将有十二分之一是"aabbccdd"的四重突变体！本村很兴奋。

也就是说，从吸收了草胺磷除草剂之后仍然活下来的拟南芥当中，选出二十四株真叶出现缓慢且叶柄处呈淡红色的拟南芥，从概率上来看，这当中有十二分之一，也就是两株，将是四重突变体。只要对二十四株拟南芥进行 PCR 实验，就能正确判断出哪一株是四重突变体了。如果判断的结果与"子叶尺寸较大、胚轴茸毛较多"的植株一致，自己的假设就能得到证实了！

本村喜笑颜开地从论文杂志上抬起头 —— 嘿嘿，我所设想的实验方法和程序都没问题。

我选择了具有草胺磷耐药性的突变株"b"进行杂交，在这样的深思熟虑之下，石棉上有四分之一的子叶枯萎了，而真叶出现缓慢的植株和叶柄微微泛红的植株也都已经出现了。这些都是杂交成功的证据，并且还可以说，通过除草剂耐药性和外观上的特征，已经成功地在某种程度上锁定了四重突变体的范围。

不仅如此，甚至还出现了子叶更大、胚轴有茸毛、看起来像四重突变体的植株。真是天助我也！

本村忍不住又笑了起来。幸运的是，实验室的成员因为各自的工作都出门去了，所以没有人看到本村喜笑颜开的样子。接下来，只要可以继续剩下的播种并养出拟南芥，从二十四株候补的植株上采集叶子就可以了。对那些叶子进行 PCR 测试，就能确定哪些是四重突变体了。

进行 PCR 测试的机器上装载着十二支连成一串的小型试管，形状像缩小的离心管。实验时要在每一支试管里放入将叶子煮过和过滤后得到的物质。

难得有十二个试管，本村想，干脆查三十六株吧。最应该查的当然是真叶出现较晚且叶柄处呈淡红色的植株，以及本村认为是四重突变体的"子叶偏大，胚轴毛茸茸"的植株。从概率上来说，三十六株中这样的拟南芥中大约有三株，一定是四重突变体。

可是，不能让自己的想法先入为主。实验的公正性和准确性比什么都重要。不能因为自己心里的厚望，而被子叶偏大、胚轴毛茸茸的植株蒙蔽了视野，要有逻辑和思考。本村在心里告诫自己："如果查过三十六株真叶出现较晚且叶柄处呈淡红色的植株，通过 PCR 判断为四重突变体的同时也都是子叶偏大、胚轴毛茸茸的植株，那么就代表实验成功了，而我的假设也是正确的。"

按照这个顺序实验，可以很好地证明四重突变体是通过杂交得到的。

排演过整个过程，确信进展顺利的本村不禁自言自语："太好了！"

终于整理清楚接下来应该做哪些实验后，本村觉得视野也开阔了很多。像是在清凉的空气中，站在山顶的瞭望台上眺望美丽的风景一样，似乎能看到远处金光闪闪的大海。

本村兴高采烈地离开座位，洗过喝完咖啡的马克杯，走出研究室。她一边哼着歌，一边走向栽培室，去进行每天都要做的工作——拍摄拟南芥。托盘里的石棉上到处都扎着作为标记的牙签。这些都是叶柄发红或真叶出现较晚的植株。当然还有四重突变体最有力的候补——子叶较大、胚轴有茸毛的植株，所有的拟南芥都和早上看过时一样健康地生长着。

这不是等于我的博士论文已经写好了吗？如果去学术会议上发表这些成果，其他人应该也会颇为惊讶吧？

嘿嘿，本村很少会发出《恶代官漫游记》游戏里的笑声。说得好听一点是谦虚，说得不好听一点就是缺乏自信。她用肉眼仔细观察每一株拟南芥，然后又哼着歌回到了研究室。

野百合也有春天啊！本村无论身体和心灵都感到轻松愉快，感觉肺里吸入的氧气也比平时要多。她耳聪目明，光是看着天花板一角的蜘蛛网在阳光下闪闪发光就激动不已，生活中仿佛已经没有任何值得担心的事。

本村一边在研究室里查看邮件，一边大口做着深呼吸。如果不这样做，恐怕会无法抑制地哼歌或是忍不住露出满面的笑容。本村心不在焉地想，以前的当权者大概也体验过这种心情吧。

本村因为擅长数理科目，高中时虽然选修了日本史，但上课时总是在和睡魔搏斗。假如现在硬要把从日本史上学到的模模糊糊的知识搬出来对比的话，也许丰臣秀吉在京都的寺庙还是哪里赏花的时候，或是藤原道长[1]在吟诵和歌"我是满月"的时候，一定也都曾无法抑制兴奋的呼吸和满面的笑容吧。对他们来说是权力的巅峰，对本村来说是实验的成功，他们高兴的程度丝毫没有差别。

本村快速回复完邮件，开始为下一次实验做准备。除了要依次播种剩下的种子之外，还要为下一个阶段的 PCR 测试做准备了。

等拟南芥生长到一定程度，就要从标记好的植株上摘下叶子，进行 PCR 测试。测试是利用机器去扩增特定的 DNA 片段，由此可以判断出那片叶子的基因是不是本村想要的四重突变体"abcd"。

要进行 PCR 实验，需要进行一系列准备工作，事先将树叶煮熟、捣碎等。而首先需要准备的是"引物"。所谓的引物是一种标记物，用来指示实验中需要针对哪些 DNA 片段进行扩增。

事先必须好好确定需要准备什么样的引物。为此，本村对实验中所选择的基因必须再次仔细地检查。本村把手伸向桌面上堆成了小山的论文杂志。

就在这时，一道闪电从她的头顶直击脚底。

等等！基因！我，选了一些什么样的基因？本村的视线开始模糊，额头冒出冷汗。

她意识到一件大事：也许我取错了用来做实验的基因……

到目前为止，她从来没有想过"取错基因"这种可能性，正是因为现在头脑清醒了，才产生了这样可怕的怀疑和预感。

1　藤原道长（966 — 1027）：日本平安时代的公卿。

如果取错了基因，那么杂交也好，播种下一千二百粒种子也好，还有培育出这些拟南芥——所有正在进行的实验都完蛋了，因为实验的前提本身就是错的。

不会吧？本村赶紧甩开疑虑和不好的预感。选择合适的基因是整个实验的基础，本村经过仔细考虑，选定了"A""B""C""D"四个基因，杂交出了突变株。总不至于犯一个取错基因这么低级的错误吧？

可是，其实所谓的"A""B""C""D"只是本村习惯性的称呼而已。

对于大量存在的基因，都有"UBA1""STH3"等这样的缩写，就像CIA（美国中央情报局）是"Centra Intelligence Agency"的缩写一样，基因的缩写也都来自一个长长的正式名称。但是，即使是缩写也很难记住，而且要一一念出来也很麻烦。

所以，本村为方便起见，将可能影响叶片控制系统的四个基因简称为"A""B""C""D"。被本村称为"D"的基因，实际上缩写是"AHO"。而正是这个基因"D"成了问题所在。

说到本村现在所面临的"可怕的怀疑和预感"，是"实验开始时，我经过反复研究，决定调查'AHO'基因。但事实上，与叶片控制系统有关的基因是不是和'AHO'完全无关的'AHHO'基因呢？不，我再怎么呆，也不可能犯取错基因这种错误"。

本村用颤抖的手打开实验笔记，寻找为实验选择基因的内容。追溯过去的日期，本村果然找到了——自己在实验最初将"AHO"选为实验对象，为方便起见称其为"D"，开始了杂交和收集种子的工作。

随后她立即从堆成小山的论文杂志中抽出想查的一本。本村的手抖得越来越厉害，几乎都翻不开书页，好不容易翻开论文，她看了一眼，便抬头看向天空。

那篇论文中写道："怀疑'AHHO'基因会对叶片的尺寸产生影响。"

天啊！果不其然，我要查的不是"AHO"，而是"AHHO"啊！为什么我会搞错这么重要而又简单的事呢？基因的缩写看起来很相似，自己一定是不知不觉中搞混了，所以才会弄错。

但是"AHO"和"AHHO"是两个完全不同的基因。本村把这两者弄混，就像犯了"分不清大酱和大便"这样愚蠢的错误。

我花了好几个月的时间，不是在做大酱汤，而是在做大便汤……本村无力地垂下双臂趴在桌子上。支撑身体的气力忽然消失了，"祇园精舍的钟声，万物皆无常"这句话在她的脑海中回荡。难道平清盛[1]身患热病死掉的时候也是这种感觉吗？真是短暂的辉煌。正因为尝到了辉煌的滋味，所以看着它毁灭真的很痛苦。本村什么也无法思考，大脑一片空白。

结束了。我的实验以失败告终，因为我犯了一个愚蠢至极的错误。本村脸朝下趴在实验笔记上，因为过度的沮丧和对自己的愤怒，连眼泪也流不出来。

十五分钟之前那个兴高采烈的自己让本村感到羞愧和厌恶。

什么博士论文，什么学术会议上的惊叹，我犯下这样的错误，没有资格当什么研究者。爸爸妈妈，对不起，好不容易供我读到了

1　平清盛（1118－1181）：日本平安时代后期的武将。

博士，你们的女儿却意气风发地做出了一碗大便汤……

"喂，你怎么睡着了？"进入实验室的岩间摇了摇本村的肩膀，本村一动不动。

岩间不禁担心地又问道："怎么了，身体不舒服吗？"

"没什么。"本村紧紧闭上眼睛，低声回答，"好像有点贫血。让我这样待一下就会好的。"

她固执地没有抬头 —— 我不想让别人看到我可怜的表情。事实上，本村并没有贫血，可身体竟然会这么虚弱，大脑一片空白，这着实让她吃了一惊。

本村感到十分茫然，仿佛月亮正迅速从天空中消失，永恒的黑暗将会延续下去。

本村没有把取错基因这件事告诉任何人，只是继续闷闷不乐地度日。

如果要回到原本打算研究的"AHHO"基因上，就必须立即付诸行动。为了做出包括"AHHO"在内的四个基因的突变体，要把目前正在培育的"AHO"拟南芥全部废弃，再从杂交突变株开始重新进行，采集重新杂交后得到的一千二百粒种子，然后进行播种和培育。

考虑到博士论文这个前提条件和杂志论文的期限，时间非常紧迫。如果现在不做决定就来不及了。

可是本村还在犹豫不决。尽管错误地选择了"AHO"基因作为实验对象，但还是能从四重突变体的候补植株当中看出叶片的控制系统出现了一些变化。说不定这会是一个意外惊喜，成为一个重大发现。或许因此可以证明，原本与叶片控制系统无关的"AHO"基因实际上对叶片的尺寸起到了很大的作用。

当然，这样做风险很大。按照目前的情况继续实验，很有可能得不到任何结果，只能得到"AHO"基因果然与叶片控制系统没有任何关系的结论——倒不如说这种可能性更大。

继续现在的实验有可能以失败告终，而即使用"AHHO"基因重新进行实验，也有可能在实验还不成熟的阶段就用完了所有的时间。

前行也是地狱，后退也是地狱。本村陷入了四面楚歌的状态。

也许是因为这种压力，本村在公寓睡觉时也睡得很浅，有时会因为剧烈的咳嗽而醒来。

"呜呜喀喀……"本村泪眼汪汪地咳嗽着，不知该如何是好。

此外，还有一个原因也让她无法马上重新开始实验。

本村杂交了很多次，得到了一千二百粒拟南芥的种子。这些都有生命。因为自己所犯的白痴错误，正在培养箱里茁壮成长的拟南芥以及等待播种的种子，是不是全都要被废弃？

即使知道最终可能会失败，本村也希望能把它们培养到最后，好好利用它们来做实验。因为每天都在观察和精心打理这一千二百株拟南芥，本村产生了依恋和责任感。我无法忍受废弃它们——杀死它们，然后立刻重新开始实验，她在伦理上犹豫不决。也许这个想法过于天真，但对于热爱拟南芥的本村来说，它们不只是"实验材料"而已。

既然发生了这种事，首先应该向指导教授松田报告，商量对策。本村好几次想对松田说"我选错了做实验的基因"。

可是，松田会怎么看待本村的失败呢？自己犯的错误过于低级，受到责备也是理所当然，但是如果让松田失望，被松田认为没有资格继续从事研究的话又该怎么办呢？本村很害怕。她知道松田从来不会对自己的研究生置之不理，松田是一个对任何研究都感兴趣、会热情支持学生的人，但她还是没有勇气说出来。

对本村来说，松田研究室是一个很舒服的地方，而研究拟南芥就是本村的一切。本来打算把自己的全部精力都投入研究里去，却犯下这样低级的错误，本村完全丧失了自信。假如松田也放弃自己，说出诸如此类的话："你也应该考虑放弃研究这条路了吧？"这么一想她就畏缩了，不敢直视松田的眼睛。

松田从研究室的屏风后走出来，本村便会假装掉了橡皮擦，钻到桌子下面。

而听到"本村，关于夏季联合研讨会的事……"这样的召唤，她便会不安地走近松田，像是在等待宣判死刑的囚犯一样战战兢兢，低着头询问松田有什么事。

如此这般持续了几次之后，连松田都开始觉得不可思议。

"你怎么了？"他一脸困惑地询问本村，本村就像一条浑身湿透的小狗，只是一味地用力摇头。

一个星期过去了，本村还没有决定是继续实验还是重新开始。

与此同时，本村仍在继续观察培养箱里的拟南芥。那株子叶更大、胚轴毛茸茸的四重突变体的有力候选似乎完全感知不到本村沉沦的内心，长出了第一片真叶。在刚刚长出来的阶段还无法很好地判断这片真叶的尺寸有没有比其他植株更大。

子叶阶段，本村很快就意识到不同之处了。也许当时所体会到的"不同"是错觉，是被期待蒙蔽了双眼？难道错误的基因"D"，也就是"AHO"与叶片控制系统没有任何关系？

本村叹了口气，继续看着刚刚长出真叶的那株拟南芥。曾经它看起来像是希望的象征一样闪闪发光，现在可能已经毫无意义。

但是在本村眼里，这一株拟南芥是特别的。在目前这个阶段，即使真叶的尺寸看起来和其他拟南芥一样，但无论怎样否定，本村还是有种直觉："这'孩子'和其他拟南芥不一样。"

然而这不过是本村的一厢情愿，也许是想判断接下去是否能继续实验，所以会认为它看起来"与众不同"。

本村不再相信自己，不再相信自己的观察能力，也失去了判断哪条路才是最佳选择的力气和游刃有余的感觉，她逐渐憔悴起来。但习惯是可怕的，本村的手还在自动工作，每天都在做拍照、记录拟南芥和浇水的工作。

不能对眼前不断成长的拟南芥弃之不顾，正是这种想法使得本村采取了与平时一样的行动。如果决定重新实验，那这些就都是要被废弃的拟南芥。这样一想，她觉得正想长出叶子的拟南芥们好可怜，这都是因为自己粗心犯下的错，虽然现在还不是哭的时候，她却忍不住流下眼泪。当然，拟南芥们对于本村的感情和矛盾等一无所知，对于自己不知道何时就会被摘下来的命运也一无所知。它们在人造的太阳光下默默地进行光合作用，增殖细胞。

本村看到即便这样也在健壮成长的拟南芥，又感到一丝可怕。正在她止不住叹息的时候，川井走进了栽培室。

"你果然在这里。"

本村急忙擦了擦眼角，说了声"在"，转向门口。

川井站在自己的培养箱前，从里面拿出一盆苔藓和蕨类植物。

"下个月我要去加里曼丹岛了，所以这个培养箱可以先给你用。现在清空的话，到我回来之前，这个培养箱应该能给你用一个半月左右，在这期间你可以用它培养拟南芥。"

"可是……"

本村看着川井从培养箱中取出来摆在长桌上的花盆，有点犹豫。

"啊，这些啊，不要紧的。"川井解释道，"这些苔藓和蕨类植物一半是我出于爱好栽培的。加藤让我把苔藓放到他的培养箱里，蕨类植物放到温室里。至于实验用的苔藓，我放在培养箱下面的格子里了，也拜托加藤照顾，应该不会影响你的拟南芥。"

"谢谢。"

"那我们马上来播种拟南芥，放到空出来的格子里去吧。我来给你帮忙。"川井大概担心本村的实验会来不及，他拿来托盘，摆上新的石棉。

由于取错了基因，实验本身很可能要重做 —— 本村很难说出口，只好拿出保存在栽培室冰箱里的种子。这是突变株杂交后采集来的一千二百粒种子中还没播种的。

在川井的帮助下，两人把两个托盘的石棉种满了。

"看起来像是四重突变体的那株长得好吗？引物准备好了吗？……"面对川井的询问，本村只能做出"是的""还没有"等最低限度的回答，之后就陷入沉默，继续用湿润的牙签粘起种子，放在石棉上。

这个实验本身可能就是徒劳 —— 想到川井的好意和时间都被自己浪费了，本村就很难受。但是她没有勇气坦白自己面临的危机，也没有勇气求助，本村十分讨厌这个卑怯而胆小的自己。

虽然注意到川井正担心地看着自己，但本村还是紧闭双唇，装作埋头播种的样子。

但是，一个人保守住秘密也是有限度的。实验室里的人一周有五六天都要见面，几乎整天都待在一起，一定很快就会有人发现本村的不对劲。

和川井一起播种是在星期五，那天晚上，正打算回家的本村在离开研究室的时候被拦住了。走廊下站着同样正准备回家的川井、岩间和加藤，大家说着"一起去喝一杯吧"，便不由分说地拉走了本村。

松田已经回家了。把研究放在第一位的松田过着非常规律的生活，早上大致在七点半上班，晚上最晚八点就消失得无影无踪。他的家住在哪里，私生活是怎样的，一直都是个谜。大家只知道他的衣橱里是斑马的配色。

松田一回到家，研究室的大家就会举杯庆祝"科学怪人的消失"。他们会从T大学附近的商店买来啤酒和小菜，在研究室举行几个小时的会餐，直到能够赶上最后一班电车为止。他们也经常闲聊，互相开无聊的玩笑，但最终还是会认真讨论各自的研究。毕竟，这些人也都算得上是"科学怪人"了。

可是这天晚上和平时不一样，川井等人把本村带到了圆服亭。

就连专注于仙人掌的加藤似乎也注意到了本村奇怪的样子。在研究室里喝酒肯定不能改变本村的心情。川井和岩间、加藤商量了一下，决定去T大学外的圆服亭喝一杯。

本村虽然没心情参加宴会，但也感觉到了川井等人的担心，最重要的是，圆服亭的藤丸已经满脸笑容地说着"欢迎光临"迎了出来，现在回去就太扫兴了，本村在大家的催促下坐了下来。

时间接近九点，大多数客人都已经在吃甜品或是准备回家了。圆服店的老板圆谷最为忙碌的时段似乎也告一段落，他站在收银台前一边收钱一边和常客聊天。

藤丸收拾好餐具，来到正在看菜单的本村等人面前。

"决定好点什么菜了吗？"

岩间作为代表含糊地点了点头："嗯……对不起，我们来晚了。是十点左右打烊吧？"

这个时间点油炸菜似乎不太合适，什么样的菜不太费事呢？松田研究室的众人还没想好要点什么。

藤丸似乎察觉到了他们的担心，说道："你们不用担心这些。"同时，收银台里也传来圆谷的声音："想吃什么就点什么。我今晚会早点走，加点的东西可能味道就没那么好了。要是觉得味道不好的话给你们打折，打折的钱从藤丸的工资里扣，所以你们不用客气。"

"老板，这太过分了吧！"藤丸向圆谷抗议，然后再次转向本村等人："老板周末要和女朋友一起去伊东，所以兴奋得要提前走。"

"老板原来有女朋友啊……"

加藤似乎受到了冲击。就像自己的心里只有仙人掌一样，加藤一直以为圆谷的心里也只有料理，因此擅自对他怀着一路人的感情。

"有啊。"对恋爱大体保持积极态度的藤丸爽快地点了点头，"老板最近有时候会全权委托我做菜。明天一整天老板都不在，我来管理店铺，今天也是，老板回去以后就交给我了。你们想待到几点就待到几点，想吃什么就慢慢吃。"听了藤丸的话，川井和岩间不客气地各点了一份法式酱汁汉堡排套餐，加藤点了一份炸猪排套餐。本村虽然没什么胃口，但见到藤丸手里拿着账单、满脸笑容地等待着，便点了那不勒斯意面。加藤也毫不犹豫地给所有人都点了啤酒。

接到订单，圆谷拿出回家前开展最后一项工作的气势走进厨房。藤丸送来啤酒后，继续帮其他客人结账，收拾餐具，换新桌布，忙着准备关门和第二天的营业。松田研究室的一众人说着"干杯"，也不知道是为什么而干杯，但还是轻轻地碰了碰杯子。本村最近只吃了最低限度的食物，因此啤酒落进胃里时甚至能感觉到正在冒泡。自己的身体也许是被突如其来的酒精吓坏了，结果只喝了一口，她马上就把杯子放回桌子上。

川井等人担心地看着本村。本村不知如何是好，于是低下头。一阵尴尬的沉默笼罩着众人。"多谢款待。"又有客人走了。藤丸站在门口说着"感谢光临"，架势十足地目送客人离开，厨房里也传来圆谷说"谢谢"的声音，像山彦号列车一样紧追不舍。

店里只剩下本村他们一桌客人了。

"我说……"坐在本村旁边的岩间说出了第一句话，"你好像没什么精神？"

紧接着，岩间好像被对面的川井轻轻踩了一脚，桌子下面，两个人的脚像在跳踢踏舞一样复杂地互相踩踏。

加藤不知道是不是觉得川井和岩间的问题太过直接，因此问道："那株子叶很大、胚轴毛茸茸的拟南芥，长得还好吗？"加藤的胳膊被旁边的川井碰了一下，胫骨被斜对面的岩间踢到，不禁低声说"好痛"。

是我太不成熟了，才让同一个研究室的其他人这么担心——本村反省着。自己被苦恼所纠缠，没有余力去看周围的人，也没有余力去思考周围的事了。

如果不想向任何人倾诉自己的失败和烦恼，那么就必须维持和往常一样的行动。如果不能像往常一样行动，那么最好向周围的人分享自己的感受，倾吐内心的烦恼。

仅仅表现出无精打采的样子，也不说话，只会让周围的人担心，不能说是成年人的做法 —— 本村鼓励自己。

不对，即使是婴儿，如果感到痛苦和遇到困难，也会竭尽全力地哭泣。"帮帮我，帮帮我。"等更换了尿片，或者得到了母乳，刚刚还在大声哭泣的婴儿也会笑起来，好像在说："啊，太棒了，谢谢！"帮助了婴儿的人看到笑脸，也会笑着说："太好了。"

向他人寻求帮助从来都不是一件坏事，也并不代表自己无能。这是妥当的交流方式。倒不如说，缩着脖子担心"如果说出这么软弱的话或者是真心话，对方会怎么想？"从而拒绝他人的关心，把自己关起来，这样的行为才更缺乏勇气，也更无视其他人的心。

当然，过于深刻的痛苦和绝望有时会让人出不了声，动弹不得。但是，本村想，我的情况不一样。自从我意识到选错了实验用的基因，就开始感到痛苦。但是重新分析一下这种苦恼，里面果然还是有着很深的"自保"成分。不想被松田老师和研究室的其他人当作"没资格做研究的人"，也不想面对即使重新进行实验也可能已经来不及的现实。我苦恼的是：难道就没有别的办法了吗？这其中固然有伤感的成分，但最重要的是自尊心不允许自己承认失败。

真是愚蠢的自尊心啊，本村自嘲。这么一来，她的心情稍微平静了一些，开始思考：要不还是鼓起勇气，和川井他们商量一下吧。

既然实验是在取错基因的情况下进行的，那就不应该闷闷不乐地担心大家会不会笑话自己了，而是要尽量借助周围人的智慧，确定怎么做才最好。如果沉默着一味苦恼就能解决问题的话，那么自己恐怕要默默地苦恼一百万年了。但现实并不会因此而发生改变，而且，如果有勇气坚持以万年为单位的沉默，那么将它置换成勇气，坦承自己的软弱和内心的想法，去向周围的人寻求帮助，应该能更快地解决问题。

本村下定决心，抬起了头。

"其实……"

"久等啦——"本村刚一开口，藤丸就走了过来。他从手掌到前臂都摆满了盘子，盘子上放着铁板，装着热气腾腾的法式酱汁汉堡排，还有米饭。

太不巧了，所有人都这么想，除了藤丸之外。

川井、岩间和加藤自暴自弃地点了一大壶啤酒。他们觉得，不喝点酒就无法承受这种紧张和松弛的轮流攻击。藤丸立刻拿来了特大号的啤酒壶。

看到藤丸消失在厨房里，川井拿起啤酒壶，给岩间、加藤和自己的空杯子里倒酒。本村也喝了一口泡沫完全消失、变得温热的啤酒。

她润了润嗓子，说道："那个……"

"久等啦——"果然不出所料，藤丸再次插了进来。他拿来了装有吉列猪排套餐的深盘子和装有那不勒斯意面的盘子。

众人放弃了，开始默默吃起各自所点的食物，只有本村盘子里的东西一直没有减少。本村一直觉得这里的那不勒斯意面美味得像是天上才能吃到的东西，可今晚它却变成了普通的意大利面。因为连续错过吐露心声的时机，她开始迷惑地想：就算在这里说出来，川井他们也没办法吧，反而会给他们带来麻烦。心里的矛盾使味蕾也变得迟钝起来。

圆谷脱下白袍，从厨房走了出来。"我先失陪了，剩下的事就吩咐藤丸吧。"他和颜悦色地说道，"请慢用。"

大家微微点头致意，目送圆谷脚步轻快地消失在夜色里。本村心不在焉地想，这好像是第一次看到身穿便服的店主。他穿着牛仔裤和鲜红的毛衣，还有卡其色的夹克，虽然有点复古，不过这身衣服很适合圆谷。

接下来会和女朋友见面吧？本村想，恋爱……她望向远处，我一直觉得自己对爱情不感兴趣，只要能做研究就行，但如果实验就这么失败了，是不是意味着我就什么都没有了呢？

她感到一丝害怕，但仍然无法摆脱爱情无用的念头。也许是在和拟南芥打交道的过程中被植物同化了吧？"感情"这个概念正在渐渐消失。

放弃继续吃那不勒斯意面的想法，本村把叉子放在盘子上。

不，不是的。我还是有感情的，只是对我来说，一生一次的恋爱，对象不是人类，而是"研究植物"。即使以失败告终，用尽全力去爱过的记忆和心情也不会消失。我用我全部的热情、爱，和植物研究谈过一场恋爱，而即将结束的感觉是如此痛苦。

川井、岩间和加藤已经吃完了各自的汉堡套餐和猪排套餐。看到本村完全没有食欲的样子，他们一边喝啤酒，一边互相看了看对方。

"实验进展不顺利？"岩间终于直指核心提出了问题。不，与其说是提问，不如说是断言。只是出于担心，语气显得很温和。

本村像是得救了一样点点头。"我该怎么办呢？"她终于开口说出了一句话，"我已经没办法了……"

听到本村声音嘶哑地发出求救信号，川井、岩间和加藤纷纷探出身子，大家安慰着："好了，什么都可以商量，具体说说看吧。"

就在这时，藤丸翻好招牌走了过来。

"大家想来些甜点吗？今天是我做的芝士蛋糕，正好还剩四份。"

说到这里，藤丸似乎发现本村几乎没有动过那不勒斯意面。"怎么了，本村？这个不是我做的，是老板做的，味道应该没问题呀。是肚子疼吗？"

川井表情严肃地对正在担心本村的藤丸说道："请给我四块芝士蛋糕。然后，藤丸，你也过来坐下。从刚才开始你就一直跑来打断我们。"

藤丸在厨房里忙了一阵，分两次端着托盘，拿来了四块芝士蛋糕和五杯咖啡。最后他还端来了一大盘烩饭。藤丸说咖啡是送的，其中一杯咖啡和烩饭是藤丸自己的晚餐。

藤丸在他们旁边的桌子坐下。因为桌子和桌子之间的间隔很小，实际上藤丸可以算是坐在加藤旁边的椅子上，就在本村斜对面的位置。

看到藤丸兴冲冲地吃起了烩饭，本村不由得羡慕起来。本村的面前还摆着一份那不勒斯意面。虽然已经冷掉了，但剩下这么多终究挺心疼的，因此没有让他把盘子拿走。

看到藤丸的活动终于告一段落，川井、岩间和加藤都松了一口气。啤酒壶也喝空了，三人面前只放着芝士蛋糕和咖啡。

"说吧，"川井一边吃着蛋糕一边说，"究竟在烦恼些什么，说给我们听听吧。"

本村开始说了。她说到自己错误地选择了实验用的基因，说到自己不知道是该重新做实验，还是把现在的实验继续做下去。

一旦开口说话，那一大团痛苦就开始融化，一点点地融进了话语里。本村几乎是一口气把自己面对的困境都说了出来。拜走投无路的烦恼所赐，她已经在大脑里一次又一次地把情况整理过了。

"那还真是……"

川井等人面面相觑，不知该如何反应，沉默了一会儿。

"所以是在初步且十分重要的地方出了差错啊。"加藤似乎很同情。

"的确，因为基因的缩写很相似嘛。这是任何人都会粗心犯的错。"岩间交叉起双臂。

桌子上流动着沉重的空气。不过，只有一个人还完全没有理解事态的严重性。那就是藤丸。

藤丸一边大口吃着烩饭，一边听着本村的说明，用汤勺在空中比画着"AHO""AHHO"，拼着拼着"噗"地笑了起来。

"你是说，本想要查'啊哈'，却查成了'傻瓜'[1]？确实让人吃惊。"

本村心想，那只是简称，不读傻瓜！可自己也隐约觉得，怎么这么巧，缩写偏偏是"啊哈"和"傻瓜"，因此愈加感到悲哀和羞愧而低下了头。

看到本村意志消沉的样子，加上又被川井他们瞪了一眼，藤丸

1　日语中"傻瓜"读作 Aho。

慌忙道歉:"对不起,对不起,我不说话了。"

"如果取错基因能成为契机,"川井一边思考一边说,"如果能证明 AHO 影响了叶片的控制系统,那将是一个重大发现。不过,这个基因到目前为止都没怎么被研究过,还不知道它的具体作用是什么。就这样继续进行实验,一无所获的可能性也很大……"

"是啊。"本村点点头,"如果是你们,会怎么做呢?"

"好难啊。"川井叹了口气,"如果不用写博士论文的话,我想我会继续实验。但是,如果你把在期限内完成博士论文放在第一位的话,那么最好重新开始实验。"

"就算重新开始,实验也不一定会成功啊。"岩间反驳道。

"当然这不是绝对的。"在考虑本村的困境时,川井像是自己把基因弄错了一样痛苦,"与其继续使用机理不明确的 AHO 突变体,不如换成影响叶片控制系统的 AHHO 重新实验吧,稳步制造出四重突变体。这个实验成功率更高,并且也能证明 AHHO 与叶子的尺寸有关,那么这又是一个发现。"

"如果重新开始实验的话,现在肯定是最后的机会了。"岩间也赞成这个说法,她把脸转向本村,问道:"你有没有向松田老师报告弄错基因的事?"

"还没有,很难开口……"

本村低着头缩成一团。

"当然了,毕竟是连我们都不能说的烦恼。"岩间叹息,"我理解你的心情,但是不能隐瞒,要尽快去商量。"

"是啊,不向松田老师汇报确实不行。"加藤插话,"但如果是我的话,我会继续做实验,因为现在已经有很像四重突变体的拟南芥了，扔掉的话太可惜了。"

"确实。"川井说，"就这样继续利用加入了 AHO 的拟南芥也是一种办法。如果真的能判定出四重突变体，那么可以在那一株上再杂交 AHHO 的突变株。这样在它们的后代中，就会有 AHO 基因正常但 AHHO 基因被破坏的拥有四重突变体的植株。如果用这种方法，可以不用从零开始杂交，就能顺利得到拥有 AHHO 的四重突变体。"

加藤和川井的意见是对的，大家互相点头。不知为什么，连藤丸也点了点头。

"要好好珍惜'傻瓜'啊。"他说，"我从刚才开始就很想问，如果重新做实验的话，好不容易长出来的那些'巨乳'该怎么办啊？"

本村虽然不满藤丸擅自给拟南芥取的奇怪绰号，但是因为今天意志消沉，加上天生的温顺性格，所以没有提出抗议。藤丸又被川井他们瞪了一眼，于是喝起了咖啡："不好意思，这次我不说话了。"

"原来的那些巨乳……"加藤清了清嗓子，重新说道，"我是说，那些子叶较大、胚轴有茸毛的植株，之后的情况怎么样？"

"真叶才刚长出来，还看不太清楚。"本村像西瓜虫一样深深地弓着背，小声回答，"目前，真叶的尺寸看起来和其他的没什么两样。"

"难道不是四重突变体？"

"就算是四重突变体，也有可能是因为选择了 AHO，所以叶片控制系统没有产生预期的变化。"

看着岩间和加藤交谈，川井似乎在默默思考着什么。

"还是从零开始做实验比较安全吧。"岩间想要鼓励本村，"这样的话，博士论文也能在期限内提交，有本村这样的杂交技术，这次一定能制造出符合预期的四重突变体。"

本村想到那棵在培养箱里闪闪发光的拟南芥，想到自己通过直觉判断"这是不是四重突变体？"时喜悦的心情，就难以立刻做出回答。然而，她已经开始倾向于从零开始重做实验了。

这时，川井问道："如果是藤丸的话，会怎么办？"

藤丸对研究和实验都一窍不通。本村吃了一惊，为什么川井会突然征求藤丸的意见？岩间和加藤似乎也有同样的想法，慌忙看了看川井和藤丸。

只有藤丸看起来并不怎么吃惊。他似乎很高兴自己被允许说话，仍然语气轻松地说道："我会继续。"

本应是门外汉的藤丸，却给出了如此坚定的答案，本村在惊讶之前，首先感到不解。

"为什么？"

她不由得连礼貌用语都忘了说。

"'巨乳'出现的时候，本村很高兴吧？"藤丸挠了挠脸颊，"我觉得你最好能珍惜那种心情。"

"但是，我搞错了基因，所以不知道它是不是我想要的四重突变体……"

"我从小就喜欢做菜。"藤丸一脸严肃地说，"一开始是跟妈妈学，并且一边看菜谱一边做，后来就会自己做了。我靠着直觉加入调味料，或者加点别人觉得不合适的食材，然后我就越来越喜欢做菜了。有时候做出来的东西难吃得要命，但有时候做出来的味道也会超出我的想象，我觉得既开心又刺激。"

藤丸拼命套用自己的经验说了这些话。不仅本村，川井他们也听得入了神。

"与其按照食谱上写的去做，尝到预想中的味道，不如体会做出意想不到的料理时的那种快乐，就算味道没那么好。所以我觉得，本村就这样继续实验吧，怎么样？因为感觉到快乐，所以即使失败了也不会觉得后悔。我就是那种一边想着'下次再做更好吃的料理吧'，一边吃着自己难吃的失败作品的人。"藤丸不好意思地又补充道，"不过，我做的料理和本村做的实验，难度肯定不一样——"

"不。"本村摇摇头。

不，一点也不。料理和实验都是一样的。能不能按计划进行实验取得预期的成功，能不能在截止日期前提交博士论文——我的注意力都集中在这些事情上了，但我错了。

实验没有情节梗概，研究也没有期限。

仔细观察眼前发生的事，包括一些不小心的失误，诚实而公正地继续记录事实。即使失败了也不断下功夫，继续向这个世界的真理靠拢，追问"为什么"，探索谜底，直到生命结束的那天——这才是实验和研究。

本村产生了久违的剧烈的饥饿感，她埋头吃起几乎没有动过的那不勒斯意面。藤丸似乎慌了手脚："我去重新做一份。"

"不用。"本村摇了摇头。

冷掉的那不勒斯意面已经凝结成块，但本村还是用叉子整块叉起来吃完了这美味得让人以为是天上的食物。把变温的啤酒也一饮而尽后，她喘了口气。

"藤丸，谢谢你。"川井看着这一幕，说道，"我好像变成了一个只懂专业的傻瓜。现在重要的不是怎样才能提高实验的成功率，也不是怎样提交博士论文。"

岩间似乎也对藤丸的发言有所感触，视线落在吃完的蛋糕盘上。

"不，不，我觉得那些也很重要。"加藤开玩笑似的插了一句，"可是，在发现自己的失败时，应该用享受失败的心态来想办法，这可能会带来新的研究成果。"

本村补充了能量，恢复了体力，也点了点头。

"藤丸，还有川井及大家，你们都从各个角度给我建议，真的非常感谢。"

"太好了，所以你已经下定决心了？"川井笑着说道，"那就好好向松田老师汇报一声吧。明天是星期六，他说会来研究室。"

十一点刚过，大家离开了圆服亭。藤丸在便当盒里装上冰袋和本村没时间吃的那份芝士蛋糕，让她带回家。

藤丸在店门口目送大家离去。

"加油啊。"他对本村说。

本村深深鞠了一躬，心情愉快地和川井等人一起从小巷走到了夜晚的本乡大道。

第二天早上，本村从公寓的冰箱里严肃地拿出装有芝士蛋糕的盒子。她煮好咖啡，把蛋糕移到盘子里，面向小矮几坐在榻榻米上。瓜栗和摆放在窗边的仙人掌等植物在阳光的照耀下显得非常惬意。

"我开动了。"

房间里听得懂语言的只有本村，但她还是好好打了招呼，吃起了蛋糕。蛋糕口感顺滑，甜度也恰到好处，给人一种非常温柔的感觉。

这是藤丸的味道啊，本村想。甘薯甜点也好，芝士蛋糕也好，虽然都凸显出了食材的味道，但也都有藤丸的气息。这是厨师边做边想象食客品尝的样子而做出来的食物。

也许是察觉到了春天正在接近，盆栽的绿色变得更加深重，神采奕奕的。本村吃完蛋糕，仔细清洗完餐具，在浇水的同时认真观察窗边的植物。

多肉植物没有什么特别的变化，香草的叶子因为天气寒冷而一度变成棕色，现在已经开始抽出了柔软的茎秆。仙人掌好像也长出了新的叶片，那部分的刺是水灵灵的纯白色。

本村担心的是圣诞花。到现在都还是"一根棍子"的状态，难道是完全枯萎了吗？她将视线移向榻榻米上的花盆，不禁"啊！"地喊出了声。

变成一根棕色棍子的圣诞花的树枝上零零散散地粘着几块绿色海绵似的东西。那些看起来像垃圾的东西竟然全都是新芽。在本村没有意识到的时候，圣诞花静静地复活了，再次长出了繁茂的叶子。

真高兴啊，本村想，幸亏我没有放弃，每天继续浇水。在我兴高采烈的时候、意志消沉的时候，圣诞花仍然平淡却努力地活着。她开心起来，觉得从沉默寡言的圣诞花那里得到了勇气，于是用手指轻轻触摸绿色的嫩芽。

本村觉得不可思议。植物没有语言，也没有气温和季节的概念，却可以感知春天的到来。即使不使用温度计或日记本，植物也能判断并记住"这不是小阳春，而是真正的春天。是时候像往年一样活跃地开始生命活动了"。

相反，人类也许过多地受到大脑和语言的束缚，所有的痛苦和快乐都来自大脑，虽然被这些感情所控制算是生而为人的乐趣，但换一种角度来看，人类就像是大脑的俘虏。人类所认识到的世界比种在花盆里的植物还要狭窄，很不自由。

就算这样，也不能一味地羡慕植物。本村做好外出准备后在房间中央大大地伸了个懒腰。我也要学习植物，接受自己的感受，做出我认为最好的判断和行动。好不容易有了大脑，所以要努力思考和想象，一直到极限为止。不仅是对研究，对周围的人也应该这样。

不要忘记有些人会为自己担心，会热情地为自己出谋划策。我已经不会再感到孤立无援，不会再走投无路、不知所措了。

本村说了声"我走了"，就离开了公寓。虽然没有听到回答，但她觉得瓜栗的树枝在轻轻摇晃。

星期六进出理学院 B 号馆的人比平时要少。

本村到研究室不久，松田也走了进来，向本村说了声"早上好"。本村刚刚打开带来的笔记本电脑，急忙站起来拦住了走向屏风的松田。

"老师，我能和你谈谈吗？"

"可以，说吧。"

松田一只手提着书包，悠然地俯视着本村。

刚才就一直坐在自己办公桌前的川井担心地想，至少先让老师喘口气，然后再找个地方坐下来谈谈吧。当然，本村不可能察觉川井内心的想法。她一心只想着必须尽快向老师坦白真相，向老师汇报，手心紧张得渗出了汗水，在牛仔裤上蹭来蹭去。

"早上好！"

加藤打开了研究室的门。

"啊——"川井说着，从座位上站起身来，"对了，我想看看存放在温室里的蕨类植物。加藤，你跟我来一下。"

加藤根本一步也没能迈进研究室，就被川井拖着消失在门外。

研究室里只剩下本村和松田。本村在心里感激川井的关心。

"其实，"她下定决心说道，"我在做实验的时候搞错了基因。"

松田默默地看着本村。不知道他是不是被吓住了，本村感到又焦急又难过，她继续说道："我本来打算用 AHHO 的突变株去制造四重突变体，但我弄错了，选了 AHO 的突变株。因为名字太像了，一不小心就……"

虽然这已经是第二次大声说明事情真相了，但这根本没有借口，完全是一个糊涂的失误，本村再次感到难堪。松田看着垂头丧气的本村问："你什么时候发现的？"

"一个星期前。"

松田深深地叹了口气。果然是被吓住了吧？自己不仅犯了一个低级错误，还一直没向教授汇报，真是不可思议。无论从哪个角度来看，都显得既不认真也缺乏诚意。本村的头越来越低，说道："对不起。"我已经做好了准备，被松田判定为不合格的研究者。

然而，松田却说："你不用道歉。每个人都会犯错，我更吃惊的是……"他的声音很平静，只是说到一半，他似乎才反应过来包很重，于是把它放在旁边的大桌子上。

"我更吃惊的是，你竟然沉默和苦恼了一个多星期。"

听到这句出乎意料的话，本村胆怯地抬起了头。

松田像往常一样皱起眉头，若有所思地看着本村说："难道我平时给人一种很不好商量的感觉吗？"

确实不能说是一种很好商量的感觉——本村当然没说出来，而是含混不清地回答道："不，不，那个……昨天，我和实验室的其他人谈过了。"

不但没有否认松田刚才的话，反而更像是强调松田平时不好商量。怎么办啊？本村着急了。

"那太好了。"松田点点头，"看来是我对不住你了。我也注意到了，我给人的印象好像是个阴暗无趣的人。从现在开始，我会穿一件彩色衬衫，努力活跃气氛。"

松田想低头行礼，本村慌忙阻止："不是啊，老师。不仅是老师，我对任何人都很难说出自己的失败……"

本村认为，松田老师对于他自己根本就有微妙的误会。松田说自己是"无趣的人"，可至少理学院 B 号馆里没有一个人会这样认为。松田总是自然而然地投入研究，穿着黑白相间的衣服，过着像机器一样规律的生活，却意外地很受欢迎，据说甚至还有本科女生偷偷地记下了"松田老师观察日记"。这么说来，松田就像熊猫一样。与松田亲近、了解他人品的本村等人都非常尊敬他，尽管他有时会不着调，但对学生很热心。

"确实。"松田说，"我理解你难以启齿的心情，但是不仅局限于研究，遇到困难的时候，还是要马上和大家商量。我们这些搞研究的既是竞争对手，但更重要的是，我们也是合作伙伴，是互相扶持着走同一条路的伙伴。不要一个人烦恼。"

"好的。"

本村终于可以直视松田了。松田的眼睛里没有一丝责备的意思，只有对本村的担心，本村觉得很难过。

"然后呢？"松田歪了歪头，"我知道你错误地选择了 AHO 作为实验对象，那么你打算怎么办？"

"看起来像是四重突变体的那株拟南芥的真叶，现在还看不出和其他的有什么不一样。但是我无论如何也不想放弃我在看到那株子叶时所感受到的直觉。"

"嗯。"

"四重突变体已经成功了。而且 AHO 也影响了叶片的尺寸。在这个假设下，我想继续观察，接着进行实验。"

"可以，我觉得这样是最好的。"

本村本还准备努力说服他，听到松田爽快的赞成，她又马上闭了嘴。

"怎么了？"

"不，我是说……我还以为您会说，在已经制造成功的四重突变体上重新杂交 AHHO 的突变株，让实验回到原定的轨迹。川井他们也建议我这么做。"

"按原定的计划进行实验，得到预期的结果。那样还有什么意思呢？"松田笑了，"那岂不是还不如练习做菜有意思？谁没有过把白酱煮成咖喱色，或者把煮过的土豆弄成液体的经历？"

"我就从来没有过。"

"是吗？不过，我本来也就不太会做菜。"松田用手指推了推眼镜，"电脑启动了吗？拿过来吧。"

本村从自己的办公桌上拿来笔记本电脑放在大桌子上，又和松田并排坐在椅子上。松田打开网页，一边打字一边说："川井他们的意见当然是正确的。如果我们已经完成的植株里有四重突变体，那就应该把它们和 AHHO 的突变株杂交，按照原定计划弄清楚 AHHO 基因的作用。"

"是的，我会那样做的。"

本村确认了在实验的方向和安排上，松田和自己的认识一致，她的心情虽然因此轻松了许多，但还是有些担心。

"可是，我还是有点迷茫。"本村坦率地向松田征求建议，"为什么不立刻把实验转向 AHHO 呢？我担心，如果继续研究 AHO，不仅无法得到预期的结果，而且两个实验都草草了事，可能也赶不上博士论文的提交期限，想到这些我就特别担心。"

"我刚才已经说过了。"松田缓缓摇了摇头，仿佛在平息本村的怯弱，"如果实验只是为了得到预期的结果，那就太无聊了。现在中学的理科课上，也有很多老师抛开教科书上设计好的实验，另外设计和操作一些有趣的实验，给学生留下思考的空间。实验中最重要的是创造力和不惧怕失败。在失败的背后，说不定正有意想不到的结果等着你呢。"

本村反省。自己总想一步一个脚印地努力，而且也很擅长这种努力，所以总是有种过度防卫的姿态。为了不失分而过于慎重，认为什么事情自己都能掌握，为了能在掌握缰绳的范围内顺利地完成，视野反而越来越窄了。

"你的优点是能坚持。"松田似乎体察到了本村的心思，说道，"你能坚持不懈，公平地观察和分析实验中获得的数据，这是科学家的基本素质，也是最重要的素质。不过，你在设想实验的时候，可以想得更发散一些。"

"发散……"

自知性格比较认真的本村心想，我能做到吗？

"是的。我们可以从一些无关紧要的想法出发去做实验，就算中途失败了，也可以用享受的心态继续下去。"他似乎看出本村仍然是一副不安的表情，"真没办法。"松田苦笑着指向笔记本电脑的屏幕，"我先给你看看建议你继续研究 AHO 的依据。"

本村看着电脑屏幕。松田正在看的是一个名为"ATTED Ⅱ"的网站。这是日本人开发的拟南芥基因数据库之一，上面记载着每个基因具有什么功能，基因之间是如何相互影响并发挥作用的。如果用基因名搜索，就会出现数值或图表。

松田一边和本村说话，一边在"ATTED Ⅱ"上搜索了 AHO。画面上显示出了拟南芥的几个基因名称，谱系图像变形虫一样相互连接。

当然，并不是拟南芥所有基因的功能都已经被弄清楚了。还有很多不知道工作原理的基因，也有的基因虽然弄清楚了一部分功能，但没能弄清楚全貌，也不清楚与其他基因之间有什么关系。

AHO 就是这样的基因。到目前为止，几乎没有以 AHO 为主要对象的研究。但是在对其他基因进行调查的实验中，AHO 偶尔会露面。当其他基因发挥作用时，虽然不清楚为什么，但看起来 AHO 也在发挥作用。

"'ATTED Ⅱ'上收集了各种实验数据，所以能在这里找到图表，当某些基因发挥作用时，AHO 也倾向于联动。看这张图你会发现，当那些已知与叶子尺寸有关的基因被发现时，AHO 似乎也会产生某种联动。"

"的确……"

本村不由得把脸凑近画面。从系谱上来说，就和堂兄弟姐妹一样，但是，如果沿着这条路看下去，它们肯定是连在一起的。

"这么说，AHO 并不是一个完全错误的基因，它可能对叶子的尺寸有某种影响？"

"这个嘛，我也不知道。"松田笑着看了看因为兴奋而呼吸急促的本村，"你可以通过实验找到答案。正因为不明白的事还有很多，所以查查看不是更有意思吗？"

说得对 —— 本村感到勇气涌上心头。既然好不容易做出了类似四重突变体的植株，就继续研究 AHO 吧。就算只能中个"安慰奖"，但也许会增进一点对 AHO 的了解。

从粗心大意的失误里，我制造了一个不同于预期的四重突变株。看到子叶时的喜悦，以及当时坚信不疑的自信 —— 我不想强行抹去这些。博士论文的截止日期、研究成果，现在都无所谓了。我会把那个偶然产生的"巨乳"彻底查个清楚。

有意识地做出这个决定，即使这个实验彻底失败了，我也不会后悔。

"我的意思是，不能把自己的直觉太不当回事了。"松田站起来，拿起自己的包，"我所说的'直觉'，不是什么'来自上帝的突然启示'，而是因为每天坚持观察而从中产生的直觉，我觉得你可以更有信心一点。"

松田说完，消失在屏风后面。

"谢谢。"

本村站起来鞠了一躬。

坐在自己座位上的松田，和往常一样开始寻找什么东西。屏风后面传来小山似的杂志崩塌的声音。在这声音中，传来了松田的喃喃自语："我觉得这次是中奖了。"

松田似乎在自言自语，本村没有回答。但是，她的脸上充满了喜悦，无法抑制自己的表情。

身为科学家，松田的直觉也告诉她：AHO 是对的。AHO 很有可能对叶子的尺寸产生影响。自己要开始研究这个从来没有人注意过的基因。通往未知领域的大门以一种意外的形式出现在本村面前，她感到一阵喜悦和兴奋的颤抖。放在大桌子上的笔记本电脑也变热了，仿佛也在和本村联动。

确定了前进的方向，本村心情舒畅，她像往常一样在栽培室里观察拟南芥，在研究室里为下一阶段做准备，度过了一个充实的星期六。

中午时，本村在研究室的大桌子上吃自己带来的便当，川井和加藤也从温室回来了，他们都对本村向松田报告事态和确定了今后的实验方针感到高兴。岩间这个周末似乎打算休息，没有出现在研究室。

至于松田，他没怎么参加对话，只是一边看着摊在大桌子上的论文杂志，一边吃着杯面。得知松田对本村提出了正确的建议，川井和加藤马上投以"不愧是老师"的目光，松田或许是有些不好意思，即使是吃泡面，姿势也出奇地好，连筷子的上下动作都十分端正，看起来很奇怪。"松田老师好像杀手哦。"藤丸之所以会留下这么惊悚的印象，大概就是因为这个原因吧。本村一个人笑了起来。

担心的事情解决了，兴奋的第一波浪潮过后，下午三点左右，强烈的睡意袭击了本村。睡眠不足的日子一直在持续，虽然干劲十足，但体力上似乎已经到了极限。本村决定，今天就先回去吧。把堆积起来的衣服处理一下，把便当的菜也做好，从下周开始再努力吧。

本村踉跄着脚步离开了理学院 B 号馆。但她没忘记还要去还装蛋糕的便当盒，因此老老实实地来到了圆服亭。

圆服亭正好是午餐和晚餐之间的休息时间。门把手上挂着写有"正在准备"的牌子，本村从面向小巷的窗户向店里张望。透过窗边的仙人掌，能看到藤丸躺在店里。本村以为藤丸晕倒了，不过仔细一看，他是躺在拼起来的椅子上，好像正在睡觉。今天店主好像不在，一个人熬过午饭时间，想必是累坏了。

要不要把饭盒挂在门把手上呢？早知道这样的话就找个更像样的袋子来装了，现在饭盒装在超市的塑料袋里。本村在包里翻来翻去，想写张便条留下。可能是感觉到了动静，藤丸忽然站了起来。他伸了个懒腰，环顾四周，发现本村正在窗外鬼鬼祟祟地打量自己，他脸上随即露出了笑容。

"本村！"他马上跑过来，打开店门，"接下来是去学校，还是回家？"

"我正准备回去。昨天一直吃到深夜，真是太感谢了。这个……"

本村说着，递出了装在皱巴巴的塑料袋里的饭盒。所谓的女子力，大概就是在这种时候使用时尚的纸袋吧。但是本村对"时尚的纸袋"也没什么具体的概念，更没想发挥所谓的女子力，只要能把饭盒还回去就满足了。

藤丸也是个不拘小节的人，说道："不好意思，让你特地送来，你可以留在家里用。"说着，他便收下了饭盒，还调侃道，"不知道怎么回事，我们店里的饭盒越来越多，不知道是不是半夜自己繁殖的。"

无机化合物不会繁殖，本村想。当然她没有更正，而是说："蛋糕很好吃。"

"啊，是吗？那太好了。"藤丸嘿嘿地笑了，"本村，你的表情好像很轻松。"

"是吗？可是我觉得好困。"本村用手掌揉揉脸颊，想给自己一些刺激——正因为没有化妆才能这样做，"不过，我去找老师坦白了自己的失败，实验的方针也定下来了，心情变得轻松多了。多亏你的帮助，听我说说烦恼。"

"没有，我什么也没做，还不停打断你们说话来着。"

藤丸用手不停地揉着装有饭盒的塑料袋。

"没那回事。松田老师说了藤丸同样的话。他说，得到预料之中的结果挺无聊的。"本村用尊敬的目光仰望藤丸，"我又一次认识到，有追求的人，即使所在的领域不一样，看到的风景总有相通之处。"

"不，不，不。不过，至少烹饪和实验还是挺相似的。"

塑料袋的沙沙声越来越响，本村放低视线，只见在藤丸的揉搓下，塑料袋里的饭盒都快变形了。

藤丸的脸涨得通红，既害羞，又为自己能帮助本村而自豪。但是本村显然不能理解这纯情而天真的男人的心。看到藤丸迷迷糊糊的样子，她想，藤丸是不是困了？这么说来，他是在休息时被自己吵醒的。"那么……"本村慌忙道别，"我就先走了。"

"好，晚安啦。"

在本村眼里，藤丸看起来有点寂寞，但她又想，也许是心理作用。本村再次鞠了一躬，走进小巷。日子一点一点地变长，附近还残留着午后的阳光。即使这样，藤丸还是说了"晚安"，本村觉得，这样的藤丸挺好的。

到了三月，川井出发去了加里曼丹岛。

在川井出发前，松田向他发出了诸如"不要喝生水""千万要小心大象"等琐碎的警告。川井老老实实地听着，同时也确实开始留意各种琐碎的事情。"如果在实验中遇到困难，随时给我发邮件。我一回国就来帮你，不要勉强自己。"他对本村说，"我发现有的化学试剂不够了，已经去找中冈订过货了，但为保险起见还是再订一点吧。"忽然多了个妈妈啊——本村几乎要笑出声了。

岩间吃惊地说："不要紧的，你快去加里曼丹岛吧。"

加藤好像也在闹别扭，说："你不在家的时候，对我的仙人掌没有什么建议吗？"

"就算你放着不管，仙人掌也会越长越多吧。"既期待着加里曼丹岛之行，又对研究室里的人感到担忧，川井的心情似乎也有点混乱，"温室又被你的花盆弄得乱七八糟了，希望你在我回来之前收拾好。在诸冈老师大发雷霆之前，拜托你多多关照。"

"这完全不是建议啊！"加藤的表情越来越不满了。

虽然临走前大家相互斗嘴，但在安全抵达加里曼丹岛之后，川井偶尔会给松田发来汇报的电子邮件。研究活动大部分都是在热带丛林里进行的，很难上网。报告是以文字为主，虽然附加的图像分辨率很低，但松田还是高兴地读着邮件。

"好像和当地人组成团队合作得很好，很享受加里曼丹岛之旅呢。"松田说，"据说也观测到了很多稀有植物，很期待他带回国的实物和照片。"

多亏川井在离开期间让出了自己的培养箱，本村的实验进行得很顺利。藤丸命名的"巨乳"正稳步增加真叶，与其他株的叶子相比尺寸明显更大。在栽培室注意到这一点时，本村不由得叫了一声"好"。她把握住的拳头紧紧拉到身侧，就像正在给鼓手发出最后的信号，将气氛推向最高潮的摇滚明星一样。本村以前从来没有做过这样的动作，连自己也吃了一惊，她回过神来独自张皇失措了一番。只有拟南芥看到了一切。

本村继续观察培养箱内部情况的同时，也在为包括"巨乳"在内的四重突变体做 PCR 测试进行准备。

首先她从候选株上采集叶片，轻煮之后，将上清液放入微量离心管中。上清液只需要少量就可以了。这样就能得到候选株的 DNA。

还有一种方法是把叶子的碎片和水放入离心管，用一种叫作研杵的棍子戳碎，也可以进行 DNA 采集。研杵是塑料做的，大小和巧克力棒差不多。用研杵把叶子压碎时，本村深深感受到了实验和烹饪的共性。

顺便一提，本村还会用牙签的尾端来代替研杵。牙签既可以作为标记插入石棉，也可以作为实验室设备使用，表现活跃。消耗大量的牙签，也许正是厨房和生物科学实验室的共通点吧。松田研究室的秘书中冈曾经说过，以前曾接到过大学会计负责人的询问，因为实验室购买了太多牙签而引起了对方的怀疑。中冈拼命向对方解释，并不是因为经常开章鱼烧派对，而是用来做实验。

"花了好多工夫才终于说服了对方。"中冈笑着说。

微量离心管里的叶片上清液要放在零下二十摄氏度的实验专

用冷冻室里保管，因为要观察依次播种完毕后生长的拟南芥，选出三十六株真叶出现较晚且叶柄处呈淡红色的植株，还需要一段时间。按照当初的目标，从三十六株拟南芥上采集叶子，等上清液全部完成，再放到 PCR 机里。在此之前，刚刚做完的上清液先放在冰箱里保存一阵子。

PCR 机器的形状很像灰色的旧式桌面打印机。本村在实验器材目录上见过一张红色的 PCR 照片，看起来很可爱，可理学院 B 号馆使用的是"朴实刚健"的代表物。因为每个实验室的实验预算都称不上充足，所以只要现在的 PCR 没有坏到不能用，购买新产品恐怕就只能是梦。

PCR 的顶部有一个灰色盖子。打开盖子，里面可以收纳许多组——十二个为一组——PCR 试管。将上清液放在 PCR 上时，要从微量离心管里转移到 PCR 管，再放进 PCR 机器的洞里，启动机器。

不过，并不单单是把叶片的上清液放进 PCR 就可以了。在那之前，还需要把酶和引物一点一点混合起来，放进上清液里。如果一开始能把它们混合在一起保存就好了，但是酶一旦冷冻就失去了活性，于是就有了先将叶子的上清液冷冻保管，再在 PCR 实验前集中制作酶和引物的溶液这样的顺序。

如果在晚上七点之前拜托生产商，他们会把引物在第二天上午提前送到研究室。引物有的是粉末状，有的是透明的液体，但都装在塑料小管子里，以两个小管子为一组售卖，大约两千日元。因为使用量少，订购一次可以覆盖实验中的数十根离心管。这样想很划算。而酶要比引物更贵，所以要使用移液枪，更高效地和引物混合，避免浪费。

引物是标志物，表示"将 DNA 从这里放大到这里"。根据想要调查的基因，实验者选择合适的引物，并向制造商下订单。

例如，本村打算调查的基因"D"，全称是 AHO。这种突变体"d"，是在放射性物质的影响下，染色体"D"的一部分 DNA 片段缺失而产生的。像这样偶然产生的突变体还有很多，本村从这些中选出了"d"，她认为这个突变体很适合这次的实验。

引物在发生缺失的 DNA 片段前后起到标记作用，也就是成为"放大这个范围"的标志。在含有叶子 DNA 的上清液里，混入引物和酶进行 PCR 实验，那么只有含有基因"D"序列的那部分 DNA 会大量扩增。

如果基因没有发生突变，当基因型是"DD"时，基因序列中没有出现缺失，放大后的 DNA 片段就会变长。另外，假如基因型是"dd"的突变体，序列中发生了缺失，那么放大后的 DNA 片段也会很短。

想确定这些长短，就要把放在 PCR 上的溶液用"电泳"的手法来进行分析，对 DNA 进行染色，使它们视觉化。

用于电泳的机器乍一看就像塑料便当盒。它被称作电泳槽，里面装有透明的缓冲液，在这里浸入琼脂精制得来的凝胶。凝胶的形状跟魔芋差不多，里面含有能对 PCR 实验中的 DNA 进行染色的色素。

对 DNA 进行染色，是为了让它们在紫外线等特定的光线下发光。在电泳槽旁边有一个外观和尺寸都接近便携式冰箱的箱子，箱子内部是能发射紫外线的机器。如果想知道 DNA 在电泳槽里是怎么活动的，可以拿出凝胶，把它放进冰箱状的机器里，打开门上的小窗观察。从那里可以看到注入凝胶的 DNA 所发出的光芒。冰箱状的机器还可以根据需要来拍照。

在电泳槽里设置凝胶后，接着要通电，过一会儿之后再拿出凝胶，用紫外线去照射，这时可以观察到发光的水平线。如果基因型是"Dd"，那么水平线会出现两条。也就是说，既有没产生缺失的（D），也有产生了缺失的（d），兼具这两种基因。而基因型"DD"，则只会有一条横线，这说明只有一条没有产生缺失的配列。基因型"dd"也只有一条横线，并且呈现的位置与"DD"不同。也就是说，这里只有出现了缺失的基因配列。

水平线随时间的推移而不断移动。DNA 的序列越长，移动的速度也就越快。因此，在一定时间之后，通过比较横线所在的位置，就可以清楚地判断出哪个是"dd"，哪个是"DD"。

当然，不仅仅是基因"D"，基因"A""B""C"也是一样，通过确认基因型有没有变成"aa""bb"或者"cc"，就能确定是不是四重突变体。

在这里，要对不同的基因使用不同的引物。本村从外观上判断，真叶出现较晚且叶柄处呈淡红色的植株是含有两个相同的等位基因"aacc"的双重突变体。"巨乳"则特别可疑，她怀疑这是一株四重突变体。因此，包括"巨乳"在内，她要选出三十六株，从每株上采集叶子，进行 PCR 实验。

如此一来，比如在"巨乳"这一株上就要用到检测基因 A 的引物和酶素的混合物，以及用来检测基因 B、检测基因 C、检测基因 D 不同用途的溶液，把它们加入叶片的上清液，放进 PCR，然后将溶液倒入电泳槽中。要进行三十六株的实验，一共就要制作一百四十四个"上清液＆引子＆酶"的溶液进行实验。

　　如果是从前的本村，肯定会吓得魂飞魄散，直翻白眼，但是从取错基因的山穷水尽里走过一圈的本村已经和从前不一样了。她仿佛拥有了勇猛的空手道家连续单挑一百人的气势。"随便谁上都行，放马过来吧！"带着这种气势，她睁大炯炯有神的双眼挑选着候选株，把叶子摘下来煮好，把做好的上清液放进冰箱。

　　为了不把叶子弄错，本村比以前更加慎重，小心翼翼地在离心管上贴好标签。虽说越是无法预测结果的实验越有乐趣，但假如这次再犯下粗心的错误，那不如把自己关进冷冻柜里，在零下二十摄氏度的温度里把自己冻僵好了。

　　本村说出这番觉悟后，被岩间极力驳回。

　　"本村确实是个小个子，可是进了冷冻室，肯定会把里面塞得满满的。我还想继续保管样品呢。"

　　"那就把冻僵的我拿出来，扔到地上摔成碎片好了。"

　　"天哪！那些碎肉解冻了可怎么办呀？"

　　"那就找加藤来打扫一下。"

　　"不要啊！"加藤也叫了起来，"为什么要说这么可怕的话？"

　　岩间和加藤并排站在实验台前，用研杵孜孜不倦地捣碎拟南芥。他们是在帮本村做实验。把引物和酶混合，将溶液倒入上清液——如果这个步骤出现错误，将直接关系到实验的正确性，因此在使用PCR之前，本村打算亲手完成这些步骤。在以前单纯做体力劳动的时候，岩间和加藤也会在闲暇时帮忙分担一部分工作。川井在去加里曼丹岛之前交代过两个人："本村的实验就拜托你们了。"

岩间说："好像战国武将的遗言哦，'嫡子就托付给你了'。"

本村因为知道松田和奥野的事，所以无法接着"遗言"这个笑话说下去，但川井的关心，以及能够按照川井的吩咐去做的岩间和加藤的这份温柔都让她感激不尽。因此她决定不客气地请两人来帮自己做实验。

为了能证明四重突变体是成功的，就必须增加它的株数，准备下一步实验，验证基因"A""B""C""D"分别对叶片控制系统有什么影响。另外，还有必要制造包括原本计划调查的 AHHO 在内的四重突变体。

为了完成这些，首先需要从含有 AHO 的四重突变体植株中采集一些种子，然后通过播种来增加四重突变体的数量，用于杂交和实验。

但是目前候选株正在成长，四重突变体到底成功了吗？候选株里究竟哪一个才是四重突变体？这些都还是未知数。为慎重起见，本村决定把计划投入 PCR 的三十六株都进行采种，并保存下来。

最初种下的拟南芥都在顺利成长，正好也开始结出了种子。第一次发现的"巨乳"也顺利地结下了果实。虽然它的叶子没有达到冲破培养箱的程度，但是长出了很多大片的叶子，非常健康。

本村从"巨乳"一号和"真叶出现较晚且叶柄处呈淡红色"的植株上采集了种子。这些植株上的叶子已经采集完成，上清液也放进了实验室的冷冻柜里。

希望这里面有四重突变体。本村一边祈祷，一边把采下来的种子放进离心管，反复确认之后再加以标记。拟南芥的一个果实里有三十粒种子。即使种子已经多到用不完了，本村还是不由自主地想：这些果实也长得很结实，里面的种子也许会很健康呢。结果，从每株上都采下了数百粒种子，也算是直观体现了她的期望。

放在川井培养箱里的拟南芥也在茁壮成长。本村在里面发现了"巨乳"二号。真叶出现较晚且叶柄处呈淡红色的植株也大体按照预想的比例出现了。本村从这些四重突变体的有力候选上剪下叶子，制造上清液。

播种十天之后就能采集叶子了，然而，从播种到收获种子却需要两个月的时间。到目前为止，本村已经在自己的培养箱里培育了四百八十株拟南芥，并且到了可以从候选株上收集种子的阶段。川井的培养箱里也有二百四十株正在茁壮成长。川井从加里曼丹岛回来的时候，这些拟南芥应该就可以采种了。

准备好的一千二百粒种子中，还有四百八十粒没有播种。本村培养箱里的拟南芥已经完成了第一轮采种，有了更多的空间。接下来必须在这里播种、培育和观察这剩余的四百八十粒种子。无论如何，要到五月才能收获了。

前路漫漫。本村在栽培室里卷起羊毛衫的袖子开始最后一次播种工作。她把种子沾在湿润的牙签上，孜孜不倦地播种到排列好的石棉上。

栽培室的门被轻轻地敲响。本村答应了一声"在"，视线却没有离开石棉。毕竟，拟南芥的种子就像沙粒一样极小，不经意移开视线的话，就不知道播种到哪块石棉上了。

可是，门怎么也不开。如果是平时进出栽培室的研究生，应该会不敲门直接闯进来，难道是幻听？本村停下了播种的手。

"刚刚播到这里。"她把牙签像墓碑一样扎进石棉。

"在，请进。"

本村用更大的音量说道，门终于被打开了，藤丸探出头来。

"对不起，你在工作吧？"藤丸客气地说，"我刚送完午饭，正准备回去，岩间叫我过来找你。大家都已经开始吃了。"

对了，今天是订圆服亭外卖的日子。本村看了看手表，发现已经是午休时间了。

"谢谢你，我马上就去。"

本村想把手头现阶段的工作完成，准备把一个托盘播种完再吃饭。她抓起扎在石棉上的牙签，以机械般的准确度重新开始向石棉播种。

"又在播种吗？"

藤丸的语气既钦佩又惊讶。他走进栽培室，看着本村手上的动作。似乎害怕自己的呼吸吹飞了种子，他像是暂时停止了呼吸。

"这还只是播种到一半。"

"什么？"

藤丸十分擅长在屏住呼吸的同时表现出惊讶。

"你可以照常呼吸。"本村一边移动牙签，一边建议，"说起来，我想请你帮个忙。"

"好啊，什么事？"

"夏天我们要举行联合研讨会，我是干事之一。"

"什么研讨会？"藤丸歪着头说，他一脸疑惑，用手在空中画起了曲线。本村在一旁看着藤丸的动作。

"是唤起参加者沉睡的力量，顺便卖开运壶的那种研讨会吗？"本村这才发现藤丸好像是在空中画了一个壶。

根据研讨会和学术会议的规模，研究生和学者可能来自全国各地，有时还来自世界各地，因此需要安排能容纳大量人员的会议场所和酒店等住宿场所。在这种情况下，也有人会误以为这是什么可疑的聚会或者是宗教活动，这是研究者经常遇到的情况。

本村冷静地否认了："不是，这是各自发表研究成果，向参加者说明的集会。每周在松田研究室也会举行一次研讨会。"

"啊，之前我被土豆老师踢飞的时候，"藤丸点点头，"大家都在用英语说话。"

"是的。和那个一样，只是规模更大了，就是所谓的联合研讨会。这是每年夏天的例行活动，来自几所大学和研究所的研究人员和研究生会聚在一起做演讲。今年的会场定在这里，T 大学理学院 B 号馆。"

"要在 B 号馆的哪里办呀？研究室和栽培室里不是挤不下那些人吗？"

藤丸很惊讶。

"是的，所以我们预订了四楼的礼堂。"

"咦，原来这里有礼堂吗？"

说起来，我还从来没上过四楼 —— 藤丸自言自语。

"联合研讨会要举办两天，能不能请你帮忙准备两天的午餐盒饭和第二天傍晚在 B 号馆举办庆功宴的食物呢？"

"谢谢你的订单，不过我一个人决定不了。"这一次，藤丸的表情既高兴又困惑，"我可以先和老板商量一下再回复吗？"

“当然。”

本村把七月下旬的举办日期、用于吃饭的预算，以及目前约有五十人参加等情况一一告诉藤丸。藤丸嘴里嘟嘟囔囔地复述着，把必要事项记在脑子里。

“从上午到傍晚，两天的演讲日程都排得满满的，而且演讲时间有可能会推迟，午餐休息的时间也不够，如果出去吃饭在时间安排上太紧张了。”

“那最好是一些很快就能吃完的便当，既好吃到能让人换换心情，也能摄取一定的卡路里。”嘴里说着要和圆服亭的老板商量了一下，可藤丸好像已经迫不及待想大展身手了，“一整天都在学习，肚子肯定饿坏了。不过，我还没有学到饿的经历，所以只是猜测而已。”

“会饿坏的，肚子会非常饿。”本村真切地说，“两天演讲结束的时候，无论是演讲的人还是听的人，肯定都饿晕了。因为很期待吃点好吃的，所以我很想拜托圆服亭。”

“我懂了。”藤丸骄傲地点了点头，“如果是这样的话，我会好好和老板谈谈，争取让他点头。总之，本村，先快点去吃午饭吧，蛋包饭要凉了。”

本村把播种完毕的托盘收进培养箱，和藤丸一起走出栽培室。

“和老板谈妥后，我会打电话向你报告。”

藤丸说着，干劲十足地走下 B 号馆的楼梯。如果能安排好便当的话，作为联合研讨会的干事，本村就完成了相当一大部分工作。如果是圆服亭的料理，肯定能让参加者感到满意。

希望你能得到店主的同意啊。本村默默地为藤丸的背影加油，然后回到了松田研究室，那里有蛋包饭正在等着自己。

樱花的花瓣在飞舞。

平时总显得十分肃穆的 T 大学理学院 B 号馆，每当进入四月，总是会变得生气勃勃，大概是因为今年又有新的研究生进入了 T 大学的研究生院。几乎每天晚上，各个实验室都在举行小小的欢迎宴会。

松田研究室没有迎来新的研究生，和往常一样的生活仍在继续。稍有变化的是，松田偶尔会穿上有颜色的衬衫，似乎是想改善自己所营造出的那种被大家认为阴郁的气氛。但说到彩色，仍然是大家所熟悉的那件夏威夷衬衫，看起来很不正经。事情似乎并没有得到好转。

不过也有令人高兴的事，川井从加里曼丹岛平安回来了。一直在为他担心的松田，只在川井回国的那一天才稍稍流露出了开朗的神情，尽管他穿着白衬衫和黑裤子。

研究室里的大哥川井回来了，本村他们当然很高兴。大家就像围绕花朵飞舞的蜜蜂一样围在川井身边，让他说说加里曼丹岛的事。川井拿出了很多在丛林里拍到的稀有植物的照片。在日本见不到的体形巨大的树，还有与之相反的手掌大小的腐生植物。茂密的森林里充满了各种各样的生命。

"当地给我们做向导的年轻人很厉害。"川井说，"乔纳先生。"

"海鸥乔纳森[1]？"加藤问道。

1　《海鸥乔纳森》：美国作家理查德·巴赫在 1970 年出版的小说，后被改编成同名电影。

"不是，'先生'是尊称。乔纳先生不用地图，也不用指南针，就能带我们穿过丛林。他对植物也很熟悉，告诉我们哪些是可以吃的蘑菇。有一种日本美口菌的同类，在幼菌阶段是可以生吃的。"

"你吃了？"

岩间大吃一惊。即使是对蘑菇很熟悉，也很难分辨出可食用的蘑菇和有毒的蘑菇。而且有些蘑菇毒性极强，要是在热带丛林里吃了毒蘑菇，肯定就没救了。

川井却若无其事地点了点头："因为他推荐我尝尝嘛。味道和口感就像卡芒贝尔奶酪的皮。"

据川井说，乔纳虽然没有在大学里系统性地学习过植物学，但他从小就生活在热带丛林里，因此对那些和生活密切相关的植物了如指掌，他的观察能力非常敏锐。

"当他看到我们在观察和采集时的样子，很快就知道我们想研究什么样的植物。他指着一株腐生植物告诉我，这个挺少见的，结果我发现那可能真的是一个新品种。"

"哇。"

本村等人大吃一惊。腐生植物除了开花时期以外并不显眼，因此常常被忽略。虽然还有许多物种没被研究，但这并不意味着随手一指就能发现一个新的物种。

"有些人的眼光真是很厉害啊，我很佩服。我也为这个腐生植物办了手续，带回了标本。接下来我会仔细研究它的，如果真的是新品种，我也会问问乔纳先生的意见，看看他想给它取什么名字。"

如果是给昆虫或植物的新品种命名，那么命名权就在于那些证明并报告它们是新品种的人手里。在昆虫的世界里，经常用命名者的名字给新物种命名，但在植物的世界里，大家不这么做。在新物种的发现者和命名者不同的时候，有时会以发现者的名字去命名。

"我们这样才比较有深度。""瞎说什么呢？"——本村有时也会看到植物专业和昆虫专业的研究生为此争执起来，她倒觉得这只是习惯上的差异。

像这次的情况，发现者和命名者不同，是乔纳先生发现的腐生植物，有可能会以乔纳命名，被铭刻在地球生命的历史上。

世界上到处都有像藤丸这样的人啊，本村想。虽然不是专家，但对植物和植物学感兴趣，用好奇心去接触植物的人。正因为植物和昆虫都是身边日常能接触到的东西，所以有很多人喜欢它们。爱好者的日常观察有时会带来意想不到的发现。

研究不仅仅是为了研究人员。他们也会把最新的发现，用简明易懂的方式传达给热爱植物的人，以此来回报他们。研究人员和爱好者们互相携手，让热爱植物的人越来越多，让更多的人知道保持植物的多样性有多重要，这也是研究者的重要职责。本村想，如果听到乔纳先生的推荐，藤丸一定也会高高兴兴地吃下蘑菇，然后开始思考新的菜谱吧？

通过植物，一个有着纯净心灵的人栩栩如生地呈现在眼前。加里曼丹岛和日本虽然相隔很远，但是他们以各自的方式和植物亲近，热爱植物。不，就算是在植物稀少的贫瘠土地上，人们也会在水边的绿地上休息，或是享受短暂的春天里绽放的绿色。

这些人心中所发出的微弱光芒，在地球上连接起来，覆盖地球。这是本村的梦想。

川井得到许可后从加里曼丹岛带来的东西里，除了腐生植物的标本以外还有一株独叶苣苔属。B 大学的布兰老师把自己培育的独叶苣苔属分给了他。植物的根部已经被削到了最低限度，叶子也有一点损坏，尖端被切掉了，但它还是健康地到达了日本。

现在，拥有"绿手指"的加藤正在温室里养着它。看到本村担心自己会把好不容易弄来的独叶苣苔属养死，加藤自告奋勇："在它扎根之前，我来负责照顾它。"

每株独叶苣苔属上只有一片叶子，比本村的脸还要大。本村非常期待，一旦拟南芥的四重突变体顺利形成，迟早也要去调查独叶苣苔属的遗传基因。是哪些基因发生了改变，使得本应对叶片大小产生控制的机制失去了作用，通过拟南芥和独叶苣苔属的对比，结论可能会更加明显。

本村在加藤的协助下也开始着手栽培哈瓦那辣椒。这是完全与研究无关的爱好。她把花盆搬进温室，播下从松田那里得到的种子。如果一切顺利，夏天应该就能收获果实了。

就这样，松田研究室在风平浪静之中，平静地迎来了新的一年。

本村他们潜入 B 号馆各个研究室举行的欢迎会里，与新来的研究生加深感情。隔壁的诸冈研究室里新来了三名一年级的研究生。"毕竟和拟南芥不一样，土豆可以吃啊。"松田似乎很羡慕。在诸冈研究室的欢迎会上，学生们一边喝着白薯烧酒，一边吃着诸冈亲手做的红薯干，猜着品种。一场全是薯类的宴会。本村的味蕾没有厉害到能尝出品种的程度，再加上喝醉了，一个也没猜对。

川井给诸冈看了他在加里曼丹岛拍的薯类照片，诸冈看起来很高兴。本村向川井转达了诸冈的委托，因此川井拍了很多加里曼丹岛市场上的马铃薯照片，在去丛林的路上、路过村里的马铃薯田时也拍了很多照片。诸冈看着电脑上不断出现的薯类图片，不知是因为高兴还是因为白薯烧酒的缘故，仿佛脸颊都热了起来。

打开热闹的研究室的窗户，春天的晚风吹了进来。在夜色里，樱花依旧默默地飘落。这么说来，关于樱花，用不到"凋谢"这个词呢。

薄薄的、娇嫩的还很新鲜的花瓣，像无数的萤火虫一样在黑暗中画出轨迹。

欢迎会的热潮告一段落，本村终于开始着手进行 PCR 和电泳实验。三十六株候选植物全都选好了，所有叶子的上清液也都做完了。

本村慎重地选定了 PCR 实验所需要的引物。如果用了错误的引物，只会增加错误的 DNA 片段，那将又是一场悲剧。

自从遭遇取错基因所带来的冲击以后，本村对自己的注意力和专注力完全持怀疑态度，也因此养成了不断确认的习惯。把拟南芥种子收进离心管的时候也是，在不停地确认之后才贴上标签。光靠贴纸的黏合力还不够，她还会用胶带加固。屈服于本村视线压力的种子，恐怕会因为想"举手投降"而忍不住发芽吧。本村天生的踏实可以说越来越受到磨炼。

本村在研究室里盯着电脑屏幕，努力选定引物。松田路过她身边时一脚踢上了堆积在地板上的资料，文件夹和论文杂志都掉了一地。

"老师！请整理整齐。"岩间怒斥，"纸张不停地从屏风里蔓延出来，把外面的地方都占了。"

"对不起。"松田一边坦率地道歉，一边重新把资料随意地堆放起来。因为没有堆放整齐，那些资料看起来就像濒临崩溃的叠叠乐。老师一定满脑子又是什么新的研究了。

本村一边帮岩间把资料垒起来，一边想，原来并不是什么事情都要踏踏实实地做啊。松田老师虽然不拘小节，会把水桶里的水弄得到处都是，资料也堆得比山还高，但实验总是很准确，研究也充满了灵感和闪光点。

已经确认得万无一失了——本村告诉自己，她下定决心，点击了引物的订购按钮。一想到这个实验即将进入最后阶段，很快就能知道杂交的拟南芥是否变成了四重突变体，本村就忍不住打了个寒战。

第二天，引物就送到了实验室。利用这些，本村首先着手制作混合在叶子上清液里的溶液。

把叶片的上清液放进 PCR，是为了放大拟南芥的 DNA。但是，DNA 不可能无中生有。如果发生了这样的事，那就不是科学而是魔法了。要想放大 DNA，当然需要能提供 DNA 的原料，那就是叶子的上清液。

溶液中的物质是可以成为 DNA 材料的化合物、引物和酶，以及有助于反应的缓冲液。

取各自所需的分量，使用移液枪等将它们放入离心管，混合在一起。光靠摇晃无法很好地混合液体，所以要使用一种叫"涡旋混合器"的机器。

涡旋混合器是一台放在实验台一角的小机器。它的大小和电动削铅笔器差不多，塑料底座上有一个黑色橡胶螺旋桨似的物体，但是这个螺旋桨不会转动。把离心管插进去，它会"嗡嗡嗡嗡"地猛烈振动，通过振动来搅拌离心管里的东西。涡旋混合器就是为了做这个而存在的机器。

真是开发了一个功能单一又必不可少的机器啊，本村每次用涡旋混合器时都很佩服。偶尔她会直接用手指——而不是离心管——轻轻按住它，涡旋混合器嗡嗡嗡地振动，本村的心也平静下来。只要被人推一下，这台机器就规规矩矩地发抖。这份单纯明快，使得涡旋混合器有种简单坚定的感觉。

但是由于涡旋混合器抖动得太厉害，一部分溶液会化成水珠被弹飞，黏附在离心管的内壁上。这溶液是由酶和引物等昂贵的东西混合而成的，本村一滴都不想浪费。如果有可能的话，她希望侧壁上的水滴也全部能落到离心管的底部。

再说点让人惊讶的事吧——考虑到专业人员对实验器材开发的热情，当然要好好说说——其实还有专门让水滴落下来的机器。那是可以放在桌上的小型离心分离机。

分离机的形状像液体驱蚊器。让加藤来说，就是像电影《星球大战》中的Ｒ２-Ｄ２机器人。打开圆顶盖会看到底座上有几个洞，把离心管插进洞里，合上盖子，按下开关，底座就会高速旋转，将侧壁上的水滴甩下来。

实验器材的用途真是越来越细致。本村看着正心无旁骛旋转着的分离机想。不过，它们确实很方便。研究生们都很喜欢分离机，本村一开始还以为商品名"小家伙"是它的昵称。但是有次她仔细一看，发现机体上真的写着"小家伙"。这个商品名真可爱。本村因为发现了它的可爱，从那以后越来越喜欢"小家伙"了。

在涡旋混合器和分离机的大力帮助下，本村顺利做好了溶液。她接着用移液枪将它分装到十二个 PCR 试管里去。等待研究的基因有"A""B""C""D"四种，各自都有不同的引物。当然，溶液也做了四种，为了避免将它们弄混，本村在 PCR 试管上都仔细做了标记。

接下来的步骤，是将分装到 PCR 管中的溶液与叶子的上清液相混合。本村拿出了冷冻库里装有上清液液体的微量离心管。因为是少量的液体，所以冻住了也会很快融化。但是离心管的内壁也残留下一点小水滴，所以这时又轮到"小家伙"登场了。

接着，本村用移液枪把集结在离心管底部的上清液放入 PCR 试管的溶液里。

到了这一步，PCR 的准备工作顺利完成了。一共三十六株，每株有四份，一共一百四十四份叶子的上清液溶液已经备齐。然而，B号馆的 PCR 里只有九十六个插管孔，因此要分两次使用 PCR。

首先是第一批，本村把十二个一组，一共八组的试管放进了那台打印机似的机器里。伴随着"嗡嗡嗡嗡"的巨响，PCR 机器开始运转。这声音每次都让人不假思索地想为它加油，本村每次使用 PCR 听到这个声音时都忍不住担心：该不会就这么"扑哧——"一下坏掉吧？

放大 DNA 的过程需要两三个小时。与此同时，"嗡嗡嗡嗡"的声音会一直持续，但并不是等在一旁就好。

下一阶段的实验是电泳，要事先准备好实验中要用的凝胶。本村把用来制作凝胶的原材料"琼脂糖"和缓冲液放进烧瓶，放入微波炉里加热。所谓的琼脂糖，简单来说就是洋菜粉，但是经过了提炼。甚至有这样的说法，从克重来看，比钻石的价格更高。本村使用琼脂糖的时候总会担心：如果我突然打喷嚏，把粉末吹得到处都是可怎么办？

幸运的本村没有打喷嚏，微波炉里加热的琼脂糖变成了黏糊糊的液体。实验室里有冷冻库、冰箱和微波炉，可是不仅不能制作食物，也严格禁止把食物和饮料带进来。如果不小心混进了异物导致实验失败自然是大错，但更严重的是有可能会在实验室里不小心吃下对人体有害的物质。

藤丸应该能用这个实验室里的设备做出好吃的果冻吧？自己的料理技术之所以没有什么进步，也许是平时只需要切拟南芥或者捣碎叶子，从而缺乏处理食材的经验。

本村一边胡思乱想，一边从微波炉里拿出烧瓶。她不是怕烫的"猫舌"[1]，却是怕烫的"猫手"，所以用抹布抓住烧瓶的脖子。

本村趁琼脂糖还热的时候将它倒进专用的模具，又加入了微量DNA染色液，然后用移液枪的前端轻轻搅拌。只要等它冷却凝固，凝胶就完成了，但在那之前，还有别的任务。

她把梳子形状的栅栏插入模具当中。这是为了让"梳子"的齿在凝胶上留下了微小的孔。之后要在这些孔里注入经过 PCR 处理后的叶片上清液溶液。凝胶凝固后，她拔掉梳子状的小栅栏，重点是在拔掉之前先倒上缓冲液。这样的话，可以避免好不容易扎好的小孔被缓冲液填满的状况。

到了下午，PCR 停下了"嗡嗡嗡……"的运转。本村取出 PCR 试管，虽然外观上看不出来什么特殊的变化，但里面拟南芥的 DNA 应该已经被放大了。

1　日本人把害怕高温饮食的体质，或拥有这种体质的人称为"猫舌"。

把事先制作好的凝胶连同模具一起放进装满缓冲溶液的电泳槽。下一步，是必须在沉入液体的凝胶孔中注入 DNA 被放大后的溶液。说起来简单，如果有人让你站在游泳池边，向排列在游泳池中的小孔里倒入高汤，倒也不是一件容易的事。

有一种方法可以解决这种情况，通过让高汤——也就是溶液——的比重更大，来注入被凝胶缓冲液淹没的小孔。

本村从 PCR 试管中用定量管吸出溶液，在石蜡封口膜上滴出直径两毫米左右的小水滴。

所谓的石蜡封口膜，是一种用石蜡制成的，像是半透明的薄薄的绷带似的东西。它像牛皮糖一样可以伸展，经常被用来卷在容器的盖子上增加密封性，在嫁接的时候也可以用来固定树枝。因为它的防水性能很好，所以本村经常将它作为实验时的一次性垫子。

本村在石蜡封口膜的小水滴上用移液枪加入蓝色的色素，以及用来加重液体比重的名叫上样缓冲液的液体。水滴比小指的指尖还要小，因此是一项精细的工作。用移液枪一点一点地加入水滴，将 PCR 实验后的上清液溶液和上样缓冲液混合在一起。混合好之后，再用移液枪注入电泳槽的凝胶孔中。虽说是极小量的水滴，但如果匆忙注入的话也会从孔里溢出来，因此很需要集中力和定力。

实验无论进行到哪个阶段，都像是精神上的修行。有一次，岩间在实验室里往凝胶中注入溶液时响起了火警。正在实验台上制作拟南芥叶切片的本村被火警的音量吓了一跳，急忙去走廊上查看情况，加藤和川井也说着"怎么了？怎么了？"从研究室里走出来。

结果那次是报警器发生了误报，本村松了一口气回到实验室，只见岩间正一脸严肃地继续往凝胶里注入溶液。

"啊，警报响过？"岩间说。好可怕的专注力——本村开始担心，如果真的发生火灾，这个人会不会连同凝胶一起被火焰卷走？

和岩间一样，B号馆内似乎也有不少研究生在报警器响起时一动不动地继续实验和观察。大学方面为此感到担忧，后来，松田也严肃地交代研究室的众人："火灾报警器响后，首先要确认起火地点，然后联系消防部门。要大声向周围的人求助，努力在初期把火扑灭。如果火焰升得太高无法控制，就必须放弃实验。不要试图把种植的盆栽等室内物品搬出去，要一边呼吁大家避难一边去户外。"

松田的语气不禁让人怀疑，万一出了什么事，相比人命，他也许会更优先保护植物。

"唉，松田老师那次也是一步都没离开自己的桌子，拼命地写论文呢。"

川井后来无可奈何地说道。松田大概也完全没有注意到那天巨大的警报声。

回到本村的实验，凝胶在电泳槽里进行电泳需要三四十分钟。凝胶的宽度有限，所以不能一下子检查所有PCR试管里的液体。首先，本村选择了"巨乳"一号的溶液和"真叶出现较晚且叶柄处呈淡红色"植株一号的溶液。

遗传基因"A""B""C""D"用的是不同的引物，因此各有四种液体，加起来一共有八种溶液需要测试。

在增加了这八种溶液的比重之后，本村用移液枪小心翼翼地将它们注入凝胶。四重突变体到底有没有成功，现在才能开始真正揭晓。等待电泳结束的四十分钟时间似乎很漫长。一想到自己马上就能知道真相了，本村不禁害怕起来，心跳也加快了。

本村一边制作下一个凝胶，一边等待着，想着差不多了吧。她看向电泳槽。刚才注入的溶液用蓝色的色素染上了颜色，因此可以看到它们在凝胶内部移动的情况。"看起来不错。"本村戴上了薄手套。这种半透明的一次性手套，像是那些经常使用洗涤剂导致手部皮肤粗糙的人在厨房里干活的时候经常会用到的。

她小心翼翼地从水槽里拿起凝胶，打开模具框。凝胶的形状和触感很像蒟蒻。本村有点兴奋，轻轻地晃动着凝胶。

"今晚有空吗？"

听到这句话，本村差点把宝贝凝胶掉在地上。她吃惊地回头一看，只见藤丸站在实验室的门口。

"关于联合研讨会的便当，我想好了菜单。我能进来吗？"

"可以，请进吧。"

本村回答道。老实说，现在不是商量便当菜单的时候，但也没办法。藤丸在接受本村的委托后，很快得到了圆服亭老板的同意，在那之后，他就一直在考虑便当和庆功会的菜单。尽管距离联合研讨会还有三个多月，他却十分热心，一会儿说"老板说，如果有人对食材过敏，或者因为宗教原因不能吃某种食材，请告诉我们，我们会处理的"，一会儿说"我想第一天吃日式便当，第二天吃西式便当"，等等。明明这件工作又费事，又很难说收入有多高，但藤丸和圆谷都爽快地应承下来。一想到这份好意，本村也不能对藤丸发脾气。

藤丸进入实验室，他站在本村旁边，饶有兴趣地看着凝胶。

本村想跟他开个玩笑，于是说道："这可不是蒟蒻。"

"是的。"藤丸认真地点了点头，"樱花都已经谢了，我还在想你为什么还要做关东煮？"不是气候的问题，难道他不知道根本就不能在实验室里做蒟蒻吗？本村瞟了一眼藤丸。藤丸歪着头。

"这是洋菜吧？为什么戴着手套？"

本村正在考虑是否应该告诉他这不是洋菜而是琼脂糖，但最后还是放弃了。没有时间详细解释。因为要尽快用紫外线照射凝胶，确认 DNA 的移动速度。

"我把将 DNA 染色后的液体混在了这种像蒟蒻一样的东西里，所以吃下去会对身体不好。"

原本还想戳一下凝胶的藤丸惊得跳了起来。藤丸总是像大型犬一样悠闲自在，很少会做出这种像猫一样的动作。

"对不起，吓到你了。"本村笑着说，"只要不直接接触就没问题。"

藤丸慢慢地回到原来的位置，双手交叉放在身后，以免不小心碰到凝胶。这样的他看起来像只警惕性很强的野猫。

实验室里确实会有对人体有害的东西，但实验中使用的药品对本村来说就是日常生活中随处可见的东西。当然，她在处理的时候会非常小心，废弃的时候也会严格遵守规定，没有什么可怕的感觉。因此，她对藤丸表现出来的莫名其妙的反应感到新鲜。不能因为每天使用就放松啊 —— 本村再次告诫自己。

在藤丸的注视下，本村把凝胶放进了形状像便携式冰箱的机器里。她做了个大大的深呼吸，伸出手指按下紫外线的开关。紫外线照亮了 DNA 移动的轨迹。出于紧张，本村发现自己的手很凉。

"我对研究一窍不通。"

藤丸唐突地说道，本村吓了一跳，没能好好按下按钮。现在正是最重要的时刻啊，本村难得地有点生气，她看了藤丸一眼，想说

"能等会儿再说吗"，可是看着藤丸，本村焦躁的情绪烟消云散。藤丸脸上保持着认真的表情，注视拍摄凝胶的摄影机。藤丸不是想妨碍实验，而是有问题想要问，才会跟我搭话——本村这样想着，先把紫外线和凝胶暂时放在一旁，做出倾听的准备。眼看着实验的高潮即将来临，自己有些着急，一不小心就对藤丸刻薄起来——本村为这样的自己感到一丝愧意。

藤丸不可能知道本村的心思，他问道："本村的实验，接下来是很重要的场面吧？"

"是的。"

被藤丸说中了，本村有些吃惊，但她觉得表现出吃惊会很失礼，所以脸上的肌肉纹丝不动。"你对实验越来越熟悉了呀。"

"不，不。"藤丸终于松开了背在背后的双手，在脸前使劲摇了摇，"我看你把这个巨大的好像甲虫食物的东西小心地放进冰箱时，就觉得肯定是这样了。况且里面还下了毒。"

对本村来说，电泳是一种常见的实验手法，处理凝胶也是司空见惯的行为。

实验室的其他成员也经常制作凝胶。

不过，老大不小的一个人在实验室里拿着不能吃的凝胶晃来晃去，在旁人看来也许算是一种非同寻常的景象。

"这不是冰箱。"本村说，"它叫凝胶摄影机，可以用紫外线照射凝胶，给凝胶拍照。"

藤丸脸上像是贴上了一个大大的问号，他看起来好像想要说点什么，不过他似乎也明白，虽然他对摄影机的用途一无所知，但现在正是一个非常重要的时刻。

"很抱歉打扰你了。"说着，他开始往门口退去，"我还是下次再来吧。关于便当的配菜，下次再说吧。"

"不，没关系的。"本村急忙叫住他，"只要打开开关，马上就能知道结果，之后我们可以商量便当。"

是的，一个持续了很长时间的实验，终于等到了出结果的一刻。本村为了平复心情，呼出一口气。无论是成功还是失败，都是很难独自去面对的事实。此时此刻，实验室里有了藤丸，本村倒觉得心里踏实了。

从实验的最初阶段开始，藤丸就一直在场。到了出结果的这一刻，没有事先叫他，他却出现了，就像是实验的守护神一样。那么你就陪在我身边吧，本村想。即使失败了，如果接下来能立刻商量一下便当的事，应该还可以分心。

藤丸看起来很高兴但又有些顾虑，不过还是回到了本村身边。本村再次把手指伸向凝胶摄影机的开关。

机器发出轻微的嗡嗡声。过了一会儿，藤丸开始轮流打量摄影机和本村，大概是因为本村和机器都没有了动静。

"做好之后，会有'叮！'之类的信号吗？"

"不会，这不是微波炉。"本村说，"已经被紫外线照射了。"

藤丸又露出了疑惑的表情，他天真地说："我们看看吧。"

"是啊。"

本村的声音因为紧张而沙哑。她清了清嗓子，打开凝胶摄影机门上的小窗盖，和藤丸靠在一起朝里看。

紫外线照射着机器内部，充满了蓝紫色的暗光，好像是深海的底部。

其中隐约浮现出一条粉红色的线，就像在深海里闪耀的鱼鳞一样。这是凝胶中用染色液染过的 DNA 所发出的光。

"哇，好漂亮啊。"藤丸喃喃自语。本村目不转睛地看着，解读着线所显示出的信息。

"真叶出现较晚且叶柄处呈淡红色"的一号株的基因 A 和基因 C 分别是"aa"和"cc"，都是相同的等位基因。

那么，对除草剂显示出很强耐药性的基因 B 又如何呢？本村从那些没有输给农药的植株中选出了候选者，其中应该有"Bb"和"bb"两种混在一起。这一株是哪一个呢？本村凝视着 DNA 散发的微弱光芒，小声地欢呼道："是 bb！"

"咦？哪里有 BB 弹？"藤丸环顾四周，本村当然没有顾得上他的这些举动。

四个基因中有三个是小写的相同等位基因！

是啊，但是……只有基因 D 这条线不一样。其他都是一条线呈梯形，只有它是双线，是"Dd"，是不相同的等位基因。"真叶出现较晚且叶柄处呈淡红色"的一号株是成功的三重突变，没有达到四重突变。

本村的大脑被"不是四重突变体"这句话所占据，一瞬间开始感到沮丧。但很快，她又想到：不，不对。这是福音。

本村有一个坏习惯，在任何事情上都过于细心，甚至到了胆小的程度，因此情绪很容易被眼前的事情影响。在选错了基因 D 这件事上也是，本村光顾着不知所措，不知道立即找人咨询，也不会随机应变。

不行，不行。自己过于集中在四重突变体是否成功这件事上，以至于看不到实验中最基本的问题了，冷静下来考虑一下吧，本村对自己说。

这个"真叶出现较晚且叶柄处呈淡红色"的样本，叶子的大小与普通拟南芥没什么两样。相反，"巨乳"的叶子从子叶阶段开始就很大。

刚开始做实验的时候，本村提出的假设是："如果这四个基因都是小写的相同等位基因，也就是四重突变，那么叶片的控制系统就会发生变化，叶片的尺寸就会变大。"如果考虑到这一假设，叶子大小和普通拟南芥差不多的"真叶出现较晚且叶柄处呈淡红色"的样本只是三重突变体，这反而是证明本村推理正确性的第一步。

想到这里，本村从最初差点就要灰心的心情中神奇地复活了，但这一次她又因为期待而开始忐忑不安。

这个实验说不定真的很顺利。如果叶子较大的"巨乳"真的是四重突变体，那就能彻底宣布实验成功了。

"巨乳"一号的 DNA 究竟会描绘出什么样的轨迹？本村在牛仔裤上擦去手心渗出的汗水，脸更靠近凝胶摄影机的小窗户。也许是被本村的气势所驱使，藤丸后退一步，让出了小窗前的空间。

本村全神贯注地解读着浮现在蓝紫色空间里的线条。"巨乳"一号的基因 A 是"aa"，具有除草剂耐药性的"基因 B"也是"bb"！

剧烈的心跳仿佛让眼球也震动了，本村的视线开始晃动。她做了好几次深呼吸，努力定下眼睛的焦点，觉得自己现在的姿势就像正在喘着粗气进行偷窥的可疑人物，但现在不是在意这些的时候。

"基因 C"也是"cc"。很好，作为三重突变体是成功的。本村咽了一口唾沫。那么，关键的遗传基因 D，简称 AHO 的基因是……

本村凝视着黑暗中发光的红线。基因 D 的轨迹很长，"梯子"上只有一条线。换句话说，基因 D 也是"dd"。

本村像做梦般启动了凝胶摄影机的显示器，调好焦距，按下快门。DNA 发出的光所形成的轨迹变成了黑白照片，从摄影机专用的打印机里伴随着"哔——"的一声被打印出来。

看着手里的照片，本村咬紧了嘴唇，脑海中闪过一系列实验的回忆——忙着采种、播种，每天一边和沉默的拟南芥说话一边照顾它们，因为选错了基因而陷入绝望的深渊……各种各样的记忆变得浑然一体，一阵感情的冲动涌上心头，本村不禁担心——难道我要死了吗？难道这就是濒死时的走马灯现象吗？

藤丸窥视着像雕塑一样凝固地看着照片的本村，又通过小窗向机器内部看了看。他等了一会儿，可是雕像般的本村还是没有动起来的迹象。

"那个……"他问道，"结果怎么样？这条红线是什么？"

本村这才想起藤丸的存在，她从照片前抬起头。

"四个基因都是相同等位基因，四重突变体成功了！"本村压抑着兴奋的情绪向藤丸作了说明，"'巨乳'是一个成功的四重突变体。而且，我选错了基因 D，所以它变成了与预期不同的四重突变体。但尽管这样，'巨乳'的叶子还是要比其他拟南芥的大。这应该是因为AHO 基因对叶片控制系统产生了某种影响，而以前几乎没有人注意到过这个基因，天啊，竟然真的会有这么巧的发现……"

面对越来越激动，最后几乎是在尖叫的本村，藤丸今天第三次露出不知所措的表情。

"有点难啊……对不起。"藤丸说，"也就是说……"

"也就是说，成功了，实验成功了！"

藤丸像被鞭子打到似的突然跳了起来。

"真的吗？"

"真的！"本村激动地说，"不过不能心存侥幸，剩下的叶子的上清液溶液也要放进 PCR，好好地确认一下。"

但是，藤丸并没有听进这些详细的说明。他只对"成功"这个词做出了反应。

"太棒了！"说着，他伸出双手，紧紧地抱住本村，"太好了，太好了！"

本村吃了一惊，但她很快感觉到，面对藤丸发自内心的喜悦，自己心里混沌旋转的思绪也渐渐汇聚成了"高兴"的心情。

"是的，我做到了！"

本村答道，她轻轻抓住藤丸衬衫的一侧。两个人抱成一团，在实验室里蹦蹦跳跳。

本村想，藤丸和松田老师说得没错。如果中途失败了，或者发生了意想不到的事，都不要紧。根本不可能有什么"按计划进行"这回事，而且也太无聊了。我现在有了这个发现，都是因为我走上了一条和计划不同的、坑坑洼洼的路，但即使那样，我仍然相信自己的想法和感受，也获得了快乐和喜悦。

实验，植物，多么有趣啊。我停不下来了，也不想停下。就像你不能停止"活着"一样。从本科时代开始，我的"为什么"和"想知道"——我期望过的东西既不是徒劳也没有错。我想弄明白那些和我一样生活在地球上的、神奇迷人的植物。今后我也想继续解谜，作为一个研究者生活下去。

就算是失败，就算实验不顺利，我也不会后悔。只要继续和植物接触，继续实验和研究，一定会再次感受到这种快乐。太喜欢了，太喜欢了……因为我爱植物。

本村涨红了脸离开藤丸 —— 因为实验的成功而激动到得意忘形了，我还是冷静一下，商量一下便当的事吧。

本村为了取出凝胶而关掉了摄影机开关，打开门。这么说来，刚刚用戴着手套摸过凝胶的手抓了藤丸的衣服，不过只是轻轻捏了捏边缘，洗洗应该就没问题了。

本村想提醒藤丸，她拿着凝胶转向藤丸，却发现对方正看着自己，眼睛里似乎有些怒气。

"我还是喜欢你。"藤丸静静地说道，"我不想说第二遍……"

"对不起。"本村也同样平静地回答，"我在刚才那一刻确信了一点。我不能回应你的心意。"

第五章

圆服亭里，藤丸阳太的绰号从"甩丸"升级成了"甩甩丸"。

因为他对同一个人告白两次，结果却是连败。

当然，藤丸并没有向圆服亭老板圆谷正一和所有常客透露这样的私人信息。但对方也不是等闲之辈，大家都敏锐地察觉到了藤丸身上微妙的变化，无论他是在接待客人，还是在做饭。

一天晚上，在洗衣店老板娘的号令下，圆服亭召开了紧急会议。五月的黄金周刚过，那天的客人也比较少，而且差不多到了关门时间。店里剩下的只有常客"炸竹荚鱼大叔"，他听到洗衣店大婶的号令，立即把杯盘都挪到了大婶那一桌。圆谷也从厨房走出来，三人开始小口小口地喝起了白葡萄酒。

藤丸关上外面的灯，在门上挂好"正在准备"的牌子，从距离圆谷他们这张桌子较远的地方开始拖地板。但是藤丸感到背后有人在看他。他无法忍受这种压力，回头一看，大婶正一边小口地喝着白葡萄酒，一边冲他招手。

"……怎么了？"

"到这儿一起喝一杯吧。"

"我还要干关店的活儿呢。"

"不用干了，藤丸不来，我们的会就开不成了。"

什么呀？这是个什么会？藤丸用眼神向圆谷求救，但圆谷一脸不知情的模样，继续往大家的杯子倒葡萄酒。不知道为什么，还准备好了第四只玻璃杯。

藤丸放下拖把，坐到桌边。

"好好好，干杯！"

炸竹荚鱼大叔用玻璃杯碰了碰藤丸的杯子，藤丸也喝了口白葡萄酒。在一瞬间的沉默之后，洗衣店大婶单刀直入地问："藤丸，最近你怎么了？没关系，就算你藏着不说，阿姨也看得出来。最近看你挺怪的，对吧？"

"是啊。"炸竹荚鱼大叔也点头同意，"乍一看你干活什么的还是老样子，可是偶尔会呆呆地看着远处。"

"这家伙经常发呆。"圆谷打岔，"又失恋了吧？"

藤丸呛了一口。自己还没来得及反驳，话题就越来越接近核心。真是个可怕的会议。

"那个……"藤丸说，"今天这个会是想讨论什么？"

"当然是讨论怎么替藤丸解除烦恼啊。"大婶挺起胸膛，"现在告诉我们吧，到底怎么回事？"

"我没有烦恼……"

这是藤丸的真心话。但是以洗衣店的大婶为首的三个中老年人都满怀期待、目光炯炯地盯着藤丸。没办法，他只好把向本村告白、又被拒绝的事说了出来。

"是嘛！"

三个人喊道，然后大笑起来。

太过分了！

藤丸气馁地喝着葡萄酒。

"失恋的对象，跟上次是同一个人？"

"你也不气馁，真是好执着啊，不可思议！"

"又被甩了，给你两颗黑星。我看你不是甩丸，这次是甩甩丸了。"

就这样，藤丸升级成了甩甩丸。从那以后，藤丸就被洗衣店大婶和炸竹荚鱼大叔称为"甩甩丸"了。

藤丸当然很不满。虽然听到"执着"这样的评价有些出乎他的意料，但他一心一意爱慕本村的结果是两连败，所以不希望别人用"甩甩"之类听来轻浮的外号来称呼自己。最后，紧急会议也没能讨论出解除藤丸烦恼的方法。

"唉，被甩了也是没办法的事。"

"我觉得藤丸是个好人，但是好人一定受女孩子欢迎吗？我看倒不一定。"

"去找下一个，下一个。如果你死缠烂打把别人搞烦了，我就把你赶出去。"

这些建议听起来如同在给伤口缠上浸满盐水的绷带。藤丸越发气馁了，只好说："知道了。"所有人牛饮一番之后，会议就结束了。

藤丸是真的明白而且也接受了一个事实 —— 本村对植物很着迷。在他第二次告白之前，他就知道一定会是这个结果。

他并没有因失恋的事实而烦恼，被本村拒绝也只是两次，所以受到的打击也比较轻。只是，不知道是该笑还是该哭，只觉得难为情，因为"第一次你花了三天时间才给我答复，这次马上就说了'对不起'，拒绝的速度变快了"。

第一次见面时，他认识本村还没多久，就急急忙忙地表白了。但是随着时间的积累和对本村的了解，藤丸的恋慕之情不但没有枯萎，反而越来越根深蒂固。

每次和本村见面，他都知道对方一心只想着植物。无论是给她带甘薯点心，还是芝士蛋糕，本村的心都在很远的地方，里面没有映照出藤丸的身影。

可是，本村和只需要进行光合作用的植物不一样，藤丸要一直给她送去午餐。一想到自己做的料理和点心成了本村身体的一部分，帮助她维持日常活动，他就暗自感到高兴。

他想起本村在显微镜室里给自己看过的由植物细胞组成的银河。假如把本村的细胞放在显微镜下观察，一定会像那时看过的植物一样，散发出微弱的光芒，那道光里的几分之一，是我做的菜化为能量源在闪耀。本村身体里的银河比任何星空都美丽。想到这里，藤丸不禁陶醉了，又觉得自己像个变态。

本村完全不知道藤丸的这些思绪，只顾埋头实验。虽然她偶尔会向藤丸说明实验内容，但内容太难了，对藤丸来说简直是宇宙语，听了也理解不了。可是说着宇宙语的本村也很可爱，他只理解了一点，那就是本村是多么珍视植物和研究。

藤丸不是故意要做第二次告白的，只是因为他比以前更了解本村了。但是他无法控制自己，理由也是一样，因为他比以前更了解本村了。看到实验成功后本村兴奋得满脸通红的样子，心里的想法就变成了话语。

理解与爱不成比例。有时候，越了解对方，爱意也就越归于冷淡。但藤丸对本村的感情正好相反。随着他对本村的理解越来越深，爱意也就越来越深。

但是，本村对植物的理解和爱也在加深，速度比这要快多了。藤丸叹了口气。所以啊，这次才会收到超高速的"对不起"——我可赢不了植物。

告白被拒绝当然很痛苦。正因为其中包含的思绪比上一次更多，所以也更痛苦。

然而，藤丸也明白了，爱情的竞争对手并不总是人类。本村的心属于植物。

虽然令人沮丧，但藤丸不可能把地球上所有的植物都烧掉。更麻烦的是，拜本村所赐，藤丸也比以前更喜欢植物了。这种和人类一样充满谜团的生物，不会说话，却会在路边或沥青路面缝隙强有力地分裂细胞。

和本村见面后，藤丸觉得整个世界都不一样了。做菜时用到的蔬菜看起来更加光彩夺目，他也会将目光停驻在平淡无奇的都市风景中随处可见的绿色上。地球上生活着何等丰富的植物，多到让人能够忘记了寂寞。

藤丸并不后悔。他爱上了一个让自己看到新世界的人。他爱上了一个爱上植物的女孩。

变成"甩甩丸"之后，藤丸依旧过着平淡的生活，和本村也一如既往地相处。本村对他的态度也和往常一样。

进入梅雨季节后的一天，藤丸前往 T 大学理学院 B 号馆送午餐，他在玄关大厅看到了本村的背影。本村正在大厅的台阶上轻快地向上走。

"本村。"

本村听到呼唤，回头发现藤丸，露出了笑容。

"谢谢你冒雨来送餐。"

本村说着冲他点点头。藤丸追上本村，一起上楼梯走向研究室 —— 并排地，慢慢走着。本村告诉藤丸，自己刚才在地下显微镜室观察"巨乳"叶子上的细胞。

通过实验，本村确定了"巨乳"是四重突变体，所以现在播下了"巨乳"的种子，正在增加株数。

藤丸还是一如既往地听不懂艰深的研究内容。但是，他明白了本村为什么要和自己谈研究。本村诚实而认真，大概认为被藤丸告白也好，自己拒绝告白也好，都不能随便透露出去。既然认真拒绝了对方的告白，那么自己所迷恋的东西究竟是什么，好像应该要好好向藤丸汇报。

对藤丸来说，这相当于从拒绝自己的对象那里得到关于婚姻生活很幸福的详细报告，只是和本村过着"婚姻生活"的并不是人类，而是拟南芥。藤丸既不忌妒，也没有愤怒，只是目不转睛地看着本村 —— 本村还真有精神啊。爱情中的失败者是痛苦的，而且还是个输给了植物的男人。

藤丸觉得，也许研究者的恋人和家人或多或少都会觉得自己输给了研究对象。只不过自己既没有成为本村的恋人也没有成为她的家人，做这样的猜测实在有些冒昧，但这一年多来他一直在松田研究室进进出出，他也因此了解到，这些人真是太喜欢植物，也太喜欢研究植物了。也许，研究者的恋人和家人有时会惊讶——怎么又陷入莫名其妙的研究里去了？

藤丸和本村始终不算过于亲密，他也会想：真的吗？在本村心里，我的地位是不是比植物要低？但仔细想想，植物和人类哪一个地位比较高，哪一个比较低，并不是绝对的。对于研究植物的人来说，比起附近一家餐馆送午餐的伙计，他们把更多的时间和注意力放在植物上也是理所当然的。

不过藤丸还是会认真地倾听本村讲述拟南芥的故事。因为藤丸知道这是本村的诚意，而且他自己也越来越喜欢包括拟南芥在内的植物和植物研究。

所以，藤丸和本村的距离和从前没什么两样。关于在联合研讨会上提供的便当和庆功宴料理的商讨也大致结束了。

据本村介绍，参加者一共五十二人。其中有人对荞麦面和花生过敏。荞麦面如果放进便当会涨大，圆服亭也不用花生油，所以没有问题。不过藤丸还是提醒自己注意原材料，以防万一。

T大学的研究生院里参加联合研讨会的是松田研究室和诸冈研究室。此外还有O大学、K大学、S科技大学研究生院里各个研究室的研究生和老师们。据说，各个实验室平时在植物研究上相互合作，也会彼此分担一些大型的实验。

关于协作，好像还会另外召开会议，这次的研讨会是各人对现在的研究成果进行演讲、回答提问，更像是内部的学术会议。

本村调查发现，在O大学和K大学的研究室里各有一名信奉宗教的留学生。其实还有来自其他国家的留学生，但因为宗教原因而有饮食禁忌的是这两个人。

藤丸打算单独设计与他们的饮食禁忌相对应的便当。但本村说，这两个人都自己准备午饭。他们说，本来就已经要准备很多便当了，再单独准备的话就太麻烦了。

因为自己缺乏知识和技术，所以让两个留学生客气了——藤丸觉得很过意不去，便一味地用起了难得响起的手机，搜索宗教上的饮食禁忌。的确，宗教里似乎有很多规则。如果藤丸因为做菜时的顺序不当或使用的食材不当而导致两人违反戒律的话，那可是一件大事，所以他决定接受本村的提议。

"我也不太懂那些啊。"圆谷也难为情地笑了，"但是，以后还是不能不做。给素食主义者的菜单、给有信仰的顾客的菜单，这些都要准备起来了。藤丸，一点一点学学看吧。"

"好！"

磨炼手艺的路还很长啊——藤丸光想想就快要晕了，但是看到老板身经百战仍满腔热情的样子，也受到了鼓舞。

最后，不包括两个留学生的便当的话，一共要制作五十份。至于庆功宴的菜单，藤丸决定好好设计，让两名留学生也能自由选择他们可以吃的食物。加大蔬菜料理的比例，单独提供沙拉的酱汁……宗教严禁饮酒，所以也不要用酒去调味。对了，酱油之类的调味料也要选择不添加酒精的产品。

藤丸做好了联合研讨会的菜谱，一有空就拿出来看看，把临时想到的食谱也记下来。至于便当，虽然在食谱上没有特别的限制，但考虑到要做五十份，为了确保进货的量，也必须进行试做。接连几天，圆服亭的灯都一直亮到深夜。圆谷也来帮忙试做，给菜单提出了合理的建议，还绞尽脑汁帮着思考怎么才能提高效率。

正在跟圆谷交往的花店阿花也来为藤丸加油。因为圆谷回去得太晚，她担心地来到打烊后的圆服亭看看情况。

"要做五十份吗？"阿花说着，丰满或者该说是发福的身体向后一仰，"我也做过五十人份的咖喱呢。我儿子小学时打过棒球，我在球队夏令营的时候做过。所谓的夏令营，就像是只有一晚的联欢会。晚上大家一起放烟花来着。"

藤丸一边量着一人份的米饭，一边耐心地听着。阿花的话却渐渐偏离了正题，最后草草结尾。"总之，做五十人份的咖喱实在是太累了。"圆谷也随声附和。

"那……"阿花接着说，"到时候我把面包车借给你。五十个人的便当用自行车的话，要分好几次才能送完吧。"

"谢谢。可是我没有驾照。"

"是吗？"

阿花的下一句话是"那岂不是不能去约会了？"但她似乎是从圆谷投来的视线中察觉到了什么，咽下了这句话，藤丸看了个一清二楚。好心痛啊——藤丸心想，就算有驾照，如果对方是本村，那驾照也不可能成为恋爱的执照，这么一想，他多少得到了些安慰。

"那……你看这样怎么样？"阿花又开口了，"我开车送你去 T 大学。只是把便当送去，十五分钟足够了。到时候我跟隔壁药店的大婶说一声，让她替我看店。"

当天圆服亭也打算正常营业，所以就算借来面包车，有驾照的圆谷肯定还是忙不过来。

"辛苦了阿花，真是帮大忙了。"

看到圆谷低头致谢，藤丸也感激地接受了这个提议。

就这样，送货的事定下来了，盒饭和庆功宴的菜单也定下来了。采购的订单已经发出去了，工序的分担和试做也都万无一失。圆谷看着大量被送到圆服亭的便当盒，呼吸也急促起来："看我的吧。"

接连不断地学习两天，这就是所谓的联合研讨会。这样的活动，藤丸光是想象一下就觉得可怕，为了让本村他们能顺利度过这可怕的两天，要全心全意地做出美味的料理。

因为过于兴奋，藤丸过早地订购了便当盒。藤丸在圆服亭二楼，要暂时面对一百个便当盒来生活了。随着夜里越来越闷热，梅雨季飞逝而去。

夏季是举办大大小小的学术会议的季节。梅雨季结束后，松田研究室的众人也比平时更加忙碌，不仅为了近在眼前的联合研讨会，还要准备其他各种学会，研究室里经常空无一人。有一天，藤丸去送午餐的时候，看见大书桌上孤零零地放着午餐钱。真危险啊——藤丸把钱收进钱包，在手边抓了一张废纸，在背面写下"钱我收下了"，听起来像怪盗似的。他摆好饭菜，没见到任何人，就回了店里。藤丸有点寂寞地想，不知道大家有没有趁热吃掉饭菜。

联合研讨会的前一天，藤丸为了最后一次商量订餐事宜来到松田研究室。研究室里只有事先约好的本村。运气真好。藤丸想，不对，明明是甩甩丸，想什么呢，还运气真好，我脸皮也太厚了。

本村正对着电脑不知在做什么工作。屏幕上有一排图像，显示出类似阶梯的形状。

"这是前几天用便携式冰箱那样的机器拍的照片吧？"

"对。我会在联合研讨会上公开现在的研究成果。为了方便大家理解，我会把内容摘要发给大家，还会配上照片。"

藤丸不太明白"摘要"是什么意思，想来应该是把要演讲的内容整理出来的资料吧？因为这次的联合研讨会是内部的，所以会用日语进行演讲，但是摘要却必须和论文一样用英语来写。这样即使是不擅长日语的留学生，只要阅读摘要就能掌握大概的演讲内容。

圆服亭里偶尔也会有外国游客到访，每到这种时候，藤丸就要和圆谷一起操着蹩脚的英语和手势，勉强向对方说明菜单。因为有了这种经验，所以藤丸觉得如果双方都有交流的愿望，大部分语言障碍都可以克服。

然而在科学世界里，精确的数据和逻辑比什么都重要，不能靠手势来推动。看到本村用键盘流利地输入英文，藤丸深深感到佩服，好厉害啊。

本村为了把论文投稿到杂志上，正在着手进行下一个实验。和松田商量之后，他们达成了一致，关于 AHO 基因影响叶片控制系统的论文，最晚也要在今年内投稿给杂志。可能也有其他研究人员偶然使用 AHO 基因进行了相同的实验，所以最好尽快发表论文，这样才会被认为是这一新发现的所有者。

为了不在同行评审中被挑出漏洞，必须通过实验取得各种数据，从多个角度去分析 AHO 的功能。除了要准备论文以外，再加上身兼联合研讨会干事所带来的压力，本村看上去很疲惫，但表情仍然充满了充实感。

"这篇论文，是以后的博士论文吗？"

"不是，现在距离提交博士论文还有一年多的时间。在这段时间里我想进一步展开实验。我想更具体地了解 AHO 基因的作用，而且还想查一下原来想选的 AHHO 基因。如果有了成果，希望能再发表在杂志上，如果最后的博士论文能结合这些研究就好了。"

关于"傻瓜""啊哈"，还有很多要查的吗？藤丸一如既往地感到震惊，但再多的解释他也无法理解，所以他决定换个话题。

"其他人在忙什么？最近大家都不怎么在研究室。"

"是啊……"

本村歪着头。虽然同属一个研究室，但基本上是各自独立进行实验和研究的，所以大家并不了解彼此的详细日程。

"加藤为了八月在冲绳举行的大型学术会议，去做海报了。"

"海报？"这次轮到藤丸歪头了，"研究人员都知道有学术会议吧？为什么要做海报？"

"不是告知用的海报。"本村把电脑屏幕上显示的摘要打印出来，一边确认效果一边说，"在学术会议上，有些人会当着大家的面做口头演讲，还会有'海报演讲'的集会。在会场的入口大厅等处贴上海报，有点像是扩大版的摘要，制作海报的人就站在旁边，如果有感兴趣的内容，可以当场提出疑问或质疑。"

"这样啊。"

听起来像文化节一样，藤丸想。说起来，在高中时代，文学类的社团就曾经在纸上写下研究成果做演讲来着。当然，藤丸那时正全神贯注地在小吃摊上烤章鱼烧，或者在朋友们摆出来的小摊上吃东西，根本没有仔细去看过演讲。

"如果是纸的话，携带时会折叠或者弄皱，所以有人会把内容印在很大的布上。"本村继续说，"布的话就可以当场熨烫或者压平。加藤说要去一楼的复印室，那里有印刷机可以在布上打印海报。"

"是吗？"

用布做海报，对本村他们来说似乎是件理所当然的事，但藤丸还是习惯性地感到惊讶。

"加藤要演讲的内容，还是仙人掌吗？"

"是的。他说他会详细说明让仙人掌刺变透明的方法。虽然八月的学术会议规模很大，但是专门研究仙人掌的人，恐怕除了加藤之外不会有其他人了……"

透明的仙人掌刺的照片，能清楚地印在布上吗？其他研究人员对这个会有兴趣吗？虽然有些担心，藤丸还是在心里祈祷加藤的"海报演讲"能够成功。

也许摘要已经快完成了，本村把刚才打印的纸放在桌子上，再次转向藤丸。

"不好意思让你久等了，是为了明天的事吧？"

藤丸转换心情，开始最后一次和本村核对便当的送达时间。实际上，他还想多听听本村的研究和学术界的故事。自己的理解如果能追得上的话，听个通宵也不成问题。对于联合研讨会的便当和庆功宴，两人已经商量过好多次了，所以确认工作很快就结束了。

又到了穿短袖 T 恤的季节。今天她的 T 恤上，左胸的位置印着正在吃心形叶子的毛毛虫。藤丸想到自己没能像这个毛毛虫一样在本村的心上钻个洞，不免有些难过。他低下头，看到了本村穿着橡胶凉鞋的脚。她小小的脚趾像樱桃一样整齐地排列着。

藤丸也很想看看她光溜溜的脚后跟，但直到两个人交谈结束，本村都直视着藤丸。

临别时，本村递给藤丸一个塑料袋，里面装着五个哈瓦那辣椒。

"有加藤帮忙，总算有了点收获。"本村说道。

原来本村还记得我想做哈瓦那辣椒油——藤丸高兴地道谢后接过。

哈瓦那辣椒的大小、形状跟小一点的青椒差不多，颜色像火焰一样红，看起来有点像心脏。

本村站在实验室门口说："明天请多关照啦。"

藤丸向目送他离开的本村深深鞠了一躬。

联合研讨会的第一天。天还没亮，藤丸和圆谷就开始在圆服亭的厨房里忙碌了。为求万无一失，他们戴着一次性的透明手套和口罩，头上还绑上了一条大花手帕。

今天的午餐是日式便当。要做一百个大饭团，馅料有梅子柴鱼和芜菁叶两种。配菜包括夹有鳕鱼子的油炸鸡脯肉和猪肉西京烧，此外还要把煮羊栖菜和油炸豆皮、芝麻酱拌菠菜等零碎的配菜装进便当盒。

圆服亭两升容量的电饭锅正在全力运转。每次蒸好米饭，藤丸都会一边小声悲鸣"好烫、好烫"，一边化身饭团制造机。圆谷的政策是饭团要赤手捏，不过不管戴不戴手套，热乎乎的米饭都很烫。与此同时，还要见缝插针地往鸡肉里塞鳕鱼子，把腌渍了一夜的肉从冰箱里拿出来用猛火烤，两人忙得手脚并用，快冒烟了。

圆谷负责油炸。他把鸡肉扔进油里，流出来的鳕鱼子引发了小型爆炸。

"哇！"厨房里传来一声尖叫，"喂，藤丸！你备菜的活儿做得这么糙，看看多危险！"

此时的藤丸已经在大堂里变成了分装羊栖菜的机器，他不情不愿地回答道："对不起 ——"

正值酷暑，如果便当做得太早有可能会变质。但是如果热量没有好好散尽，也会导致食物坏掉。两人决定开着圆服亭大堂里的冷气，在客人吃饭的桌子上摆满便当盒，仔仔细细地制作。藤丸和圆谷分头装着便当。

为了正常营业，前一天晚上准备好的炖菜和咖喱也要重新开火。圆服亭的炉子不能停下，圆谷把各种锅子和平底锅像是复杂的拼图一样在各个炉灶间传来传去。"等这个热了，就换成那个。"在他身旁的藤丸这次变成了一台切卷心菜的机器。那是为午餐沙拉所准备的卷心菜。

五十个便当终于准备好了，时间大约是十一点半。圆服亭的午餐时段开始营业，来吃午餐的客人迫不及待地走进店里。花店老板阿花抓准时机，把面包车停在了店门前的小巷里。藤丸忙着把便当搬到面包车的后部。随后，藤丸自己也钻进车尾，扶着便当不让它们塌下来。

"没忘记什么吧？那就出发啦！"

伴随着阿花开朗的欢呼声，面包车发动了，穿过小巷，行驶过本乡大道，向保安说明缘由之后通过了赤门，停在理学院 B 号馆的入口前。整个过程才不到五分钟。

"好啦，到达！"阿花说道，看起来还有点没开够，"要我帮你搬到会场去吗？"

"不用了，这里有电梯。"

藤丸打开后部的车门，从车尾跳了下来。他首先把折叠好的花店推车放到地上，再放上五十个便当。

"推车就留在圆服亭吧。"阿花说，"明天我不用去市场。"

"谢谢。那么，明天十一点半左右来接我吧。"

"明——白。"

阿花在驾驶席挥了挥手，华丽地掉转车头，朝着赤门方向飞奔而去。

藤丸目送阿花离开，推着装满便当的推车，打开入口处不太灵活的门，进了入口大厅的电梯。

理学院 B 号馆的四楼，有一部分像塔一样直插云霄。因此，楼层面积比其他楼层要小，占据这层楼的似乎只有那间被称为"礼堂"的阶梯教室。

藤丸打开两扇厚实的木门，第一次走进礼堂，他不禁小声发出了惊叹。礼堂非常漂亮。结构像研磨用的钵一样，在最里面，有一张经过岁月的洗刷而带有光泽的木制讲台。阶梯状的长桌围着讲台，形成一个松散的半圆。

座位大概有两百个。参加联合研讨会的有五十多人，分散在座位上。大家表情严肃地将视线集中在讲台前的男性身上。

藤丸打开的门设在礼堂的最后面，也就是楼梯的最高处。尽管如此，距离天花板还有一段距离。这是一个稳重而从容的空间，即使放进一台管风琴感觉也没什么奇怪的。左右两侧的墙面排列着粗大的柱子，连接天花板的部分有古希腊式的装饰。柱子之间像是有一扇扇长窗，但现在全被黑色的窗帘遮住了。也许是因为夏天的阳光太刺眼，会让人看不清讲台背后大屏幕上的画面吧。

后排的长桌上放着参加者各自制作的摘要和联合研讨会的时间表。为了能让大家在饿的时候填填肚子，桌上也放着点心。会场里还有好几个冷藏箱，放着瓶装的茶和果汁。

藤丸拿起了进度表。每个人好像有十五分钟的演讲时间。根据日程表，从早上九点半开始，仅在上午就有七个人要进行演讲，几乎没有休息时间。

可怕的是，在午间休息之后，还有十几个人准备演讲。

要这样持续两天吗？那大脑肯定会累到想吃零食了。这些人真是热爱学习啊，一般人理解不了——藤丸摇了摇头，为了不妨碍演讲，他把便当悄悄地从推车挪到后面的长桌上。抽空东张西望的时候，他发现本村坐在距离讲台最近的正前方，正认真地记着笔记。每个人都带着笔记本电脑，快速搜索可能与这场演讲有关的论文。

藤丸看了看进度表，发现现在正在演讲的男性是 O 大学的老师。他和松田一样是一位看上去四十多岁的老师。他正在操作笔记本电脑，一边在屏幕上演示图像，一边热情地进行说明。屏幕上出现了黄色的可爱的花朵，藤丸很感兴趣，于是坐到了最后一排的座位上。

当然，藤丸对于演讲的内容几乎完全无法理解。但他知道了黄色的花是毛茛，这位老师在田野里收集毛茛，测算着花瓣的数量。

毛茛的花瓣有时是五片，有时是六片。以前有人会说着"喜欢，讨厌"，然后一片一片地摘下花瓣，像占卜一样。藤丸的心情变得有些愉快。虽说都是植物学，可是他的研究方法和整天在显微镜下观察细胞、检测基因的本村他们大不相同。花瓣老师没有使用细胞或者 DNA 正在闪光的照片，而是在屏幕上一个接一个地展示了难以理解的折线图和数学公式。

藤丸四处张望，观察着礼堂里的人们。粗略一看，一半以上的人似乎是来自其他研究生院的人。除了松田研究室的成员之外，还有其他一些似曾相识的人，大概是诸冈研究室的人吧。

松田坐在最前排的一端，一边不时地做笔记一边聆听演讲。其他人都穿得很随意，唯独松田仍然穿着杀手似的西装，在他旁边隔着一个座位，诸冈正在频频点头。藤丸想，如果不和土豆扯上关系的话，他还是一个非常稳重的人。

川井坐在担任干事的本村的斜后方，帮着掐算时间。加藤坐在礼堂中央的座位上，盯着笔记本电脑屏幕。藤丸两只眼睛的视力都是1.5，因此看得到加藤正在搜索毛茛，数着花瓣的数量。

加藤，我理解你的心情——藤丸独自点了点头，在心里和加藤紧紧握手。听到新颖有趣的演讲，就算是研究生也会有外行人的反应，藤丸为此稍稍松了一口气。

岩间在哪里呢？他四下寻找。原来岩间就坐在藤丸左侧的斜前方。大多数参加者都坐在阶梯教室中段往前的位置，岩间周围没有人。

唯一的例外就是坐在岩间旁边的年轻男性。空座位很多，即使相邻而坐，大家也都隔着一张椅子。然而，岩间和男人却相互挨着坐在一起。

"嘀——"藤丸的恋爱传感器有了反应。说起来，岩间说过自己正在远距离恋爱，对方应该是奈良县的研究生。原来如此。藤丸若无其事地从桌子上探出身子，确认了一下那人的侧脸，似乎和岩间差不多年纪，大概二十五岁到三十岁吧，看起来是个很认真的人。

好吧，假如不够认真，估计也做不了研究。藤丸恢复了原来的姿势，稍稍歪了歪头。话虽如此，两人微妙的距离感还是让人担心。好久没见面了，好不容易挨着坐，两人之间却微妙地有种陌生人的气氛。不把胳膊靠近一点吗？不在桌子底下牵个手吗？唉，我想什么呢？明明是甩甩丸，怎么还像个不知道吸取教训的轻浮笨蛋。研究人员参加联合研讨会，最重要的当然是听演讲，理所当然的嘛。

受到圆服亭常客们的影响，藤丸没有注意到自己的用词有些老派。

就在藤丸为岩间和男友的关系担心时，花瓣老师的演讲结束了。在气氛活跃的问答之后，本村站起来，通过讲台上的麦克风宣布："从现在开始休息九十分钟。教室后方备有便当、点心和饮料，请大家随意自取。"

参加者们三三两两地从座位上站起来，一边伸伸懒腰、查查手机，一边走上礼堂的台阶。藤丸也急忙站起来，退到放着空推车的墙边。拿到便当和饮料的参加者们常常会为了转换心情去其他空教室里吃饭，虽然天气很热，但也有人想去树荫下的长椅上吃饭。

"好棒啊，看起来很好吃。"

听到两个女研究生高兴地评价着便当，藤丸松了一口气。松田等熟人纷纷跟他打招呼，"谢谢""辛苦了，藤丸"，说完带着便当从礼堂消失了。

"藤丸啊……"加藤说话了，"我想吃炸猪排饭，明天的菜单是什么？"

刚好岩间和男友来拿便当，藤丸在回答加藤时不由得心不在焉。

"抱歉啊，明天是三明治。不过里面会有炸猪排三明治。"

"是吗？"加藤半是失望半是期待，"不过，猪排终归是猪排。"

加藤似乎完全没有注意到略微点了点头的岩间和她身旁男朋友似的人物，也跟着众人走出了礼堂。藤丸目送他离开。

"哇，里面有好多配菜啊。"本村也来打招呼，"太感谢了。"

"不不。"

藤丸转向本村。从一开始他就留意到了，今天本村穿的又是一件印着大大的气孔图案的 T 恤。因为今天是联合研讨会，所以本村郑重选了件有自己特色的衣服？再怎么说是植物学家们的聚会，但郑重挑选的衣服居然是气孔 T 恤？

但是，就像恋爱的告白一样，想必关于服装的选择问题也不会顺利得到答案 —— 藤丸已经学到了这一点。他一边把最后一个便当递给本村，一边选择了别的话题。

"刚才我听了一点点关于毛茛花瓣的演讲。虽然很难懂，但觉得很有意思。"

"是的。刚才那位老师正在用数学方法研究花瓣的排列问题。"本村表示同意，她的眼睛闪闪发亮，"比如，毛茛的花大多都是五片花瓣。但是也有一些花错误地长出了第六片花瓣。这第六片花瓣在哪个位置呢？通过数学运算，可以计算出几种位置的可能性，但实际上，第六片花瓣出现的位置总是集中在其中几种运算结果上。他正在研究这个。"

自己从未见过的复杂的数学公式，原来是为了揭开毛茛花瓣之谜。

原来如此 —— 藤丸很佩服那位老师能专心采集毛茛。本村看出藤丸脸上的表情，不禁有点羞愧起来，说得好像自己很懂一样，她有点不好意思地补充："我数学不怎么好，即使听了老师的演讲也没有完全理解。"

"哦？本村也会有不懂的东西？"

"是的，我不知道的东西太多了。"

本村认真地点了点头——所以才会觉得研究很有意思呀，藤丸看得出来。

本村说要在外面的长椅上吃便当，藤丸便和她一起走出礼堂，走下 B 号馆的楼梯。他把推车折起来夹在左边腋下。藤丸也不能太磨蹭了，他要回到圆服亭为晚餐的营业做准备，还要准备明天的便当和庆功宴。

"上午的演讲中，还有好多有意思的。"本村说道，"K 大学的教授做了演讲，说植物能记住六个星期的温度变化。"

"六个星期！我假如不好好想想的话，连前天的晚饭吃了什么都记不起来。"

"是啊，我也是。"本村点点头，"当然，因为植物没有大脑，所以和人类所谓的'记忆'从意思和构造都不一样。说到气温，相比季节之间的变化，其实昼夜之间的温差，还有每一天的变化才更激烈。"

"是啊，比如小阳春，还有些时候明明是夏天但会忽然感到很凉。"

"是的。如果被这种短期的变化牵着鼻子走，就有可能在冬天误以为春天已经到了，有些植物因此会开花。这对植物来说不太好。比如郁金香如果不在同一季节同时开放，就不利于授粉。冬天只有一朵花开了，蜜蜂之类的昆虫也不能帮它传授花粉。"

"是吗？所以至少要记住六个星期的气温变化，才能知道季节是不是真的变了。"

"好像是这样的。他用分子生物学的方法观察植物的内部状态。但他似乎也喜欢普通的观察，几乎每天都去同一个公园散步，他说看花坛是他的爱好。"

"偶尔不会想换条路散步吗？"

"好像不会。他说，一直去同一个地方，就能一直见到同样的脸，所以他喜欢植物。"

藤丸从来没想过有人会因为这个而喜欢上植物，但这个说法也有点道理，毕竟昆虫和动物会移动，会换地方。一直以来他都觉得研究植物的人里似乎有很多怪人，不过他已经习惯了这种一开始摸不着头脑、继而接受现实的状况。

"松田老师和诸冈老师都笑着说：'如果这位老师是深草少将[1]，应该可以毫不费力地走上一百个晚上。'"

藤丸不知道深草少将是谁，于是暧昧地答道："啊。"

藤丸尽可能地慢慢走着，但是已经走到了一楼。他打开入口处的门，让手里拿着便当和饮料瓶的本村先走出去。

本村要去银杏道的长椅，于是他们一起朝赤门方向走去。藤丸把小推车打开，推着它往前走，小推车发出刺耳的声音。

这时，岩间从前面走来。她走得很快，低着头。已经吃完便当了吗？藤丸惊讶地想。而且，明明刚才是和男朋友一起走出礼堂的，现在却只有她一个人。

1　深草少将：传说中的人物。传说才女小野小町的求爱者络绎不绝。其中小野小町被深草少将感动，向他提出条件，如果能够连续一百个夜晚前来拜访，便接受他的求爱。深草少将恪守诺言，却在最后一个晚上筋疲力尽，倒在小野小町的门前气绝身亡。

"辛苦了。"

本村轻快地向她打招呼，岩间跟他们擦肩而过，她瞥了一眼藤丸和本村，小声答道："嗯，辛苦了。"说完径直走进了 B 号馆。

"怎么了？"

看着岩间和平时不同的样子，本村担心地回过头。

平时总是照顾自己的岩间，怎么态度这么冷淡……藤丸开始推理：是不是和远距离恋爱的男朋友吵架了？因为一时的激情，搞不好已经对男朋友出手了，为了避人耳目才低头走路。这种可能性也不能完全否认，不过大白天的，大学校园里杀人好像挺难的。

十有八九是吵架了吧，藤丸下了结论。可是，自己实在没有资格插嘴这种事，因此保持沉默。他想，本村大概比自己更不会处理恋爱方面的事。

藤丸露出笑容："对了，本村的演讲，是在明天的午休时间之前吧？"

"你怎么知道的？"

"我偷看了时间表。"藤丸挺起胸膛，"如果时间来得及的话，我会来听的！"

"我有点紧张啊，但我会努力的。"

藤丸和本村在赤门附近分开了。蝉鸣声四起，本村走向空荡荡的长椅，背影很清爽，圆润小巧的脚跟跟着沙滩凉鞋上上下下。

藤丸挣扎着转身离开了赤门。推车发出高亢的响声，他走过本乡大道。

圆服亭对面的房子里，今年也开了很多木槿花。

木槿树是不是也能记住六个星期的气温，所以知道是夏天来了？它有没有想过，今年要不就偷个懒不开花了？

既不用判断也不用思考。因为它是植物，和我们人类不一样。即使有些年份出于某些原因而无法开花，也肯定不是因为沮丧或者生气。它们是不会拥有人类的这些烦恼的。

不过，也有些相似之处吧。抬头望着白色的木槿花，藤丸在心里跟它说话。虽然搞不清楚原理，但是它在用复杂的机制记忆气温。这是为了生存而不能忘记的重要的事。

我也一样。我并没有刻意想要记住，如果能忘记也许会比较轻松，可是我的大脑却记住了做各种各样食物的程序。记住了喜欢上本村时，我的心脏是怎样跳动的。我不知道大脑是怎么工作的，但记忆是自己刻进去的。也许是因为这些很重要吧。

藤丸对木槿怀有单方面的亲近感，用任何人都听不见的声音对木槿说道："我们是一样的。"说完，他打开了圆服亭的大门说道："我回来啦。"

联合研讨会的第二天，藤丸和圆谷又是天还没亮就开始在圆服亭的厨房里奋斗起来。

今天必须做出大量的三明治便当。他们在大锅里煮鸡蛋和土豆，接连不断炸着吉列猪排，蘸上特制酱汁，又化身为切卷心菜丝的机器，忙成一团。

商店街的面包店送来了预约好的吐司面包。一共有五十份，体积大得像是叠起来的被子。恰好这时配料也凉了，两人着手把配料夹进面包。

藤丸和圆谷戴好一次性淋浴帽、透明手套和口罩，把大厅的桌子拼在一起当成作业台。因为大花手帕会滑下来，所以不得不采取这种方法。

三明治有四种配料 —— 蛋黄酱拌煮鸡蛋、马铃薯沙拉、卷心菜、炸猪排。因为尺寸比较小，所以一盒里装两种味道。

藤丸在面包上涂上黄油和西式芥末酱，圆谷则夹上适量的馅料，两人分工合作。

"哇，老板，你做得太快了！"

藤丸忍不住在口罩下大喊出声。

"哈哈哈，你害怕了吗？这就是所谓的专业技术。"

圆谷像千手观音一样，接二连三地做好三明治。被催急了的藤丸也拼命地给面包涂上黄油，但还是赶不上。他终于不满地说道："夹馅儿更简单吧？"并提出替换。可是，圆谷涂黄油的工作也是"嗖嗖嗖"的，而且涂得很好。

"怎么样？投降吗？"

"投降了，老板果然厉害。"

在堆积如山的涂好了黄油的面包前，藤丸也只能老老实实地点头。

在把三明治切成小块装进盒子的时候，藤丸陷入了苦战。盒子非常小。事先试做了三明治，也量好了尺寸，但不知为什么塞不进去。

"老板，这个盖子要怎么盖上啊？"

"压缩一下。"

"把面包压瘪吗？"

"逗能把馅料放太多了，没办法了。已经没有时间了。"

花店老板阿花把面包车停在门口，轻轻按响喇叭。藤丸急忙把做好的便当和推车装上面包车。同时他还带上了卡式炉和几个气罐、大锅、平底锅、电热板等庆功宴所需的器材。

"你没事吧？是不是没怎么休息？"

阿花在驾驶席上说。

"如果这种情况永远继续下去我可能会死掉，幸好只有两天而已，没关系。"藤丸在面包车后部喘着粗气支撑着便当。好在十一点半没过多久就到达了 B 号馆。

"五点半我再去圆服亭接你。"

阿花说完就走了。为了尽可能让食物处在温热的状态下，藤丸打算在庆功宴即将开始前才把它们送进会场。而蛋包饭和那不勒斯意面则在会场里现场制作。为此他准备好器材，和午饭的便当一起搬到了推车上。电热板放不下了，他用一只手抱着。

错过了本村的演讲就糟了 —— 藤丸急忙走进电梯。锅和平底锅在推车上发出响声，藤丸一边推着推车，一边打开四楼礼堂的门。

正好本村站在讲台上刚刚开始讲话。藤丸松了一口气，他在最后一排的桌子上堆好小山似的便当之后坐了下来。

一开始，藤丸很紧张地听着本村的演讲。他甚至想，自己上小学的时候，妈妈也是这么心跳如鼓地来参观自己上课的吧？但很快，他的心跳就恢复了平静 —— 和被老师点中之后从来回答不好问题的藤丸不同，本村镇定自若地进行着说明。

自己选择了什么基因进行实验，经过杂交后得到了叶子具有什么特征的拟南芥，她结合画面做着演讲。藤丸忙乱地看看屏幕又看看听众，每个人看起来都很认真。

因为有很多专业术语，所以本村演讲的大部分内容对藤丸来说都晦涩难懂。尽管如此，多亏他平时在实验室和栽培室进进出出，只要本村一提到"四重突变体"，他就知道是"巨乳"，一说到"AHO"，他就会想到"啊哈"，时不时也能听懂一点内容。藤丸觉得自己好像参加了联合研讨会，莫名地有点高兴。

本村在荧幕上展示出黑底白线呈梯形的照片。可以感觉得到，听众的意识已经越来越集中在本村的演讲上。

"最终，我确定有四株是四重突变体。与此同时，我们也发现了基因AHO会影响叶子的尺寸。今后，我将查清楚AHO的具体作用。"

本村低下了头，平淡的语气中隐藏着无法掩饰的热情，她的演讲结束了。藤丸差点鼓起掌来，但在联合研讨会和学术会上似乎没有鼓掌的习惯。参加者们重新低头阅读本村的摘要，还有好几个人举手提问。藤丸差点就闹了大笑话。

因为干事本村是演讲人，所以由川井负责提问环节，把无线麦克风拿到举手的人跟前。对于每一个问题，本村时而流畅地回答，时而陷入沉思，但都一一郑重地予以解答和说明。藤丸一如既往地无法理解提问的内容，却感受到反响不错。能得到这么多提问，就是大家对演讲很感兴趣的证明。

太好了，太好了，本村。藤丸虽是个门外汉，却有些感慨，在最后一排径自点了点头。松田和诸冈手里拿着本村的摘要，正在说着什么。诸冈笑眯眯的没什么出奇，松田竟然也露出了笑容，藤丸吓了一跳。松田老师笑起来更可怕。或许他本人并无此意，但他此刻的表情就像是不顾对方的求饶，冷酷射穿对方眉心的杀手。

加藤正在本村的摘要上记录着什么。在藤丸的位置环顾会场，会发现几乎所有的人都坐在和前一天同样的位置上，很有意思。领地和归巢之类的，自然而然就决定了。藤丸想，说不定也会有心理学家或是行为学家之类的人在做这些研究吧？

但是，有一个人的座位和昨天不同，那就是岩间。岩间的"男朋友"今天也坐在礼堂后部的座位上，岩间却移动到了正中央附近。跟她隔着一个座位的是一位像是留学生的女性。岩间应她的要求，正在用英语解释本村演讲的详细内容。岩间和"男朋友"之间没有交换过眼神。

嘀——藤丸的"分手感应器"有了反应。事情看起来不太对劲——不过反正我也无能为力。

时间到了，川井打断了提问："对不起，还有问题的话请在休息时间或是庆功宴上提问。"

本村也从讲台上退下来，通知大家："谢谢。接下来是九十分钟的午休时间。今天的便当也在礼堂后方。"

本村刚一走下讲台，就有几个想要提问的人找她说话。看来她现在好像没时间应付藤丸了。虽然藤丸很想祝贺本村演讲成功，但是没办法。他推着装有烹饪器材的推车，走出了礼堂。拿着便当的参加者们纷纷从他身旁走过，走下楼梯。

"藤丸，谢谢你的猪排三明治。"

听到加藤的招呼，他轻轻举起一只手。藤丸推着推车乘上电梯，前往二楼。

礼堂是阶梯状的结构，不适合庆功宴。为此，本村和藤丸商量之后，决定在理学院 B 号馆二楼的大教室里举行庆功宴。那是一间普通的教室，地板很平坦。大教室的长桌和椅子几乎都被拆除了，剩下几个摆在黑板前和窗边。这样的话也可以把菜陈列出来，或许有点挤，不过可以站在中间的空间里站着开一个餐会。

进入大教室后，藤丸把推车上的烹饪器材放在黑板前的长桌上。他的计划是在这里煮意大利面，用电热板制作那不勒斯意面。至于蛋包饭，晚上他会带上刚煮好的米饭，同样用电热板做出特大号的即可。也许有人想吃不加肉的那不勒斯意面或者蛋包饭，那时就要用平底锅单独来做。

藤丸正在确认卡式炉是否能正常点火的时候，岩间路过走廊。

"咦，藤丸？你已经在准备了？"

说着，她从敞开的门里走进大教室。

"不，我马上就回圆服亭，傍晚再来。"

"哦，辛苦你啦。"

岩间看了看大锅里面，忽然抬起头看着藤丸问道："藤丸，你是不是在和本村交往？"

藤丸吓了一跳，他急忙否定："没有，没有。上次我被拒绝了。"

自己怎么连不该说的话都说出来了——还没来得及后悔，一阵更大的惊愕袭来。

"上次？你又被拒绝了？"岩间问道。

"又……"

藤丸破音了。岩间怎么会知道这是他的第二次告白呢？难道本村和研究室的人商量来着？——藤丸那家伙一直不停地告白，真是烦人啊。

藤丸一时感到羞愧、混乱又疑神疑鬼，心中仿佛狂风怒号。或许是察觉到了这一点，岩间露出了"糟糕"的表情，她解释道："不，不是的。去年你不是在地下的显微镜室向本村告白过吗？其实，那时我碰巧在，不小心听到了。"

"是吗？"

至少藤丸知道了本村没有把自己当成"甩不掉的男人"，于是稍稍恢复了冷静。

"然后呢？又告白了，又被拒绝了？"

"是的……"

"是吗？"岩间的表情混杂着同情和愤怒，"我以为你在和本村交往，所以才接下了这个活儿，要给这么多人做饭，这么麻烦。"

不知怎的，藤丸觉得岩间的话很刺耳。

"不是的。这只是生意上的事，我是和老板商量以后才决定的。"

"是啊，可是本村也太过分了。"岩间的嘴角浮现出嗤笑，"不回应你的心情，只是在利用你的好意吧？"

藤丸虽然有些不高兴，但这一年来一直和岩间有来往，所以知道她是什么样的人。平时的岩间豪爽友善，绝对不会说这种话。藤丸有点担心。

"岩间，你怎么了？"

"没什么。我只是觉得，如果本村真的只关心研究，是不是不应该做这些会让你产生误会的事呢？"

"本村很明确地拒绝了，我也很清楚。对本村来说，最重要的是研究，其他的都无所谓。世界上有这样的人也是正常的，我看着一心做研究的大家也这么想。虽然我现在确实很喜欢本村，不能和她交往是很遗憾，但那不是本村的错，是我的问题。因为我的魅力没有植物大！"

藤丸正在强调这一点，视线一角出现了本村的身影。她表情僵硬地站在走廊上。

"本村！"

藤丸喊了一声，岩间也"咦？"地看向门口。可是本村没有回应，而是朝楼梯的方向走去。藤丸和岩间的眼睛里只留下白色鞋跟的影子。

"本村！"

岩间跑到门口，探身向走廊看去，本村好像已经不在了。

"怎么办？她是从什么时候开始听的？"岩间转向藤丸，脸上带着凄然欲泣的表情，"对不起，对不起，我和交往的人相处得不顺利，整个人都不对劲。不，是从更早以前开始，我就一直在羡慕本村，在嫉妒她。我不能像她那样选择。放弃爱情和婚姻，我不能接受！"

藤丸走近岩间，犹豫了一下，然后轻轻地把手放在对方颤抖的肩膀上。

"在听本村演讲的时候，"岩间继续说道，"我一直在想，我的研究是不是因为这样才不上不下的，我想了很多，说了一些让人讨厌的话。真的很对不起。"

"你不用向我道歉。"藤丸发自内心地说，"我也是，我想本村也是，都很了解你的心情。"

"是啊，谢谢。"岩间深深地呼了一口气，"我去找本村，向她道歉。"

藤丸把手从岩间停止颤抖的肩膀上拿开，点点头说："好。"

岩间走出大教室，走廊上传来奔跑的脚步声。藤丸听着，深深地叹了口气。

大家都很不容易啊。因为大家都在认真研究，所以才会不容易。

藤丸推着空空的推车回圆服亭做庆功宴的菜了。

圆服店已经结束了午餐时段的营业，圆谷正在焦急地等着他。

"好慢啊，藤丸！"

"对不起！"

在晚餐营业之前的这段时间，他们开始准备庆功宴的食物。他们炸出松松软软的豆腐，清洗做沙拉要用的蔬菜。这次藤丸也和圆谷一起变成了千手观音，在厨房里忙碌。

藤丸把预先调好味道的鸡肉放进烤箱，在低温下慢慢烤透。接下来要切土豆来做薯条了，他拿起菜刀。

"我来做吧，你去拿大盘子来。"圆谷指示道，"在楼上的壁橱里。"

藤丸住的那个房间里留下了一些圆谷的私人物品。他知道壁橱里有纸箱，但从未打开过。藤丸照吩咐上了二楼，把箱子抱进厨房。

宴会时可以使用的大盘子和大碗，一个个用报纸小心翼翼地包好了收在箱子里。每个餐具都是温暖的白色，边缘用深蓝色描绘着花草图案，像是镶边一样。

"哇，好漂亮啊。"

藤丸洗了碗碟，用干净的抹布擦拭。

"以前我们全家一起开店的时候用过。"圆谷一边利落地炸着薯条一边说，"因为太忙了，连自己吃饭都顾不上，所以就事先做好一大堆，盛在大盘子里大家一起吃。"

"是吗？"

圆服亭是圆谷的父亲开的店。以前，圆谷的父母和兄弟姐妹曾经全家出动经营店铺。听说圆谷结婚后，在附近租了一套公寓，每天在公寓和圆服亭之间往返。加上他的妻子和女儿们，应该是很热闹的餐桌。

"可是我爸妈都不在了，兄弟们也自立门户去做了别的工作，我和妻子也分开了。这些餐具我一直收起来，有这样的机会真好啊。"

"老板……"

藤丸满怀万千感慨地望向圆谷，差点被滴着热油的漏勺碰到。

"你是不是在想，就剩下一个孤家寡人了？"

"哇，太危险了，我可没这么说！"

"我可不是孤家寡人！"

"都说了我没说！"

"我还有阿花，还得照顾你这个不肖弟子。行了，拿去吧。"他递给藤丸一个盘子，上面堆满了热气腾腾的薯条。

藤丸把煮好的带着汤汤水水的菜和刚刚煮好的饭分别放进大型保鲜盒里，其他的菜放在大盘子和大碗里用保鲜膜包好，坐进了阿花前来迎接的货车里。

"好香啊。我闻着都饿了。"

阿花爽朗地说道，她轻快地转动方向盘，开始了短暂的兜风。

藤丸今晚用的是租来的推车，他将料理搬进了理学院 B 号馆二楼的大教室里。联合研讨会似乎还没结束，教室空无一人。他装好盘，把菜摆在长桌上，又拿着大锅来到三楼的松田研究室，在水槽里接了水。

回到大教室，他把大锅放在卡式炉上开始烧水。这时，研讨会的参加者开始陆续出现了。藤丸揭掉长桌上大盘的保鲜膜，给电热板插上电源。

毕竟不是专业的会议送餐服务，所以只能请大家各自使用纸盘、一次性筷子、塑料叉子和纸杯。饮料则是大家各自带来的啤酒、葡萄酒、乌龙茶等，川井等人搬来了很多，事先放在冰箱里冰过。

教室里的人口密度逐渐增加。藤丸在电热板上抹了一层薄薄的油，加入用保鲜袋带来的蛋包饭材料，炒了起来。同时，他把鸡蛋打进碗里搅拌均匀，大教室里弥漫着洋葱的香味。

"各位，都到齐了吗？"松田在教室的一角招呼大家，"这两天辛苦大家了。能看到大家今后的研究课题，我认为这次研讨会非常有意义。接下来的时间，请大家不要客气，吃起来吧。干杯！"

好多人手里还没杯子呢，这祝酒辞真是粗枝大叶乱来一气啊。藤丸将米饭放到电热板上，开始用圆谷秘制的番茄酱调味。与会者不知道是习惯了松田的言行举止，还是除了实验和研究之外对其他细节不在意，大家随意碰了碰杯子，开始用纸盘去装菜。

大教室里到处都是闲聊的人群，笑声四起。空调已经全速运转了，但还是有点热。藤丸把蛋包饭的米饭盛在大盘子里，再放上煎鸡蛋。这里毕竟不是厨房，蛋包饭的形状有点勉强。

他把特大号的蛋包饭搬到窗边的长桌上，一直在观察动向的诸冈马上就来了。

"哎呀呀，藤丸，炸薯条很好吃，这个看起来也很好吃。"

"老师真是爱吃土豆啊。"

他和诸冈谈笑了一会儿，回到黑板前的简易厨房。大锅里的水已经开始沸腾了，投入意大利面后，他开始制作那不勒斯意面。他在电热板上做普通的那不勒斯意面，在平底锅里做没有香肠的素食版。

岩间拿着装有啤酒的杯子站在藤丸面前。意大利面刚刚煮好，藤丸正一边混合面条和配料，一边小心地调味。他没有抬头，问道："你和本村谈过了吗？"

　　"嗯，我道歉了。我想她原谅我了。"岩间不好意思地说，"藤丸，对不起。"

　　"没事，没事。"藤丸把做好的那不勒斯意面盛在大盘子里递给岩间，"如果方便的话，能不能向那两个有宗教信仰的留学生解释一下，这是只放了蔬菜的那不勒斯意面。如果他们想吃的话，我也可以做只放了蔬菜的蛋包饭。还有，有的菜在酱汁里用了酒精，还有一些菜里加了猪肉和牛肉，在这些菜旁边我都放了字条备注。"

　　"就是那些画了猪、牛和酒瓶子的画吗？"岩间终于露出了笑容，"好的，我会转告他们。"

　　过了一会儿，两个留学生一起过来点了只加蔬菜的蛋包饭。藤丸用平底锅很快就做好了，在他们每个人的纸盘上放上了一个迷你蛋包饭。"谢谢。今天的菜很好吃。"听到两人这么说，藤丸很高兴。

　　烹饪告一段落，藤丸松了一口气，他一边揉着肩膀，一边看着教室里的人们。

　　看到松田和诸冈坐在角落里亲密地吃着筑前煮，藤丸忍不住笑了起来。加藤正和其他大学的老师热情地交谈，也许他找到了一个可以谈论仙人掌的对象。川井正在给杯子空了的研究生们分发啤酒，他一直都是个温柔可靠的人，藤丸感到佩服——我也要学学。

　　本村刚刚在门口接过岩间拿来的一盘鸡肉。她的表情很温和，感觉不到委屈。应该是和好了吧？太好了。岩间的"男朋友"在岩间对角线的位置，正在教室的角落里和诸冈研究室的研究生说话。

岩间的恋情似乎就这样结束了。没关系，下次会有机会的 —— 藤丸似乎忘了自己甩甩丸的身份，在心里为她加油助威。

闲聊越来越热闹，众人在教室里一会儿聚集一会儿分散，大家津津有味地吃着、喝着，笑个不停。这些人跨越了语言和国境的障碍，一心一意地喜欢植物，又被这种喜欢连接在一起。藤丸想到这里，不由得心里一热。

松田研究室的成员会帮忙清洗那些从圆服亭带来的餐具，因此藤丸不等庆功宴结束，就开始准备收拾东西。他把电热板、装有意大利面汤的大锅，以及装有调味料和油的纸袋都放上推车。

正当他用湿抹布擦拭用作厨台的长桌时，本村急匆匆地跑来了。

"这两天真的非常感谢。"

"不用客气。"藤丸向低头行礼的本村挥了挥手。他发现自己手里还拿着抹布，便将它扔到了推车上。"本村才辛苦了，又是干事又要演讲，真的辛苦了。我看到很多人围着你问问题，反响很好吧？"

"不，不。"这次是本村挥了挥手，她害羞地低下头，"对不起，没能好好招呼你。而且中午，那个……"

"啊……你听到了吧？岩间和我的对话。"

"嗯。"

本村的身子缩得越发小了。她今天穿的这件 T 恤 —— 藤丸想 —— 远远看去还以为是白底绿色的波点，原来那不是波点，而是小小的叶子的插画。

"其实……"本村似乎下定了决心，她抬起头，"藤丸绝不是没有魅力。就好像假如有人问我：'我和工作，哪个更重要？'我也会感到为难一样，我只是没有办法单纯地比较植物和你……"

这番话不但没有解释清楚，反而越说越起到反效果——本村的头也越来越低了。

　　"不要介意。"藤丸说，"不要介意我，还有岩间说的话也别介意。岩间可能也……嗯……发生了很多事情，所以不由自主地说了些无心的话。"

　　"是的，岩间把事情都告诉我了。但是，我觉得岩间说的那些话也是有道理的……所以觉得无地自容，赶紧从那里逃开了。"

　　"有道理？"藤丸困惑地挠了挠脸颊，"所以本村是利用了我的好感吗？"

　　"我没有那样想过。"本村的语气突然变得强硬起来，可那气势下一秒就消失了，"不过，也许的确是真的。至少，只要能做研究，恋爱和日常生活都无所谓，这种想法挺傲慢自私的吧？"

　　"我不这么觉得。"藤丸说，"你曾经说过，植物生活在没有爱的世界里，所以自己也不会和任何人交往，要全身心地投入植物的研究上。"

　　"是的。"

　　"我一直在想这个问题，想了将近一年，我看着本村和研究室的其他人，总算有点明白了。你无论如何也想弄清楚那些生活在没有爱的世界里的植物，所以才会在研究里投入这么多热情。"

　　藤丸觉得自己说不清楚，有点着急，本村默默地看着他。藤丸拼命想把自己的想法说出来。

　　"那份热情也好，那份好奇心也好，不是也可以称为'爱'吗？想弄清楚植物的你，和这间教室里的人想弄清楚的植物，都是一样的，都生活在一个有爱的世界里。我是这么想的，不对吗？"

藤丸第一次这么认真地说出"爱"这个字，感觉血液都冲到了脸上。他笨拙地把手放在推车上准备迈步。"那我就告辞了。"

"藤丸。"

藤丸被本村叫住，回头看了一眼。本村抬起了头，平静地说："有时候我也会想，植物以光合作用为生，有些动物以这种植物为生，有些动物又以这种动物为生……最后，地球上所有的生物都是以光为食的。"

"吃光……"

"是的。藤丸也是，我也是，植物也是，都一样。"本村微笑的眼睛里闪烁着希望的光芒，"谢谢你，藤丸。"

藤丸推着推车走在漆黑的路上。圆服亭招牌上的灯关了，可店里却透出灯光，洒在小巷里。

藤丸打开门，坐在大堂椅子上的圆谷说道："哦，你回来了。"

说着，他把报纸叠起来。

"老板，你在等我吗？"

"我累死了，休息一会儿。好久没一个人开店了，腰疼得受不了。"

"又来了——"

藤丸笑不出来，他把用过的厨具搬到厨房的水槽里。

"明天早上再收拾吧。你过来一下。"

藤丸按照吩咐走出厨房。圆谷站起来，直视着藤丸。

"嗯，看来一切都很顺利，辛苦啦。"他轻轻拍了拍藤丸的肩膀，向门口走去。

"谢谢！啊，老板，请把推车还给阿花。"

"你怎么乱使唤人啊！我都想被推车推着走了。"

圆谷一边抱怨，一边推着推车走出店门。车轮声渐渐远去，藤丸侧耳倾听，直到它完全融入本乡大道的车声之中，藤丸才用钥匙锁好门，关了店里的灯。

二楼房间的窗边，仙人掌的刺在月光下闪着淡淡的光。藤丸没有打开房间的灯，他靠近窗边。由于白天阳光充足，盆里的土已经干了。藤丸在黑暗中去了一趟厨房，接了一杯水。

他透过纱窗仰望天上的月亮，仿佛快满月了。不仅是仙人掌，对面人家的木槿花也在月光下白白地浮现在黑暗中。

我们都以光为食。不管什么时候死去，变成泥土或灰烬，就算人类灭绝，地球上肯定还会继续以光为食的生命循环吧。

确实不可思议。每个生物都有自己独特而巧妙的机制。植物和动物是怎么诞生的？既然出生了，为什么所有的生物都必将迎来死亡？

即使前面等待的是死亡，为什么每个人还是会把光 —— 而不是黑暗 —— 作为生存的必需品呢？

也许总有一天，本村会解开其中一部分谜题。

就在这样想的时候，藤丸感觉已经到了极限。在强烈的睡意的袭击下，他连衣服都没换，就倒在了一直没收的被子上。必须要设手机的闹钟啊，但眼皮怎么也睁不开。

算了，反正老板会来叫醒我的。

庆功宴还在继续吗？本村会不会出乎所有人意外地中途溜走，偷偷去看看显微镜，照料一下拟南芥呢？他想起了理学院 B 号馆窗户里的灯光一直会亮到深夜。

我也继续趁送餐的时候，顺便看看实验吧。因为我也爱上了植物。因为我爱上了那些热爱植物的人。对了，做点哈瓦那辣椒油，送到研究室去吧。

藤丸怀着幸福的心情进入了梦乡。

月亮用银色的光包围了家家户户的屋顶，包围了木槿花、仙人掌和藤丸。在地球的另一端，植物正在阳光下充满活力地分裂细胞，蜻蜓在空中交配，鹈鹕拍打翅膀，狮子咆哮，人也在继续生活。然而，此刻，藤丸并不知道这些，只是在梦中，他刚刚推开了松田研究室的门。

致谢词

本书在写作中，曾在采访等工作中得到多方协助（各人士的所属单位为采访当时的所属单位）。

在此记下各位的名字，以表达深深的谢意。

小说中与事实相左的部分无论出于有意还是无意，皆由作者负全责。

东京大学大学院理学系研究科生物科学专业
塚谷裕一先生
江崎和音女士　河野忠贤先生
古贺皓之先生　藤岛久见子女士
塚谷裕一研究室的诸位同人

东京学艺大学自然科学系广域自然科学讲义生命科学分野
Ferjani Ali
Ferjani Ali 研究室的诸位同人

新学术研究领域"植物生长原理"研讨会的诸位成员

大阪大学大学院理学研究科生物科学专业

藤本仰一先生

京都大学生态学研究中心分子生态部门

工藤洋先生

奈良先端科学技术大学院大学生物科学研究所

中岛敬二先生

自然科学研究机构　冈崎综合生物科学中心

（现所属于自然科学研究机构　生命创成研究中心）

川出健介先生

立教大学理学部生命理学科

堀口吾朗先生

青井秋女士　　田中久子女士

佐藤宪一先生　石川由美子女士

《岩波 生物学辞典 第 5 版》（岩波书店）

《图说 植物用语事典》（八坂书房）

《多肉植物便携图鉴》（主妇之友社）

《看照片学植物用语》（全国农村教育协会）

《AERA Mook 学懂植物学》（朝日新闻社）

《修订版 植物的科学》（塚谷裕一、荒木崇编著 放送大学教育
振兴会）

《变化的植物学 传播的植物学》（塚谷裕一 东京大学出版会）

《植物世代交替可控因素的发现》（榊原惠子 庆应义塾大学出
版会）

《植物如何决定"外表"》（塚谷裕一　中公新书）

《吃掉森林的植物 腐生植物的未知世界》（塚谷裕一　岩波书店）

Parity 杂志（2016 年 12 月号　丸善出版）

《植物改变了地球！》（葛西奈津子　化学同人）

《植物带着感觉生存》（泷泽美奈子　化学同人）

《植物造出未来》（松永和纪　化学同人）

《花为什么开？》（西村尚子　化学同人）

　　文部科学省科研经费下属研讨会　新学术研究领域"植物生长原理"科研组的会议摘要

　　ATTED−II ver9.2 网站（atted.jp）

图书在版编目（CIP）数据

无爱的世界 /（日）三浦紫苑著；毛叶枫译 . —北
京：北京联合出版公司，2021.4
ISBN 978-7-5596-5100-6

Ⅰ.①无… Ⅱ.①三… ②毛… Ⅲ.①长篇小说—日
本—现代 Ⅳ.① I313.45

中国版本图书馆 CIP 数据核字（2021）第 030927 号

北京市版权局著作权合同登记 图字：01-2021-1381 号

无爱的世界

作　　者：［日］三浦紫苑
译　　者：毛叶枫
出 品 人：赵红仕
责任编辑：夏应鹏

北京联合出版公司出版
（北京市西城区德外大街 83 号楼 9 层　100088）
河北鹏润印刷有限公司印刷　新华书店经销
字数 200 千字　880 毫米 × 1230 毫米　1/32　印张 11
2021 年 4 月第 1 版　2021 年 4 月第 1 次印刷
ISBN 978-7-5596-5100-6
定价：45.00 元